PRATA

LIVRO 1

CB139591

OBRAS DO AUTOR PUBLICADAS PELA RECORD

PRATA: o assassino relutante

Série Artemis Fowl

Artemis Fowl: o menino prodígio do crime
Artemis Fowl: uma aventura no Ártico
Artemis Fowl: o código eterno
Artemis Fowl: a vingança de Opala
Artemis Fowl: a colônia perdida
Artemis Fowl: o complexo de Atlântida
Artemis Fowl: o paradoxo do tempo
Artemis Fowl: o último guardião
Arquivo Artemis Fowl
Colin Cosmo e os supernaturalistas

Para jovens leitores

Pânico na biblioteca
Pânico no navio

EOIN COLFER

PRATA

LIVRO 1

O Assassino Relutante

Tradução
ALVES CALADO

1ª edição

GALERA
junior
RIO DE JANEIRO
2014

CIP-BRASIL. CATALOGAÇÃO NA PUBLICAÇÃO
SINDICATO NACIONAL DOS EDITORES DE LIVROS, RJ

Colfer, Eoin
C658p PRATA: o assassino relutante / Eoin Colfer; tradução Alves Calado. – 1. ed. – Rio de Janeiro: Galera Record, 2014.

Tradução de: WARP: the reluctant assassin
ISBN 978-85-01-04766-3

1. Ficção infantojuvenil irlandesa. I. Calado, Alves. II. Título.

14-12462 CDD: 028.5
CDU: 087.5

Título original:
WARP: The Reluctant Assassin

Copyright do texto © Eoin Colfer, Artemis Fowl Ltd., 2013
Copyright do logo WARP © Disney Enterprises, Inc., 2013
Design de capa original de Tyler Nevins

Todos os direitos reservados. Proibida a reprodução, no todo ou em parte, através de quaisquer meios. Os direitos morais do autor foram assegurados.

Texto revisado segundo o novo Acordo Ortográfico da Língua Portuguesa.

Direitos exclusivos de publicação em língua portuguesa somente para o Brasil adquiridos pela
EDITORA RECORD LTDA.
Rua Argentina 171 – Rio de Janeiro, RJ – 20921-380 – Tel.: 2585-2000
que se reserva a propriedade literária desta tradução.

Impresso no Brasil

ISBN 978-85-01-04766-3

CÓPIA NÃO AUTORIZADA É CRIME
ABDR
ASSOCIAÇÃO BRASILEIRA DE DIREITOS REPROGRÁFICOS
RESPEITE O DIREITO AUTORAL
EDITORA AFILIADA

Seja um leitor preferencial Record.
Cadastre-se e receba informações sobre nossos lançamentos e nossas promoções.

Atendimento e venda direta ao leitor:
mdireto@record.com.br ou (21) 2585-2002.

Para Finn, Seán, Grace, Jeremy e Joe

SUMÁRIO

1

A CÂMARA DA MORTE

Bedford Square. Bloomsbury. Londres. 1898.

Havia dois borrões nas sombras entre o relógio de pêndulo e as cortinas de veludo. Um alto e um baixo. Duas impressões digitais fracas numa noite negra ainda mais escurecida devido ao blecaute atrás das cortinas grossas e aos sacos de aniagem cobrindo as claraboias.

O borrão mais baixo era o rosto de um garoto, enegrecido de fuligem e tremendo ligeiramente dentro do quarto no porão. Era o jovem Riley, trazido naquela noite para seu primeiro assassinato, como teste.

O borrão mais alto era o rosto de um homem conhecido por seus contratantes como Albert Garrick, apesar de já ser conhecido pelo público por outro nome. Seu nome artístico fora Grande Lombardi, e, muitos anos antes, havia sido o ilusionista mais célebre do West End, até que durante uma apresentação ele de fato serrou sua linda assistente ao meio. Naquela noite, Garrick descobriu que adorava tirar vidas, quase tanto quanto se deliciava com os aplausos da plateia, e, assim, o mágico assumiu uma nova carreira no ramo do assassinato.

Garrick fixou os olhos inexpressivos de assassino em Riley e segurou seu ombro, dedos longos e ossudos pressionando o tecido do casaco do garoto, beliscando os nervos. Não disse uma palavra, mas assentiu uma vez, um gesto carregado de lembretes e insinuações.

Pense bem na sua aula desta tarde, dizia o queixo empinado. *Movimente-se em silêncio como a névoa de Whitechapel e crave a lâmina até que seus dedos afundem no ferimento.*

Garrick havia instruído Riley a levar uma carcaça de cachorro desde a Strand até os cômodos onde moravam em Holborn, e então treinar com a faca nos restos suspensos, para se acostumar com a resistência dos ossos.

Os novatos têm a impressão equivocada de que uma lâmina afiada vai penetrar igual a um tição quente na cera, mas não é assim. Às vezes até um mestre como eu pode encontrar osso e músculo, por isso esteja preparado para fazer um movimento de alavanca para baixo e forçar para cima. Lembre-se disso, garoto. Alavancar para baixo e forçar para cima. Use o próprio osso como ponto de apoio.

Agora Garrick fazia o movimento com seu estilete comprido, inclinando a testa larga e enegrecida para Riley, certificando-se de que o garoto estava prestando atenção.

Riley confirmou com a cabeça e depois pegou a faca, passando-a para a outra mão conforme havia aprendido.

Garrick empurrou Riley das sombras para a grande cama de dossel onde estava o moribundo.

Moribundo. Esta era a palavra espirituosa de Garrick.

Riley sabia que estava sendo testado. Aquele era um assassinato de verdade, com um pagamento gordo adiantado. Ou ele apagava sua primeira vela ou Albert Garrick deixaria um cadáver extra naquele quarto horroroso e sombrio, e arranjaria outro aprendiz nas sarjetas de Londres. Isso doeria em Garrick, mas ele não veria outra opção. Riley precisava aprender a fazer mais do que fritar salsichas e engraxar botas.

Riley arrastou os pés à frente, um de cada vez, traçando um círculo amplo com as pontas dos dedos conforme lhe fora ensinado, tateando por escombros. Isso tornava seu avanço lento, mas o estalar de um papel jogado no chão poderia ser o suficiente para acordar a vítima. Riley vislumbrou a faca na própria mão e mal conseguiu acreditar que estava ali, perto de cometer o ato que iria condená-lo ao inferno.

Assim que você sentir o poder, poderá assumir o lugar como meu aprendiz no negócio de família, costumava dizer Garrick. *Talvez a gente devesse mandar fazer cartões de visita, hein, garoto? Garrick e Filho. Assassinos de aluguel. Podemos ser vis, mas não somos baratos.*

Então Garrick daria uma risada, um ruído sombrio e distante que fazia os nervos de Riley latejarem e o estômago se embrulhar.

Riley deu mais um passo; não conseguia ver uma saída. O quarto parecia se fechar ao redor dele.

Preciso matar esse homem ou serei morto. A cabeça de Riley começou a martelar, até que sua mão tremeu e a faca quase escorregou dos dedos.

Garrick apareceu ao seu lado instantaneamente, como um fantasma, tocando-lhe o cotovelo com um dedo torto e gélido.

— Do pó vieste... — sussurrou, tão baixinho que as palavras poderiam ter sido formadas por uma corrente de ar.

— E ao pó retornarás — murmurou Riley, completando a citação bíblica. A predileta de Garrick.

Minha extrema-unção, dissera ele a Riley numa noite de inverno enquanto observavam a Leicester Square da baia de um restaurante italiano. O mágico havia terminado de beber sua segunda jarra de vinho tinto seco, e seu sotaque de cavalheiro começava a escorregar das palavras como peixe numa bancada molhada.

Cada um de nós nos arrastamos da imundície e do pó, e para lá retornaremos, veja bem. Eu só os mando de volta mais depressa. Um pouquinho antes, para que possamos desfrutar dos confortos da vida. Nossa vida é essa e, se você não tem coragem para tal, Riley, então...

Garrick não completou a ameaça, mas estava claro que havia chegado a hora de Riley fazer jus ao seu lugar à mesa.

Riley sentia as fendas entre cada tábua através das solas finas dos sapatos, as quais tinham sido meticulosamente raspadas no torno da oficina de Garrick. Agora conseguia enxergar seu alvo na cama. Era um velho, com um tufo de cabelos grisalhos se projetando por baixo de um edredom fofo.

Não consigo ver o rosto. Riley agradeceu por isso.

Aproximou-se da cama, sentindo Garrick atrás, sabendo que seu tempo estava acabando.

Ao pó. Despachado para o pó.

Viu a mão do velho pousada no travesseiro, na qual o indicador era um mero cotoco devido a algum ferimento antigo, e soube que não poderia fazer aquilo. Não era assassino.

Olhou em volta enquanto mantinha a cabeça imóvel. Tinha sido ensinado a usar o ambiente em ocasiões de emergência, mas seu professor estava atrás, observando cada movimento com sua intensidade fantasmagórica, sem piscar. O velho na cama não poderia ajudá-lo. O que um sujeito grisalho poderia fazer contra Garrick? O que qualquer pessoa poderia fazer?

Riley havia fugido quatro vezes, e nas quatro Garrick o encontrara.

A morte é a única fuga para mim, pensara Riley. *A minha ou a de Garrick.*

Mas Garrick não podia ser morto, porque ele era a morte.

Ao pó.

De repente Riley ficou tonto e achou que fosse cair no chão frio. Talvez fosse melhor assim, não é? Desfalecer e deixar Garrick fazer seu trabalho sujo. Mas aí o velho morreria de qualquer jeito, e saber disso pesaria na alma de Riley após sua morte.

Vou lutar, decidiu o garoto. Tinha pouca esperança de sobrevivência, mas precisava fazer alguma coisa.

Vários planos fluíam em seu cérebro febril, cada um mais inútil que o outro. Mesmo assim, ele continuava a avançar, sentindo o gelo de Garrick no cangote feito um mau presságio. O homem da cama de dossel ficou mais nítido. Agora dava para ver uma orelha, com furos onde provavelmente existira uma fileira de argolas um dia.

Estrangeiro, talvez? Marinheiro?

Viu um queixo vermelho com papadas oleosas embaixo e um cordel que ia até um estranho pingente caído sobre a colcha.

Procure cada detalhe, era uma das lições de Garrick. *Sorva tudo com os olhos, e talvez isso salve sua vida.*

Não há chance de salvar minha vida; essa noite, não.

Riley deu mais um passo, fazendo a varredura, e sentiu o pé ficar curiosamente quente. Olhou para baixo e, para sua surpresa e confusão, viu que o bico do sapato reluzia em verde. Na verdade, um casulo de luz havia brotado ao redor da figura do homem adormecido, cujo centro era uma chama esmeralda que emanava do pingente esquisito.

As palavras de Garrick jorraram por seus ouvidos.

— Que diabo. Um embuste! Acabe com ele agora, garoto.

Riley não conseguia se mexer, petrificado pela luz espectral.

Garrick empurrou-o mais para dentro do brilho estranho e quente, que mudou de tom no mesmo instante, transformando-se numa semiesfera escarlate. Um ruído agudo e artificial irrompeu de algum lugar na cama, penetrante e horrível, chacoalhando o cérebro de Riley dentro da moringa do crânio.

O velho na cama acordou instantaneamente, saltando feito um palhaço de uma caixa de surpresa.

— Sensor idiota, está com defeito — murmurou ele com sotaque escocês, os olhos remelentos e piscando. — Estou com uma dor de...

O homem notou Riley e a faca saindo de sua mão como uma estalactite. Baixou a mão lentamente para o pingente luminoso em formato de gota que repousava no peito magro, depois bateu duas vezes no centro, silenciando aquele uivo pavoroso. Agora o núcleo do pingente mostrava uma série de números luminosos, parecendo escritos em fósforo. Fazendo uma contagem regressiva a partir de vinte.

— Ora, garoto — disse o velho. — Espere um pouquinho aí. Podemos conversar sobre isso. Tenho dinheiro.

Riley estava fascinado com o pingente . Era mágico, sem dúvida. Porém, mais do que isso, era familiar, de algum modo.

Garrick interrompeu os pensamentos de Riley com um cutucão forte nas costelas.

— Sem mais demora — disse rapidamente. — Junte a coragem, garoto. Ao pó.

Riley não conseguia. Não iria se igualar a Garrick e se condenar a uma eternidade no inferno.

— E... eu... — gaguejou, desejando que a mente fornecesse as palavras para livrá-lo daquele encrenca, junto àquele velho estranho. O homem ergueu as palmas das mãos para mostrar que estavam vazias, como se a honestidade estivesse em oferta naquele quarto escuro.

— Não estou armado — disse ele. — Tudo o que tenho é dinheiro ilimitado. Posso oferecer o que vocês quiserem. A coisa mais fácil do mundo é imprimir alguns milhares de libras. Mas, se me fizerem mal, homens virão para garantir que vocês não peguem meus segredos; homens com armas do tipo que vocês nunca viram.

O velho não falou mais, visto que de repente havia uma faca cravada em seu peito. Riley viu a própria mão no cabo e, por um momento doentio, achou que seus músculos o haviam traído e feito aquilo, mas então sentiu os dedos frios de Garrick soltando seu antebraço e soube que sua mão fora forçada.

— Pronto — disse Garrick enquanto o sangue quente cobria a manga do casaco de Riley. — Segure firme e você vai sentir a vida abandonando-o.

— Não fui eu — disse Riley ao homem, as palavras escorrendo dos lábios. — Não fui eu.

O velho ficou sentado, rígido feito uma tábua, o colar roçando na lâmina da adaga.

— Não acredito — grunhiu ele. — Com todo o pessoal que está atrás de mim, e logo vocês dois, palhaços, me pegam.

As palavras de Garrick se arrastaram para os ouvidos de Riley feito lesmas.

— Esse não será creditado na sua conta, garoto. A mão que achou o espaço entre as costelas desse pombo foi minha, mas há circunstâncias aqui, admito. Então posso lhe dar outra chance.

— Não acredito — repetiu o velho, então seu pingente soltou um bip e ele se foi. Literalmente. Chiando numa nuvem de fagulhas laranjas que foram sugadas para o núcleo do pingente.

— Magia — arfou Garrick, com a voz se aproximando de um tom de veneração. — A magia é real.

O assassino deu um passo rápido para trás, protegendo-se de quaisquer consequências que pudessem advir da vaporização, mas Riley não teve a presença de espírito para acompanhá-lo. Ainda segurando a adaga, tudo o que pôde fazer foi olhar a nuvem se espalhar pelo próprio braço, desmaterializando-o mais depressa do que um mendigo poderia cuspir.

— Estou indo — disse, e era verdade, mas não sabia para onde.

Viu seu tronco ficar transparente e os órgãos se tornarem visíveis por um instante, comprimidos atrás de costelas translúcidas. Depois todos os elementos internos também se foram, sendo substituídos por fagulhas.

O gás em que Riley havia se transformado foi sugado para o núcleo do pingente. Ele sentiu-se entrar num vórtice que o lembrou de quando levara um caldo de uma onda na praia de Brighton e de um garoto que o observava da areia.

Cenoura. Eu me lembro de você.

Então Riley foi reduzido a um único ponto reluzente de energia pura. O ponto piscou uma vez para Garrick e desapareceu. O velho e o garoto, ambos sumidos.

Garrick estendeu a mão para o pingente, que havia caído sobre as cobertas, pensando: *já vi esse dispositivo antes, ou um parecido. Há muitos anos...* Mas seus dedos tocaram apenas uma mancha de fuligem deixada onde o estranho talismã estivera.

— Durante toda a minha vida — disse ele. — Durante toda a minha vida...

Articulou o restante das palavras sem emitir som, já que estava sozinho naquele aposento de maravilhas.

Durante toda a minha vida busquei a magia de verdade. E agora sei que ela existe.

Garrick era um homem de emoções turbulentas, as quais geralmente mantinha enfiadas dentro do coração, mas agora lágrimas quentes, de felicidade, escorriam pelo seu rosto, descendo até as lapelas.

Não um simples truque. Magia de verdade.

O assassino abaixou-se no chão, as pernas longas e finas se dobrando até os joelhos ficarem na altura das orelhas. O sangue encharcou os fundilhos de suas calças caras, mas ele não se importou nem um pouco, porque nada jamais seria como antes. Seu único medo era que a magia tivesse partido daquele lugar para sempre. Ter estado tão perto e perder por um triz seria de fato uma desgraça.

Vou esperar aqui, Riley, pensou. *Os chineses acreditam que a magia costuma residir num lugar, por isso meu único trunfo é a espera. E, quando os homens chegarem com suas armas fabulosas, vou vingar você. Então tomarei a magia e irei dobrá-la à minha vontade, e não haverá quem me faça parar.*

2

A GAROTA DA MALHAÇÃO

Bedford Square. Bloomsbury. Londres. Atualmente.

Chevron Savano jamais havia se importado particularmente com a parábola do filho pródigo. Na verdade, poderia se dizer que ela odiava essa história específica e precisava trincar os dentes sempre que alguém a usava como lição de moral.

Há grande júbilo no céu quando um filho pródigo volta ao lar.

Verdade? E daí? E o filho, ou filha, que ficou e trabalhou nos feriados e fins de semana para manter o lar a salvo do crime organizado e da corrupção? E a filha que sacrificou praticamente tudo para garantir que *o lar* não sofresse ameaças? E *essa* filha? Bom, parece que essa filha foi mandada a Londres para ser babá numa casa de proteção de testemunhas no estrangeiro, o que para ela parecia um posto destruidor de carreiras.

O agente especial Lawrence Witmeyer, seu chefe no escritório do FBI em Los Angeles, tinha garantido que Chevron não estava sendo castigada extraoficialmente por causa da vergonha recente e muito pública que havia causado ao FBI.

— Essa é uma atribuição importante, Chevie. Na verdade, é vital. O PRATA tem uma história de trinta anos em nossa repartição.

— O que quer dizer PRATA? — perguntara Savano.

Witmeyer verificou o e-mail na tela de seu computador.

— Ah... PRATA: Programa de Relocação de Testemunhas Anônimas.

— Parece que eles botaram um *Anônima* só para criar a palavra PRATA. Caso contrário seria PRAT, e que tipo de sigla seria essa?

— Acho que eles queriam fazer com que parecesse maneiro. Você conhece esses caras que criam os nomes.

Chevie fumegou. Era óbvio que o FBI a estava tirando do caminho mandando-a para Londres, onde a mídia talvez não a encontrasse.

— Eu cumpri minha função, sabia? Salvei vidas.

— Sei que cumpriu — disse Witmeyer, abrandando o tom por um momento. — Chevron, você teve uma escolha aqui. O restante do grupo aceitou o pacote de demissão voluntária. Você tem 16 anos, pode fazer o que quiser.

— Menos ser uma agente federal.

— Você nunca foi agente de verdade, Chevie. Você era uma fonte de informações oficiais. É muito diferente.

— Mas estava escrito *agente* no meu distintivo. Meu controlador me chamava de Agente Savano.

Witmeyer sorriu para Chevie como se ela tivesse 5 anos.

— Nós achávamos que vocês, a garotada, gostariam de ter um distintivo. Sabe, para se sentirem importantes. Mas só um distintivo não basta, Chevie.

— Eu estava no rumo para virar uma agente de verdade bem depressa. Disseram que eu só precisava completar a tarefa e ganharia um lugar na academia de Quantico.

— *Disseram* — retrucou Witmeyer. — Mas não havia nada por escrito. Aceite o que é oferecido, Srta. Savano. É uma boa oferta. E, talvez, se você ficar na moita, a gente possa conversar sobre Quantico daqui a alguns anos.

Chevie não estava interessada na proposta, no entanto, se quisesse virar uma agente especial de verdade, a Inglaterra era sua única opção.

— Então devo me reportar diretamente ao escritório de Londres?

Witmeyer pareceu mais evasivo do que o normal.

— Não. Você vai se reportar diretamente ao PRATA. O escritório de Londres trabalha principalmente com crimes de preconceito, esse tipo de coisa. O que você vai fazer não é ligado às operações cotidianas deles. Eles nem vão saber que você está no país, a não ser que você apareça lá. — Witmeyer olhou em volta, agitado, como se fosse dar uma notícia *incrível*. — Na verdade, você não terá nada para fazer, a não ser concluir o estudo à distância para ganhar seu diploma do ensino médio.

Chevie suspirou.

— Então a garotinha deve voltar à escola.

— Odeio dizer, Chevie, mas você *é* uma garotinha — disse Witmeyer olhando por cima do ombro dela, ansioso para acabar a reunião e se juntar aos outros agentes que estalavam suas armas no escritório movimentado do lado de fora. — Vou lhe dar uma contagem dobrada de tempo para a aposentadoria, Chevie. É o melhor que posso fazer. Você pode aceitar a oferta para a aposentadoria ou não. De qualquer modo, se quiser alguma chance de permanecer no FBI, terá de ir para Londres.

Assim, Chevie estava na Inglaterra havia nove meses, bancando a babá de uma cápsula de metal que se assemelhava tremendamente a um módulo de pouso da Apollo e que fora enfiada no porão de uma casa georgiana de quatro andares na Bedford Square, em Bloomsbury.

— O que fazemos de verdade aqui? — perguntara ela ao chefe na primeira manhã. O nome dele, acredite ou não, era agente Laranja, o que devia ser algum tipo de apelido, pois ele era cinza da cabeça aos pés, desde a mecha caída na testa aos óculos escuros, terno justo e até os mocassins com franjas, feitos sob medida.

— Nós cuidamos do módulo — disse o agente de 50 anos, o sotaque escocês prolongando a palavra *cuidamos* uns três segundos além do necessário.

— O que nós somos? Modulistas? — perguntou Chevie, ainda com jet lag e sentindo-se um tanto beligerante.

Laranja levou a pergunta a sério.

— De certa forma sim, agente Savano. Aquele módulo lá embaixo é sua igreja.

Ele guiou Chevie pela área do saguão, que era decorado como um hotel inglês três estrelas, até mesmo com cães de lareira e um navio numa garrafa, descendo até um porão com porta de aço reforçada. Assim que passaram por essa porta, as coisas ficaram rapidinho no estilo FBI. Chevie viu mais de uma dúzia de câmeras nas paredes de concreto, sensores de movimento por todo o corredor, além de todo tipo de cabos de informática conhecido pela humanidade passando através de um tubo cinza.

— Belo tubo — disse Chevie secamente. — Combina com seu... tudo.

Laranja tossiu.

— O agente Witmeyer não mencionou que sou seu superior?

— Negativo — mentiu Chevie. — Disse que éramos parceiros.

— Duvido muito. Na verdade, só estou me referindo a você como *agente* por cortesia. Pelo que ouvi dizer, você está sendo enfurnada em Londres depois que a mal concebida *iniciativa escolar* foi para o espaço.

Passaram por uma cela de prisão e por uma enfermaria bem equipada, então o corredor se alargou até uma câmara circular, que abrigava um casulo de metal em formato de pirâmide com 3 metros de altura, coberto por tubos de refrigeração e complicados grupos de luzes piscantes.

— Isso é a central do PRATA — disse Laranja, dando um tapinha carinhoso no invólucro.

— Parece uma árvore de natal de ficção científica — respondeu Chevie, esforçando-se ao máximo para não se impressionar.

Laranja verificou vários mostradores; parecia mesmo que sabia o que estava fazendo.

— Eu estava esperando esse tipo de atitude — disse sem encará-la. — Li sua ficha. Muito reveladora. Formou-se em primeiro lugar em seu grupo especial. Notas recordes apesar de ser tão jovem. Problema com figuras de autoridade, *blá-blá-blá*. O próprio estereótipo de filme. — Laranja finalmente se virou para Chevie. — Nós dois sabemos por que você está aqui, agente Savano. Seu grupo se tornou uma vergonha e um possível campo minado jurídico para o departamento por causa da sua idade. Você fez besteira diante das câmeras em Los Angeles, por isso eles a mandaram para o exterior, para um posto discreto, mas, a despeito do que possa pensar, o que fazemos aqui é importante, agente. Não vai ser mamão com açúcar por causa da sua juventude.

Chevie olhou-o, irritada.

— Não se preocupe, agente. Não gosto de mamão e fujo do açúcar.

Laranja enfiou uma das mãos dentro do módulo, verificando a temperatura.

— Fico feliz em saber disso. É mais do que provável que seus talentos jamais sejam necessários. Na maioria dos dias nenhum homem provavelmente sairá do módulo do PRATA, de modo que você não terá de fazer nada a não ser estudar para conseguir o diploma. Mas no caso muito remoto de esse homem muito especial emergir daquela escotilha quando eu não estiver aqui, você precisa mantê-lo vivo. Simplesmente mantenha-o vivo e me chame. É isso.

— O homem está ali dentro agora?

— Não, agente. No momento, o módulo está vazio, e tem estado assim há trinta anos.

— Então é um módulo mágico?

Laranja sorriu, mostrando que possuía muito mais informações do que Chevie.

— Não mágico, exatamente. De magia, talvez.

— É, isso faz muito sentido.

— E é todo o sentido que você vai arrancar de mim hoje, agente Savano. Talvez, quando tiver provado que é uma verdadeira modulista, eu conte alguns detalhes. Até lá você vai morar aqui e jamais se afastar mais do que 1,5 quilômetro da casa, e eu vigiarei o módulo enquanto você estiver dormindo.

— Onde eu durmo?

— No apartamento aí em cima. Você vai adorar.

— Onde *você* dorme? Na bela Escócia?

Laranja sorriu de novo.

— No último andar. Na cobertura. É a vantagem de ser chefe.

Ele entregou um smartphone a Chevie.

— Todos os números são pré-programados. E há aplicativos para o alarme e a vigilância. Está vendo esse ícone de um botão de alarme? Não aperte se não quiser que o inferno abra as portas. Entendeu?

Chevie pegou o telefone.

— Entendi, agente.

— Ótimo. — Laranja se voltou para o módulo, os dedos passando por múltiplos teclados de plástico de aparência antiquada aparafusados na superfície. — Se você se sair bem aqui, se baixar esse topete durante uns dois anos, veremos se podemos mandá-la discretamente de volta aos Estados Unidos sem que a imprensa fique sabendo. Até lá você terá praticamente idade o bastante para se candidatar a entrar em Quantico.

Chevie fez uma careta para as costas cinza de Laranja. Em dois anos ela seria uma anciã. Com quase 19 anos.

— Uau, seria fantástico. Dois anos bancando a babá. Estou felicíssima por ter feito todos aqueles cursos sobre armas de fogo.

Laranja saiu da câmara do módulo sem olhar para trás.

— Continue se empenhando, agente — gritou por cima do ombro. — Algum dia você vai dizer alguma coisa engraçada de verdade.

Já odeio esse cara, pensou Chevie Savano.

Agora, vários meses depois, Chevie havia perdido o contato com a maior parte de seus amigos da Califórnia enquanto aguardava que um cara misterioso saltasse de um módulo espacial no porão. Não tinha disparado sua arma nenhuma vez, nem mesmo num stand de tiros, fato que a deixava extremamente nervosa, e percebera que não só estava falando sozinha regularmente, como também respondia a si mesma.

— Você precisa parar com isso — disse. — As pessoas vão achar que você é maluca.

É mesmo? Que pessoas? Durante mais de seis semanas não tinha falado com ninguém a não ser Laranja. Até havia comemorado seu 17º aniversário sozinha, com um brownie de chocolate e uma única vela patética.

A casa da Bedford Square havia se transformado em seu segundo lar, ou talvez em sua prisão. Ela conhecia cada centímetro do prédio melhor do que o próprio chalé no Penhasco de Malibu, onde poderia morar sozinha legalmente dali a menos de um ano, quando completasse 18.

Havia um cômodo na casa da Bedford Square que ela adorava de verdade: o estúdio. Num determinado momento da história da casa, uma dançarina havia convertido grande parte do segundo andar num estúdio de dança, com parede espelhada e barra. Não que Chevie Savano fosse dançarina, mas gostava de malhar, e só precisara passar três semanas pegando no pé de Laranja para que ele assinasse a liberação de alguns milhares de libras para a compra de pesos e equipamentos.

Naquela noite, que seria agitada, mas havia começado do mesmo velho modo de sempre, Chevie havia passado os últimos momentos sem estresse, olhando-se no espelho por um bom tempo e pensando: *garota, para onde sua vida está indo?*

Isso não era exatamente um mistério.

Você sabe para onde sua vida está indo. Cumpra seu período vigiando o módulo, e esperemos que os poderes estabelecidos nos EUA esqueçam tudo o que aconteceu em Los Angeles e permitam que você tente virar uma agente de verdade. Você ainda tem amigos em Quantico.

Em geral, os agentes federais precisavam ter no mínimo 23 anos antes de usar o distintivo, mas Chevie fizera parte de um programa experimental para combater o problema crescente da infiltração de terroristas em escolas do ensino médio. Um grupo de jovens órfãos sob guarda do estado, escolhidos a dedo, havia passado um semestre em Quantico. Depois eles foram alocados sob disfarce em diversas escolas onde havia suspeitos de simpatizantes com o terrorismo, com o objetivo restrito de observar. Nada de infiltração, nada de confronto. Chevie passara seis meses em Los Angeles vigiando uma família iraniana que, segundo os federais, tentava inaugurar uma célula na Califórnia. A tarefa terminara em desastre público em frente a um cinema de Los Angeles, onde Chevie usara seu treinamento para desarmar um adolescente bêbado que ameaçara os iranianos. Infelizmente, o adolescente foi ferido e todo o fiasco foi capturado pela câmera de um celular. O programa foi encerrado às pressas e Chevie foi mandada para Londres a fim de servir de babá, de modo que uma comissão do senado não ficasse sabendo que a agente envolvida no Caso do Hollywood Center era menor de idade.

Chevie fez 30 minutos de exercícios aeróbicos, 30 de localizada, depois treinou boxe diante do espelho até que a blusa e o top de Lycra ficassem escuros de suor. Estava em forma suficientemente boa para detonar os melhores policiais de qualquer local do mundo. E era capaz de arrancar uma maçã de uma árvore com um tiro a cem passos de distância.

Eu pareço ter 17 anos?

Pelo que Chevie podia ver, ela parecia igual a quando tinha 16. Com 1,67 metro, era um pouco baixa demais para ser agente do FBI, mas era flexível e veloz, com um rosto oval delicado e cabelos negros brilhantes típico dos índios nativos americanos.

Vou realizar bem essa tarefa, pensou. Eles não iam se livrar de Chevron Savano com tanta facilidade. Existem coisas piores do que o tédio.

E esse foi o último pensamento rotineiro que ela teria durante um bom tempo.

Riley nunca seria capaz de descrever sua situação. Se houvesse uma bíblia à mão, ele nunca poderia dar seu testemunho sobre estar morto ou vivo. Seus pensamentos eram um amontoado de medo e confusão, e ele descobriu que o núcleo forte e estoico de seu espírito, que o mantivera firme durante os anos aterrorizantes com Garrick, estava totalmente ausente.

Seus sentidos estavam entremeados aos riachos lamacentos que desaguavam no Tâmisa, e ele sentiu uma ânsia de vomitar que, de algum modo, estava na mente e não na barriga.

Isso é o poço do inferno?, perguntou-se. *Será que o diabo me chamou?*

Ordenou à mão que acenasse, mas nada aconteceu; ou talvez tenha acontecido e ele não conseguiu enxergar.

Parecia haver uma claridade adiante, reluzindo como uma luz de poste. Ainda que Riley não pudesse ver a luz nem calcular em que direção ficava o "adiante", de algum modo sabia que essas coisas eram reais.

Estou chegando, percebeu.

Chevie parou diante do espelho e viu sua imagem se dividir em duas. Por um momento brevíssimo pensou finalmente ter pirado de vez, então percebeu que o espelho havia se rachado do chão ao teto.

Isso é azar para alguém, provavelmente para mim.

Então surgiram mais rachaduras, entalhando raios negros no vidro e dividindo o cômodo em secções.

Será que é um terremoto? Será que há terremotos em Londres?

O espelho rachou uma, duas, mil vezes, emitindo um som similar a disparos de uma pistola automática. As rachaduras ultrapassaram rapidamente os limites das bordas do espelho, espalhando-se pelas paredes. Finalmente, Chevie se mexeu quando as tábuas laqueadas do piso começaram a lascar sob seus tênis e a cair em pedaços sobre o corredor embaixo.

— Que diabos...? — exclamou ela, procurando um caminho seguro para a porta.

No teto, as luzes piscaram e depois explodiram, fazendo chover vidro e fagulhas em cima de Chevie. Pela janela, dava para ver lâmpadas explodindo por toda a rua Bayley e ao redor da praça. O blecaute foi ondulando para além da praça, em direção a Covent Garden e ao Soho, como se alguma criatura noturna gigantesca estivesse engolindo nacos de luz.

O que está acontecendo com a eletricidade? Laranja deve saber.

Mas Laranja estava fora. Ela era a agente em serviço.

Uma janela à prova de balas rachou, permitindo a entrada do barulho do mundo exterior. Houve uma guinchada metálica quando carros colidiram na Tottenham Court Road, e o grito de pessoas em pânico elevou-se para as nuvens escuras de Londres, que haviam perdido o brilho refletido pelas luzes das ruas.

O que quer que esteja acontecendo, começou aqui, percebeu Chevie.

Ela correu até o cofre de parede, digitou o código e pegou sua Glock 22 e o coldre de ombro que ela usava com uma tira extra que permitia apertá-lo contra o lado esquerdo do corpo, permitindo sacar a pistola com mais facilidade. Vestiu o coldre habilmente e empunhou a arma.

Segurou-a com os braços retos e as duas mãos, olhando fixamente através dos pontos verdes de contraste de trítio da mira noturna, esperando que nada aparecesse para obrigá-la a atirar.

Nem sei como deve ser o cara que pode sair do módulo. Se eu atirar na testemunha, eles nunca vão me deixar voltar à Califórnia.

Correu para o patamar da escada, mantendo-se grudada à parede. Ao redor, tijolos se esfarelavam e pedaços de reboco despencavam.

Aquele pedaço é igual ao Texas, pensou Chevie, afinal não é possível controlar o que a mente vomita.

Lâmpadas de emergência se acenderam, banhando o interior com uma luz amarela industrial.

Que bom, pensou Chevie. *Dá para ver tudo o que acontece, e espero que não seja nada.*

Outra coisa lhe ocorreu.

O agente Laranja. Provavelmente vai me culpar por isso.

Chevie sacudiu a arma e disse a si para se concentrar, virando-se para a escada. Desceu os dois lances cuidadosamente. A escada do porão adiante estava relativamente intacta, mas a porta havia se deformado e o painel central parecia ter derretido.

O que seria capaz de derreter uma porta de aço?, pensou a agente especial Savano, e a pergunta silenciosa foi respondida quando um raio chiou através das bordas reluzentes do buraco derretido e arrancou um bom naco da parede.

Raio. OK.

Chevie percebeu que tinha se agachado, a arma apontada para a porta.

Isso mesmo, agente. Você pode atirar no raio.

Ela esperou alguns minutos até parecer não haver mais nenhum raio lá dentro, depois desceu correndo os degraus estreitos que faltavam.

Não restava nada da porta do porão, a não ser o portal, no qual as bordas derretidas já haviam se solidificado.

Num movimento que daria orgulho a Cord Vallicose, seu instrutor em Quantico, Chevie mergulhou através do portal, rolou e se levantou com a arma apontada para o corredor. Mais tarde perceberia que as bordas afiadas da porta a haviam arranhado de cima a baixo em um dos lados de seu corpo, mas naquele momento não sentiu nada.

Não havia qualquer ameaça óbvia do outro lado da porta arruinada, só poeira e devastação. O módulo PRATA havia se soltado dos prendedores e estava tombado, o bico apontando para o corredor do porão. Era como se uma pequena espaçonave tivesse caído na casa.

O que faria quase tanto sentido quanto o que está acontecendo de verdade: uma grande máquina está sugando a eletricidade do centro de Londres.

Chevie jurou para si mesma que, quando Laranja chegasse, ela iria apontar a arma para ele até ele revelar exatamente a relação daquele aquele módulo estilo anos 1970 com a proteção de testemunhas.

Geralmente o módulo fazia Chevie se lembrar de uma exposição em algum museu de ciências, com seu projeto retrô e acabamento metálico desbotado, mas agora a máquina parecia viva e totalmente funcional, qualquer que fosse sua função. Os grossos cabos de energia junto à base zuniam e estalavam como enguias elétricas, e uma dúzia de grupos de luzes piscava padrões complicados num sincronismo total.

Esse deve ser o dia em que o sujeito importante sai do módulo, o que é impossível.

— Você aí, no... hum... no módulo — gritou ela, sentindo-se bastante idiota. — Saia com as mãos para cima.

Ninguém emergiu da pirâmide de metal, no entanto uma escotilha soltou gás e tombou no chão com um estrondo. Sopros fantasmagóricos de vapor flutuaram lá de dentro.

Ora, isso é novidade, pensou Chevie, verificando com o polegar se a trava da arma estava liberada.

Dentro do módulo, uma luz laranja piscou, lançando sombras estranhas e bruxuleantes na parede.

Tem alguma coisa viva lá dentro, percebeu Chevie.

Riley sentiu cada molécula de seu corpo se solidificar, compactando-se até seus sentidos retornarem.

Estou vivo, regozijou-se, até que o frio cortante se assentou e seus dentes trincaram violentamente.

Sua mão ainda segurava a arma do crime, que continuava alojada no peito do velho assassinado.

Não consigo soltar, percebeu. *Meus dedos estão travados.*

Ele tentou perceber o ambiente ao redor, tal como Garrick havia ensinado.

Estava dentro de um tanque de metal com inúmeras luzes minúsculas piscando nas paredes frias.

Eu trouxe esse moço mágico de volta ao povo dele com uma faca no corpo e minha mão na faca. Eles vão me enforcar por causa disso.

Fuja, diziam seus instintos. *Fuja antes que você vá para o xilindró por assassinato ou, pior ainda, antes que Garrick dê um jeito de encontrar você.*

Mas o frio o segurava como se houvesse uma pedra amarrada às suas costas, e Riley soube que, como milhares de moleques de rua a cada inverno, logo adormeceria para sempre.

Chevie se levantou e moveu-se furtivamente até a escotilha, mantendo o olhar entre as marcas da mira.

— Saia com as mãos para cima — ordenou de novo, porém mais uma vez nada emergiu do módulo.

Provavelmente Chevie levara três segundos para chegar à escotilha, mas para ela foram séculos. Tudo ficou lento enquanto a adrenalina corria pelo seu organismo, estimulando os batimentos cardíacos, dilatando os vasos sanguíneos e as passagens de ar. Viu fagulhas rolando lentamente dos cabos, e as nuvens de gás pareciam imóveis no espaço.

Mantenha o foco, agente especial, disse a si mesma. *Há alguém nesse módulo.*

Conseguia ouvir sons de raspagem lá dentro.

Seria um cachorro? Um animal?

Como posso acautelar um animal?

De repente, o tempo acelerou de novo, e Chevie se viu na frente da escotilha. Um frio irradiava da abertura, e fagulhas alaranjadas se movimentavam de modo artificial umas em direção às outras, aglutinando-se em algo sólido.

Estou apontando a arma para um fantasma?

Mas havia outra coisa lá dentro, encolhida e tremendo no interior apertado.

— Não se mexa! — gritou Chevie, usando sua voz mais séria de agente do FBI. — Fica frio aí ou eu atiro.

Uma voz fraca veio de algum lugar dentro da nuvem laranja.

— Eu *estou* frio, moça. Dou minha palavra.

Antes que Chevie pudesse se perguntar por que o sotaque estranho fizera seu cérebro cantar um trecho do clássico musical *Oliver Twist*, passado na Inglaterra Vitoriana, a nuvem se dissipou, revelando a figura de um garoto encolhido em cima de um velho.

O garoto estava vivo, mas o homem não, provavelmente por causa da faca que se projetava do seu peito. Estar morto não era a única coisa errada com o sujeito: o sangue que se coagulava no tronco era amarelo e um de seus braços parecia pertencer a um gorila.

Não pense nisso agora. Faça o serviço.

— Certo, garoto. Afaste-se do... da coisa morta.

O garoto piscou, procurando a fonte da ordem.

— Não fui eu que fiz isso, moça. A gente precisa sair daqui. Ele está vindo atrás de mim.

Chevie tomou uma decisão numa fração de segundo enfiando a mão no módulo e puxando o garoto pelo colarinho.

Ela o manteve deitado no chão usando a palma da mão livre.

— Quem está vindo, garoto? Quem está vindo atrás de você?

Os olhos do garoto estavam arregalados.

— Ele. O Garrick. O mágico. A morte em pessoa.

Fantástico, pensou Chevie. *Primeiro um homem-macaco e agora a morte, que por sua vez também é um mágico.*

Chevie sentiu outra presença no cômodo e ergueu os olhos, vendo o agente Laranja em toda a sua glória cinzenta vindo pelo corredor em direção ao módulo.

— Esse é um bom modo de levar um tiro, Laranja. O que está fazendo aqui, afinal? Eu não apertei o botão do pânico.

Laranja tirou os óculos escuros espelhados e examinou a devastação.

— Bom, agente Savano, quando metade de Londres teve um blecaute, achei que talvez o módulo PRATA tivesse sido ativado. — Laranja hesitou a 2 metros do módulo. — Você olhou lá dentro, Chevie?

— Olhei. Vou morrer por causa da radiação agora?

— Não, claro que não. Há... um homem ali dentro? Meu pai está ali?

O pai de Laranja? Esse serviço não tem como ficar mais esquisito.

Chevie voltou o olhar para o garoto detido no chão.

— Havia duas pessoas dentro. Esse garoto e um homem. Espero mesmo que o homem não seja seu pai.

Mas, pelo modo como esse dia está fluindo, aposto que o homem-macaco é pai do Laranja.

Chevie percebeu que nunca havia confiado de fato no agente Laranja, mas nesse momento sentiu pena dele.

3

NERDS MACHÕES

Bedford Square. Bloomsbury. Londres. 1898.

Albert Garrick estava sentado desleixadamente no porão frio, os olhos fechados com força para preservar a imagem fantasmagórica das fagulhas alaranjadas.

A magia é real.

Era um pensamento revolucionário nessa era industrial de lógica e razão. Seria difícil manter a crença no que tinha acabado de ver assim que a prova desaparecesse. Seria muito mais simples desconsiderar todo o acontecimento, tratá-lo como ilusão, mas ele não faria isso.

Estou sendo testado, pensou. Minha noite de oportunidade chegou e devo encontrar dentro de mim a coragem para aproveitar a chance.

A fé de Garrick estivera sempre em osso, sangue e carnificina — coisas nas quais pudesse envolver os dedos e esganar, coisas substanciais. Não havia nada de etéreo nelas, mas isso era diferente, era algo extraordinário.

Magia.

Garrick era fascinado pela magia desde que conseguia se lembrar. Quando era menino, acompanhava o pai ao teatro Adelphi, em Londres, e assistia, de seu poleiro na coxia, ao velho pai varrer o palco e reverenciar o elenco. Mesmo na época essa deferência enraivecia o jovem Albert Garrick. Quem eram aquelas pessoas para tratar seu pai com tamanho desdém? Charlatães, a maioria; charlatães, paspalhões e canastrões.

Havia uma hierarquia dentre os artistas. Os cantores estavam no topo, depois vinham os comediantes, seguidos pelas beldades coristas e, finalmente, os mágicos e os que faziam números com animais. Albert assistia, fascinado, aos pequenos dramas que se desenrolavam toda noite nos bastidores. Prima-donas tinham chiliques por causa de camarins ou por causa do tamanho dos buquês nas estreias. O jovem Garrick viu bochechas levarem tapas, portas serem batidas e vasos, jogados.

Um tenor particularmente vaidoso, um italiano chamado Gallo, concluiu que o mágico não estava lhe prestando o devido respeito e por isso resolveu ridicularizar o sujeito em sua comemoração de aniversário no restaurante Coal Hole, na Strand. Garrick testemunhou o encontro num banco ao lado da lareira, e aquilo causou tamanha impressão no garoto que ele era capaz de se lembrar do incidente até mesmo agora, quase quarenta anos depois.

O mágico, o Grande Lombardi, tinha a estrutura de um jóquei, pequeno, magro e com cabeça grande demais. Usava um bigodinho que o fazia parece um tanto austero, e o cabelo feito um capacete, grudado com brilhantina, só fazia aumentar essa impressão. Lombardi também era italiano, mas da região da Puglia, ao sul, a qual Gallo, um romano, considerava terra de camponeses — opinião que compartilhava com frequência e estardalhaço. E, como Gallo era a estrela, ficava implícito que Lombardi engoliria as provocações constantes. Mas Gallo deveria saber que os italianos são orgulhosos, e insultos engolidos parecem bile no estômago deles.

Naquela noite em particular, tendo deliciado os presentes com uma interpretação da "Valsa do Brinde", de *La Traviata*, Gallo foi saracoteando pelo salão até o mágico e pousou o braço carnudo nos ombros do baixinho.

— Diga, Lombardi, é verdade que os pobres da Puglia brigam com os porcos pelos legumes?

A multidão gargalhou e bateu copos, encorajando Gallo a fazer mais maldades.

— Não vai responder? Ora, *Signor* Lombardi, então diga como as mulheres do sul pegam as navalhas dos maridos emprestadas antes das cerimônias dominicais.

Isso era demais: o taciturno ilusionista desembainhou rapidamente uma adaga comprida da manga e cravou-a de baixo para cima sob o queixo de Gallo, mas nenhum sangue saiu, só um jorro de lenços escarlates. Gallo guinchou feito uma criança apavorada e tombou de joelhos.

— Por falar em navalhas — disse Lombardi, guardando a faca de mentira — parece que o *Signor* Gallo se cortou ao se barbear. Ele vai sobreviver... desta vez.

Quem virou piada depois disso definitivamente foi o tenor, que, não suportando a humilhação, pegou a balsa matinal de Newhaven para a França, violando o contrato e garantindo que jamais trabalharia de novo num teatro da Grã-Bretanha.

Foi uma linda vingança, enfeitada com o laço do jogo de palavras, e o jovem Garrick, empoleirado junto à lareira, prometeu a si mesmo: *Um dia eu também terei o poder de exigir respeito assim.*

Foram necessários seis meses de adulações e rogos, mas finalmente Albert Garrick convenceu o Grande Lombardi a tomá-lo como aprendiz. Foi sua porta para um novo mundo.

Agora Garrick pensava em sua promessa, sentado na câmara da morte da casa sinistra na Bedford Square.

Um dia eu também terei o poder.

E esse dia finalmente havia chegado.

Garrick mergulhou as pontas dos dedos na pequena poça de sangue preto nas cobertas, depois observou o líquido grosso escorrer por seus dedos pálidos. O padrão o fez lembrar da tinta de guerra usada pelos selvagens da Extravagância do Oeste Selvagem de Buffalo Bill, à qual ele havia levado Riley para assistir.

Alguém virá limpar essa sujeira, pensou, e pintou as bochechas com listas de sangue do morto.

Eles virão, e eu tomarei sua magia e seu poder.

Bedford Square. Bloomsbury. Londres. Atualmente.

A agente especial Chevie Savano estava se sentindo muito mal informada. A primeira coisa que fez depois de trancar o garoto estranho numa cela foi voltar intempestivamente à sala do módulo e se preparar para pegar pesado com o agente Laranja. Sua indignação se esvaiu quando viu seu parceiro ajoelhado junto à escotilha, olhando com ar sombrio para o corpo que estava dentro.

— É... o meu pai — disse ele, sem levantar os olhos. — Devia estar morto ou morrendo quando passou pela fenda espacial. A perda rápida de energia pode explicar as mutações múltiplas.

Chevie nunca pensou que fosse ouvir as palavras *fenda espacial* e *mutações*, a não ser em filmes.

— Você precisa me contar tudo, agente Laranja.

Laranja assentiu, ou talvez só tivesse deixado a cabeça tombar.

— Eu sei, claro. Mas primeiro temos de chamar uma equipe de limpeza. Não sei o que meu pai deixou para trás. Entre em contato com o escritório de Londres e diga para mandar uma equipe completa de limpeza de material perigoso. Provavelmente não é necessário, mas terei de voltar e verificar.

— Voltar para onde? O que é esse módulo? Algum tipo de teletransportador? Se tivéssemos essa tecnologia, o público certamente teria descoberto.

O riso de Laranja soou vazio.

— Há milhares de sites na Internet dedicados a tecnologias suprimidas; dois até postaram plantas do módulo. As pessoas acreditam no que veem na loja da Apple, e não no que um maluco teórico da conspiração diz.

— Então é um teletransportador?

Laranja estava achando aquelas perguntas irritantes.

— De certa forma. Vou aumentar seu nível de autorização. Abra minha pasta na rede. A senha é HGWELLS. Tudo junto e em maiúsculas. Os arquivos vão lhe contar o que você precisa saber.

Chevie estava na metade do caminho para seu computador no andar de cima quando se lembrou por que a senha lhe parecia familiar.

H. G. Wells. *A máquina do tempo.*

Uma máquina do tempo?, pensou. *É insano.*

Porém não mais insano do que um braço de macaco e sangue amarelo.

Chevie solicitou a equipe de limpeza de materiais perigosos para o escritório de Londres e foi transferida de um ramal para outro durante quase quinze minutos até evocar o nome do agente Laranja; depois disso foi conectada diretamente à seção de materiais perigosos e lhe garantiram que uma equipe seria enviada em menos de uma hora. Nem bem desligou o telefone e uma brigada dos melhores bombeiros de Londres irrompeu pelo que restava da porta da frente, decidida a arrebentar o prédio com machados enormes. Foram dispensados educada porém firmemente por uma dúzia de gorilas federais vestidos de preto que haviam estabelecido um perímetro ao redor da casa na Bedford Square antes da chegada da equipe de materiais perigosos.

Assim que Chevie teve certeza de que o perímetro estava seguro, disse aos óculos espelhados do gorila-chefe que iria passar dez minutos no centro de operações.

Só o suficiente para descobrir que diabos está acontecendo aqui.

Ficou surpresa ao descobrir que estava lidando muito bem com os acontecimentos do início da noite. Sempre fora tranquila sob pressão, mas isso era diferente. Alguma coisa tipo ficção científica estava acontecendo ali. Parecia que o mundo que ela conhecia não era o mundo de verdade.

Fique fria, disse a si mesma. *E leia as fichas.*

A pasta de Laranja estivera entre as pastas compartilhadas da rede local desde que ela havia chegado à Bedford Square, mas Chevie nunca tivera permissão para acessá-la. Até aquele momento. Ficou um pouco nervosa só de passar o cursor em cima do ícone.

O que vou descobrir? Se existe viagem no tempo, por que não existiriam alienígenas também? E vampiros? Realmente não quero virar uma daquelas garotas dos filmes do FBI que caçam aberrações da natureza. Aquelas garotas acabam sempre com uma lesão na perna.

Ela abriu a pasta e ficou desanimada ao descobrir mais de duzentos arquivos arrumados em ordem alfabética. Mudou o modo de exibição para que as pastas fossem listadas por data e escolheu uma com o título "Visão Geral do Projeto Laranja". Começou a ler, obrigando-se a ir devagar e absorver cada palavra. Depois de vinte minutos de concentração absoluta, se recostou de novo na cadeira de escritório e cobriu a boca com uma das mãos a fim de evitar que um risinho histérico escapasse.

Você deve estar curtindo com a minha cara, pensou, depois tirou a mão e gritou para a porta:

— Você deve estar curtindo com a minha cara!

Laranja estava no andar de baixo, na pequena enfermaria. Havia tirado o pai morto do interior do módulo e o colocado numa maca de aço, cobrindo-lhe todo o corpo, exceto a cabeça, com um lençol branco. Quando Chevie entrou na sala, ele estava limpando a testa do velho cuidadosamente.

— Por que você acha que o garoto matou seu pai?

— Não sei. O vídeo da Chave Temporal não mostrou muita coisa. Num segundo o garoto não está lá, e no outro está. Muito provavelmente é um ladrão.

— Um ladrão do passado. O que vamos fazer com ele?

Laranja torceu a esponja até ficar com os nós dos dedos brancos.

— Novamente, não sei. Ninguém jamais trouxe um habitante local de volta. Podíamos atirar nele... Eu tenho uma arma.

— Atirar nele, essa é boa. Você está bem, Laranja? Talvez eu devesse assumir o posto de agente encarregada.

Laranja deu um sorriso torto e Chevie pensou, não pela primeira vez, que seu parceiro tinha uma grande variedade de sorrisos, nenhum deles muito feliz.

— Não é necessário, agente, estou perfeitamente bem.

— Mas esse é o seu pai.

— Só no nome. Não vejo esse homem há muito tempo. Minha família é o FBI.

— Uau. Acho que essa é a coisa mais triste que já ouvi.

Outro sorriso, esse pesaroso.

— Acho que você pode estar certa.

— Ainda preciso chamá-lo de agente Laranja?

— Não. Professor Smart está bom. Ou somente Félix.

— Professor Félix Smart. Filho do desaparecido físico quântico escocês Charles Smart. Vocês têm o mesmo nariz.

— Mas não o mesmo sangue, felizmente. Sangue amarelo dispara os detectores dos aeroportos.

Chevie ignorou a débil tentativa de fazer humor.

— E o que aconteceu com o Professor Smart pai? Não cheguei até esse ponto nos arquivos.

Félix Smart olhava o rosto do pai enquanto falava.

— Ele descobriu que a teoria quântica de Einstein estava essencialmente correta e que podia estabilizar uma fenda espacial transversível através do espaço-tempo utilizando matéria exótica com densidade de energia negativa.

— Eu sabia que alguém acabaria conseguindo isso — disse Chevie com o rosto impassível, depois desejou ser capaz de ativar o módulo PRATA e voltar cinco segundos para não soltar uma piadinha quando o pai de seu parceiro estava na mesa, morto e com mutações. — Podemos falar sobre isso lá fora?

— Claro. — Félix Smart levou-a para o corredor, falando enquanto andava. — A universidade de Edimburgo financiou meu pai durante alguns anos, depois ele se mudou para uma instalação maior em Londres, num trabalho conjunto com o instituto de pesquisas de Harvard. Nessa época eu já fazia parte do FBI em Washington. Assim que ficou claro que meu pai estava chegando a algum lugar, convenci o chefe de minha seção a dar uma olhada. Ouvindo meu sotaque você não saberia, mas morei em Washington com minha mãe depois que meus pais se divorciaram. Os consultores do FBI adoraram o conceito e derramaram dinheiro em cima do meu pai, e eu fui nomeado elemento de ligação com o projeto. Vimos resultados reais, realmente rápido. Primeiro mandamos câmeras e animais. Depois prisioneiros no corredor da morte.

Chevie não ficou chocada. Sabia que no último milênio tinha sido uma prática comum dos departamentos do governo oferecer acordos de testes com prisioneiros condenados. O governo havia testado tudo com os condenados, desde balas de borracha até comprimidos de telepatia.

— Os testes foram bastante bem-sucedidos. Houve um pequeno número de aberrações, em geral na viagem de volta, porém menos de um por cento, de modo que eram aceitáveis cientificamente falando. Então alguma figura brilhante teve a ideia de esconder testemunhas valiosas no passado.

Chevie levantou um dedo.

— Só repita a última parte. Quero registrar isso no mundo real.

— Nem mesmo John Gotti, o maior chefão da Máfia, seria capaz de mandar matar alguém no século XIX, não é? Nós enviávamos as testemunhas de volta ao passado juntamente a um controlador, e depois trazíamos de volta para testemunhar.

— Então o FBI faz proteção de testemunhas no passado?

— É. Gostaria que eu repetisse outra vez?

— Não. Deu para sacar.

— Claro que é incrivelmente caro, e que a energia necessária para um único salto é suficiente para iluminar um país pequeno, portanto as testemunhas eram sempre pessoas que corriam riscos gigantescos e estavam envolvidas em julgamentos marcados para dali a alguns anos. Nos dez anos em que o PRATA funcionou, só mandamos quatro testemunhas para vários períodos no passado. Alguns oficiais de alto nível dos serviços de inteligência achavam que o governo estava recebendo pouco em troca do que pagava, por isso um tal de coronel Clayton Box, uma figura muito entusiasmada das "forças especiais", sugeriu que a técnica fosse usada para operações escusas.

— Derramamento de sangue? Assassinatos?

— Exatamente. Imagine se pudéssemos voltar no tempo e apagar os terroristas enquanto eles ainda estivessem no ensino médio. Meu pai não gostou dessa ideia e, independentemente do quanto eu tentasse tranquilizá-lo, foi ficando cada vez mais paranoico. Via conspirações em toda parte e se convenceu de que sua pesquisa estava sendo roubada, por isso um dia simplesmente desapareceu rumo ao passado, levando todas as Chaves Temporais programadas e os códigos de acesso. Papai poderia voltar se quisesse, mas nós não podíamos ir atrás dele, não sem os algoritmos e os códigos exatos que ele mantinha no cérebro. Ele inventou a linguagem dos módulos, por isso, sem ele o PRATA estava acabado. Meu pai era a chave, e mesmo depois de todo esse tempo, não conseguimos acessar suas máquinas. Perdemos Terrence Carter, que era testemunha-chave num enorme processo de corrupção, juntamente com seu guarda-costas. Isso sem mencionar o fato de haver milhões de dólares em módulos PRATA largados em pontos de entrada e saída de fendas espaciais como se fossem lixo. A ironia foi que o coronel Box e toda a sua equipe estavam em missão quando papai escapou para o passado. Box e seus homens nunca voltaram, de modo que a ameaça ao PRATA foi neutralizada de maneira eficaz.

Chevie demorou um longo tempo para absorver aquele dilúvio de informações, depois fez uma pergunta delicada:

— Então o sangue amarelo e o braço simiesco foram duas das tais aberrações?

Félix Smart respondeu calmamente, como se o fato de ter um pai com partes de macaco fosse um acontecimento cotidiano:

— As probabilidades contra duas aberrações eram enormes. As mutações causadas pelas fendas espaciais aconteceram algumas vezes com alguns prisioneiros. A teoria de papai era que os túneis de tempo tinham memória e às vezes a espuma quântica ficava turva. Moléculas se misturavam. Nossas cobaias atravessaram sem qualquer mutação significativa em noventa e nove por cento das vezes. Mas vimos membros extras, percepção extrassensorial e uma cabeça de dinossauro uma vez.

Chevie achou difícil manter a cara séria.

— Cabeça de dinossauro?

— Eu sei... Loucura, não é? De velociraptor, acho. Nunca tivemos certeza.

— O dinossauro morreu?

Félix Smart franziu a testa.

— Tecnicamente, o velociraptor cometeu suicídio. Ainda existia o suficiente do cientista dentro dele para ter noção do que havia acontecido, por isso ele pegou uma arma e deu um tiro na cabeça. Uma sujeira terrível.

Chevie sentiu como se seu corpo estivesse passando por uma mudança de fuso horário.

É um leve choque, percebeu. *Meu cérebro não acredita numa palavra do que está escutando. Mesmo assim, é melhor entrar no jogo; tudo isso vai acabar logo.*

— E o que vem depois, Laranja... professor?

Antes que ele pudesse responder, seu telefone apitou com uma mensagem. Ele tirou um comunicador prateado e achatado do bolso e leu a tela.

— A equipe de limpeza está aqui. Depois vamos clonar a Chave Temporal de meu pai e voltar para onde ele estava escondido, e talvez encontrar algumas anotações e limpar a sujeira que ele possa ter deixado para trás. Não queremos alguém de lá encontrando um dos projetos do meu pai e construindo super-lasers um século antes do programado. Fique aqui e revise as provas que estão no arquivo de vídeo original da Chave Temporal.

Chevie ficou olhando seu parceiro/chefe indo para a escada, de volta ao modo de ação menos de uma hora depois de tropeçar no corpo do pai que ele não encontrava havia muito tempo.

Frio, pensou ela.

Riley estava deitado numa cama baixa de cela. Posicionou as mãos diante do rosto e fechou os punhos para impedir que elas tremessem.

Estou em outro mundo, foi seu primeiro pensamento. O segundo foi: Garrick. *Ele vem atrás de mim, pode apostar seu último xelim.*

Tentou pensar em outra coisa.

Nunca tivera um amigo, até onde conseguia se lembrar, e estava acostumado a se animar sozinho. Mas às vezes, nos sonhos, via o garoto alto de cabelo ruivo e sorriso largo, e tinha desenvolvido o hábito de falar com esse garoto na cabeça, como um método para se acalmar.

Estou vivo, não estou, Cenoura? E talvez essa prisão seja suficientemente longe. O bastante para confundir o próprio Garrick.

Mas Riley não acreditava nisso, não importava quantas vezes repetisse para si.

Tentou parar de pensar em Garrick, mas era difícil se animar quando a cara do assassino era a imagem principal no seu cérebro.

Então pense em outra coisa.

E o sangue amarelo jorrando do coração do velho? E ele não tinha umas partes de macaco? E aquela mocinha desavergonhada usando ceroulas pretas? Este era de fato um mundo novo e confuso, e esta era uma cela muito estranha.

Mas toda cela tem porta e toda porta tem uma tranca.

Palavras de Garrick.

Inegavelmente tais palavras continham sabedoria. Riley se obrigou a ficar de pé e a dar meia dúzia de passos até a porta. Se aquilo ali era mesmo uma prisão, ele poderia escapar, do mesmo jeito que Edmond Dantès havia escapado do pavoroso castelo de If num dos livros favoritos de Riley, *O conde de Monte Cristo*.

Nos últimos anos, os livros haviam se tornado a paixão de Riley e o haviam ajudado a passar as horas longas e solitárias no teatro em Holborn que ele e Garrick usavam como moradia. Garrick tinha o costume de sumir durante dias seguidos, e ao voltar esperava encontrar uma casa limpa e jantar quente. E enquanto ficava sentado na cozinha, soprando o cozido de carne, os joelhos batendo sob o tampo da mesa, o assassino rodopiava uma colher com um gesto régio, sinal para Riley dar início ao entretenimento noturno. Então Riley regalava seu patrão com um resumo aproximado de qualquer romance que ele fora incumbido a ler.

Animado agora, filho, costumava gritar Garrick. *Faça-me acreditar que estou pessoalmente entre as páginas.*

E Riley pensava: *não sou seu filho, e eu gostaria de estar entre essas páginas.*

Quando Garrick iniciara essa prática de ouvir histórias, Riley odiou e passou a se ressentir contra os próprios livros, até que a obra *As aventuras de Sherlock Holmes* fez tudo mudar. O livro era simplesmente fascinante demais para ser desprezado. Riley não conseguia odiar Arthur Conan Doyle, assim como não conseguia odiar seus pais, dos quais não conseguia se lembrar embora Garrick lhe lembrasse com frequência de que eles o haviam deixado pendurado num saco de farinha no corrimão do reformatório Bethnal Green, onde o mágico o havia encontrado e resgatado dos canibais do cortiço.

Eu certamente gostaria de algum conselho do Sr. Holmes nesse momento, pensou Riley, batendo na porta com o nó de um dedo. *Um detetive genial é exatamente o que o médico receitou; isso ou um invasor de domicílios.*

A porta da cela em si seguia o padrão das prisões, aço grosso com uma janela de dimensões suficientes para um cão de tamanho médio passar espremido, se não fosse envidraçada.

Ou um especialista em fugas.

Riley sabia que poderia passar espremido por aquela abertura se houvesse um modo de remover o vidro.

Garrick já me obrigou a passar por buracos mais apertados.

Porém, o vidro se estendia para dentro da própria porta em todas as laterais e era bem moldado, sem ondulações nem bolhas.

Essas pessoas sabem fazer vidro, teve de admitir. E a tranca, então?

A tranca era de um modelo que deixou Riley perplexo. Não havia espaço nem mesmo para a gazua mais fina penetrar. Riley tentou explorara, o buraco da fechadura com a ponta do dedo e sentiu uma unha rachar. A porta não tinha dobradiças visíveis e não havia espaço suficiente para sequer uma brisa se espremer por baixo.

Esta porta seria um desafio, até mesmo para Albert Garrick.

Mas, no fim das contas, Garrick estaria entrando, não saindo. E entrar era sempre mais fácil, especialmente se você pudesse nocautear quem estivesse com a chave e tomá-la.

Riley estremeceu. Jurava que podia sentir Garrick chegando mais perto, e sua aproximação pareceu gelar o ar.

A porta estalou e girou lentamente para dentro, e Riley prendeu o fôlego, totalmente convencido de que Garrick tinha vindo prepará-lo para uma soneca no cemitério de Highgate. Mas não era o mágico; em vez disso, a mocinha seminua que o havia trancado ali estava parada junto à entrada.

— Fique longe da porta, garoto — disse ela. — Deite-se na cama com as mãos na nuca.

O tom dela era bastante amável, mas havia uma grande pistola entre seus dedos delicados, e, na opinião de Riley, essa pistola em particular parecia capaz de disparar a bala e cavar a sepultura também. Não era uma pistola com a qual se devesse discutir, por isso Riley obedeceu e se mostrou bem convicto.

A garota pareceu satisfeita e entrou no cômodo, deixando uma hipnotizante cunha de liberdade à mostra atrás dela. Riley pensou brevemente em sair correndo para o mundo lá fora, mas então a luz refletiu no cano da arma e o garoto concluiu que poderia esperar pela próxima oportunidade.

— Moça — disse Riley. — Vim parar num Show Itinerante do Velho Oeste? A senhora parece uma índia selvagem.

Chevie, irritada, olhou para o garoto, acompanhando a mira da arma.

— Nós não usamos mais a expressão *índia selvagem*. Algumas pessoas não gostam de ser descritas como selvagens. Imagine só.

— Eu vi o espetáculo do Buffalo Bill há um tempo. A senhora parece uma apache.

Chevie deu um meio sorriso.

— Sou da tribo Shawnee, se você tiver uma necessidade ardente de saber. Agora chega de papo furado. Há uma barra atrás da sua cabeça; segure-a com a mão direita.

Riley obedeceu e, tendo uma leve ideia do que viria, esticou os dedos para aumentar o espaço entre seu pulso, mas não adiantou.

— Claro, garoto. O truque mais velho que existe. Acha o quê? Que me formei na Faculdade de Idiotice no semestre passado?

— Por que me chama de "garoto"? Nós somos mais ou menos da mesma idade.

Chevie se inclinou por cima de Riley e prendeu uma algema de metal em seu pulso.

— É? Bem, na verdade tenho 17 anos. E você não parece ter mais do que 12. — Ela apertou a algema, prendendo a outra ponta na cabeceira da cama.

— Tenho 14 anos e dez meses — retrucou Riley. — E vou passar por um estirão qualquer dia desses. Nessa mesma época, no ano que vem, vou estar maior do que a senhora, moça.

— Fico empolgada em saber, garoto. Até que venha esse dia grandioso, você tem apenas uma das mãos livres para comer e coçar o traseiro, mas recomendo que coma primeiro.

Agora que o garoto estava preso com firmeza, Chevie manteve a porta aberta utilizando uma cadeira, de modo a ficar também de olho na sala do módulo. Só para o caso de mais alguma coisa resolver passar por ali.

Riley puxou a corrente algumas vezes para testar a força dela, e Chevie riu.

— Todo mundo faz isso, mas vou dizer uma coisa: essas algemas têm uma força tênsil de mais de 150 quilos, portanto você está desperdiçando tempo. — Chevie balançou a cabeça. — Hoje está acontecendo um desperdício enorme de *tempo* aqui, você não faz ideia.

Subitamente, Riley sentiu vontade de chorar, e de modo quase igualmente súbito sentiu vergonha de si mesmo. Chorar não iria livrá-lo de Garrick; a ordem do dia era coragem.

— Moça, a senhora precisa me soltar antes que ele chegue aqui.

Chevie puxou uma cadeira de aço, girou-a sobre uma das pernas e sentou-se, apoiando os cotovelos no encosto.

— Ah, é. *Ele*. A morte, certo? Ele é a morte e a morte está vindo. O bicho-papão.

— Não, não é o bicho-papão. Garrick é de carne e osso. Ele acabou com o velho de sangue amarelo e vai acabar com a gente logo, se a gente não puser um pouco de vento nas velas e sair desse lugar, onde quer a gente esteja.

Chevie quase sentiu pena daquele moleque imundo, até que se lembrou da primeira vez em que pusera os olhos nele.

— Vou dizer uma coisa, garoto. Por que a gente não esquece essa tal de *Morte* por um minuto e se concentra nos motivos que o levaram a matar o velho?

Riley balançou a cabeça.

— Eu, não, moça. Não fiz isso. Foi o Garrick.

Chevie era muito boa em decifrar as pessoas, e o rosto daquele garoto era largo, com sobrancelhas grossas, queixo proeminente e um tufo de cabelos que poderia ser de qualquer cor por baixo da sujeira. Seus olhos eram de um azul espantoso, pelo menos o direito; o esquerdo parecia ser quase inteiramente tomado pela pupila. Resumindo, um rosto infantil e inocente, e não de assassino. A não ser que fosse um psicopata.

— Ah, sim. Garrick. O Sr. Morte. Ou talvez o Sr. Ninguém.

— A senhora está zombando de mim, moça. Acha que sou mentiroso.

Chevie fez um som de desdém.

— Pare com esse negócio de *moça*, garoto. Você está fazendo com que eu me sinta uma avó. Pode me chamar de agente Savano. Não vá pensando que somos amigos, só estou sendo educada, e não quero julgar você até termos todos os fatos. E, para responder à sua indagação geográfica, estamos em Londres, Inglaterra.

O garoto ficou obviamente perturbado com tal notícia.

— Londres, a senhora disse? Verdade? Mas então ele já está aqui. Não há tempo, agente Sa-va-no. A gente precisa sair daqui. A senhora consegue evocar a magia laranja?

Magia laranja. Agente Laranja, pensou Chevie, ouvindo finalmente a ficha cair. Agora entendi.

— Escuta, garoto. Se esse tal de Garrick existe e está preso na outra ponta da *magia laranja*, ele não vai aparecer aqui nem se o céu se abrir. Entendeu?

Os olhos estranhos do garoto não ficaram menos arregalados nem menos ferozes.

— O céu, não, mas talvez se o inferno se abrir.

Chevie fungou.

— Vocês, vitorianos, são bem melodramáticos, não é? Qual é o seu nome, garoto? Não posso ficar chamando você de *garoto* o dia inteiro.

— Sou Riley.

— Riley é nome ou sobrenome?

Ele deu de ombros.

— Não sei nada disso, agente Savano. Garrick também não sabia. Só era preciso um nome. O bilhete que deixaram comigo só dizia: "Este é Riley, uma criança abandonada e necessitada. Cuidem dele." Eu estava a ponto de ser fervido por canibais quando ele me achou. Matou todos, matou mesmo, e fez o último mastigar um pedaço da própria perna como lição.

— Não estou gostando nem um bocado desse tal de Morte, esse mágico que só chama por um nome e é supostamente assassino de um viajante no tempo.

Riley suspirou. Aquela dona não estava dando o valor devido a Garrick, mas como poderia? Garrick era uma criatura única, e sua fúria não poderia ser entendida sem ser vista ou experimentada. Ele teria de bolar um plano por conta própria, e talvez distrair sua captora por um momento a fim de ganhar tempo e pensar. Riley se levantou um pouquinho e assentiu para uma tatuagem no bíceps da agente Savano.

— O que é essa marca em forma de ponta de flecha, agente? Você é marinheira?

Chevie bateu na marca azul.

— Este é um *chevron*, ou divisa, e meu nome vem daí, mas isso é história para outro dia, quando eu for visitar você na prisão, talvez.

A dona não havia caído no seu ardil.

— Sou inocente, moça... agente. A senhora precisa me soltar.

Chevie se levantou, girando a cadeira com a mão.

— Vamos ter de conversar de novo mais tarde, assim que eu tiver examinado o vídeo. Daqui a uma hora trago um McDonald's para você. Até lá, nem pense em sair daí, viajante do tempo.

Riley olhou a porta se fechar, pensando: viajante do tempo?

E: o que é um vídeo?

E: por que ela me traria um escocês? Em que isso ajudaria?

A equipe de limpeza de materiais perigosos era diferente de qualquer outra que Chevie já vira. Não havia sinal dos macacões brancos contra vírus, os vi-brans, como os federais apelidavam; em vez disso, os quatro agentes vestiam algo parecido com neoprene e pareciam meio malhados demais para um esquadrão científico.

Chevie seguiu rapidamente pelo corredor até o agente Laranja, que estava prendendo uma balestra atravessada no peito.

— O que são esses caras? Ninjas da química? E por que você está usando essa balestra?

— Perguntas demais, agente Savano.

— É, eu andei meio por fora aqui. Ninguém tinha mencionado proteção de testemunhas viajantes no tempo até hoje. Agora todo mundo está pulando para o passado, menos eu.

— Você não tem treinamento com materiais perigosos, Chevie. Esse esquadrão tem, além de possuírem importantes habilidades de combate. Quanto às nossas vestimentas e equipamentos, as roupas são feitas de cânhamo e vão se biodegradar ao ar livre, e as armas têm um desenho de alta tecnologia mas não são estilo "ficção científica" demais para as pessoas de lá, caso encontremos alguma. Nós vamos voltar no tempo, fazer a limpeza e retornar.

E se alguma coisa ficar para trás, no campo, não haverá efeito dominó.

— Com respeito ao... hum... efeito dominó, por que você não volta um pouquinho antes e salva seu pai? Agora que você tem a Chave Temporal dele e sabe exatamente onde ele estava.

O agente Smart balançou a cabeça.

— Você não leu o arquivo inteiro, leu, Chevie? As fendas espaciais têm um tamanho constante, com precisão de nanossegundo. Pense neles como canudinhos de refrigerante; se você mover a frente, a ponta de trás se move também. Por isso, se uma hora se passou aqui, uma hora se passou lá. Essa fenda espacial específica mede um pouco menos de 120 anos, portanto, é isso que vamos recuar.

— Quanto tempo vocês vão ficar fora?

— Não muito. Dez minutos no máximo. Se demorarmos mais do que isso é porque estamos mortos, então você deve desligar essa coisa, desarmar o módulo e voltar para a Califórnia.

— Isso é que é pensar positivo, agente. O que vamos contar ao corpo de bombeiros dessa vez?

Smart colocou uma máscara de rosto inteiro.

— Está tudo certo quanto a isso. Eu acionei os abafadores; não haverá blecautes nessa viagem.

Chevie examinou a equipe temporal, vestida da cabeça aos pés com trajes pretos blindados e almofadados, carregada de lâminas e arcos.

— Vocês parecem futuristas, mesmo com as armas antigas. O que acontece se forem apanhados antes que o cânhamo se dissolva? O garoto, Riley, garante que há algum tipo de assassino mágico lá.

A voz de Smart foi abafada pelo filtro por cima da boca.

— Ah, sim. O bicho-papão. É a clássica transferência, Savano. Culpe o Sr. Ninguém. Mesmo que exista alguém parecido com o tal bandido por lá, acho que meus rapazes podem cuidar dele.

Chevie também achava isso. Aqueles caras pareciam capazes de tomar um pequeno país.

— E se houver um terremoto e seus rapazes ficarem presos no entulho?

— Bom, é para isso que existe o botão vermelho; apesar de essas roupas estarem guardadas há quinze anos, espero que os interruptores de mercúrio ainda funcionem.

Essa declaração deixou clara a gravidade da coisa.

— Autodestruição? — perguntou Chevie. — Você *está* mesmo curtindo com a minha cara? Isso aqui não é um episódio de *Além da imaginação*.

Os ombros do agente Smart se sacudiram quando ele riu.

— É, é sim, Chevie. É exatamente isso.

Chevie não riu; tinha senso de humor, mas piadas sobre autodestruição não eram do seu gosto.

— Então eu devo ficar aqui sem fazer nada enquanto vocês, seus macho-nerds, ajeitam os dominós do tempo?

Smart congelou.

— Macho-nerds? Ajeitar dominós do tempo? Sabe de uma coisa, agente Savano? Acho que você captou a essência do que está acontecendo aqui, e eu nunca achei que captaria. O maior músculo de algumas pessoas é o dedo de apertar o gatilho, mas você segurou as pontas admiravelmente bem durante esse momento de estresse, e sem atirar em ninguém.

Chevie o encarou. Será que Smart estava perdendo tempo curtindo com a cara dela? Ou será que ele era simplesmente um robô?

— Tem certeza de que você deveria estar comandando essa operação? Talvez eu devesse substituí-lo.

De repente, os quatro nerd-ninjas sacaram suas armas de coldres.

— Não diga a palavra que começa com "s", Chevie — aconselhou Félix. — Essa missão é muito importante. Ninguém quer terminar extinto porque meu pai poluiu a linha temporal.

Chevie não recuou um centímetro.

— É, bem, diga aos seus rapazes que, quando voltarem, eu os verei na sala de malhação, dois de cada vez.

A equipe de limpeza de materiais perigosos baixou as armas, olhando para Chevie com as cabeças inclinadas em surpresa, como leões desafiados por um camundongo.

— Seus coleguinhas de laboratório não falam muito.

Smart abriu uma série de laptops numa mesa de metal; cabos grossos desciam por trás da fileira de computadores, indo até o chão e serpenteando pelo módulo PRATA. Ele digitou rapidamente longas sequências de código.

— É por isso que gosto deles, agente. Eles só fazem o serviço, sem papo furado.

Os laptops eram antigos e robustos, com letras em relevo nos teclados, que reluziam em verde e não ficavam na ordem usual. Chevie bateu em um deles para ver se era mesmo de madeira.

Smart afastou a mão dela.

— Não cutuque o equipamento, agente — censurou ele. — Esse negócio é tecnologia alternativa antiga. Nem temos mais peças de reposição.

— Ora, eu tenho uns pedaços de pau no meu quarto.

Smart ignorou o comentário e continuou a verificação do sistema. Enquanto digitava, o módulo estremecia, despertando, vibrando e soltando vapor como uma geladeira muito antiga. Os grupos de luzes quadradas piscavam e tremeluziam em padrões complicados, e os espessos cabos de energia zumbiam com megawatts de eletricidade mal contidos. Em alguns lugares a borracha derreteu, expondo fios que chiavam.

Aquilo tudo fez Chevie se lembrar de reprises de filmes antigos de ficção científica na TV a cabo.

É assim que as pessoas na TV do século passado achavam que o futuro seria. Barato e espalhafatoso.

Fachos de laser saltaram de vários pontos do módulo, conectando-se para formar uma teia ao redor da nave.

Lasers?, pensou Chevie. *É realmente uma máquina do tempo. Estou me sentindo como se estivesse voltando aos anos 1970.*

Demorou vários minutos para o módulo PRATA esquentar. Ele tremeu, engasgou e zumbiu, com seis motores elétricos chacoalhando na base. Chevie ficou bem satisfeita por não fazer parte do grupo que esperava para entrar na barriga daquilo e ser desmaterializado. Por fim, o módulo pairou a pouco mais de um centímetro de seu suporte, e as várias luzes piscaram em harmonia perfeita, com exceção daquelas que estouraram e estalaram.

— Certo — gritou Smart acima do estardalhaço elétrico. — Temos noventa e sete por cento de estabilidade. É suficiente.

Noventa e sete por cento?, pensou Chevie. *Aposto que esses caras da limpeza não viram o braço de macaco, caso contrário insistiriam em esperar os cem por cento.*

A equipe de limpeza vestida de preto entrou no veículo pela escotilha e sentou-se num banco baixo que acompanhava toda a parede. Ficaram apinhados, e de repente pareciam menos durões, apesar das roupas e armas amedrontadoras. Chevie lembrou-se de seu pequeno irmão adotivo e da noite em que ele havia ido acampar com os coleguinhas no quintal, todos muito corajosos até que alguma coisa roçou na lona às duas da madrugada.

Smart entregou a Chave Temporal a Chevie.

— Clonei chaves para mim e para a equipe, mas esta ainda é a chave primária com todos os códigos de acesso. Na verdade, toda a história do projeto está nesta chave. Não a perca.

Chevie pendurou o objeto no pescoço.

— Vou guardar embaixo do meu travesseiro, ao lado da sua foto.

Smart baixou a máscara, e Chevie viu que, pela primeira vez em meses, ele estava sorrindo de verdade.

— Vou sentir sua falta quando isso tudo acabar, Savano. Nenhum desses caras me enfrenta. Tendo dito isso, se você estragar tudo vou fazer com que seja mandada para o escritório de Murmansk.

— Não temos escritório em Murmansk.

— Ah, temos, sim... mas fica bem fundo, embaixo do gelo.

— Captei a mensagem. Não se preocupe, Félix. O garoto está em segurança e não vou deixar mais ninguém tocar nessa Chave Temporal.

Smart ajeitou a máscara.

— Ótimo. Então em dez minutos você vai poder voltar para casa mais cedo, com uma carta de recomendação e ficha limpa. Mas se algum estranho vier por esse módulo, lembre-se do treinamento: opte sempre um tiro no peito.

— Eu me lembro. Tiro no peito. O maior alvo.

Deram um aperto de mãos, algo que Chevie particularmente não queria fazer, não por causa de alguma fobia de germes, mas porque no tédio dos últimos nove meses tinha desenvolvido um gosto por filmes de ação e, como qualquer fã de cinema sabe, quando dois policiais desenvolvem um respeito mútuo relutante, o policial coadjuvante está para morrer.

E se alguém tem o papel coadjuvante aqui, pensou ela, *essa pessoa sou eu.*

Smart entrou no módulo, espremendo-se no banco ao lado dos colegas.

Ele fez uma contagem regressiva a partir do cinco usando os dedos, então toda a equipe estendeu os braços para o meio e sobrepôs as mãos. Quando todos se tocaram, Smart bateu no pingente pendurado no pescoço, o módulo se encheu de luz alaranjada e houve um chiado alto, que imediatamente entrou em colapso sobre si mesmo, criando um vácuo que Chevie pôde sentir mesmo por trás dos computadores.

O ruído aumentou para um nível de furacão, e a tripulação de Smart começou a chacoalhar enquanto suas moléculas eram despedaçadas. Todos ficaram alaranjados, depois se dividiram em bolhas da mesma cor que espiralaram num miniciclone que girava cada vez mais depressa no centro do módulo. Chevie jurava que era capaz de ver partes de corpos refletidas nas bolhas.

Refletidas de onde? De regiões subatômicas?

A fenda espacial se abriu como um dreno de luz, um pouco menor do que Chevie esperava, para ser sincera, no entanto suficientemente grande para engolir os átomos da equipe de limpeza e de seu chefe. As bolhas espiralaram para baixo, pressionando todos para dentro do círculo branco e pulsante na base do módulo. Aquilo brilhou feito uma moeda de prata, depois começou a girar como se alguém tivesse lhe dado um peteleco, cada volta lançando um facho ofuscante pelo porão.

Chevie fechou os olhos. Quando abriu de novo, a fenda espacial havia se fechado, deixando um fiapo de fumaça com a forma de um ponto de interrogação tosco.

Tenho um igual dentro da cabeça, pensou Chevie, avançando cautelosamente ao redor da fileira de computadores para espiar o interior do módulo. Estava frio ali, e alguns blocos de gel alaranjado tremiam nas paredes de aço.

Espero que essas gelecas não sejam partes importantes de corpos.

Smart e sua equipe haviam sumido.

Até esse momento, eu não acreditava na história de Laranja, percebeu Chevie. *Nem por um segundo. Agora não tenho certeza de que acredito.*

Mas não havia como negar que seu parceiro sumira, fosse para dentro de uma fenda especial, conforme planejado, fosse cozido por raios laser retrôs até virar geleia.

Posso me preocupar com tudo isso depois que tiver voltado para casa em Malibu. Até lá: aja como profissional.

Ela resolveu usar os dez minutos para verificar o vídeo na Chave Temporal de Smart pai. Verificar se havia mais alguma coisa que pudesse acrescentar ao relatório. E, nunca se sabe, sempre havia uma chance remota de Riley estar dizendo a verdade. Mas, mesmo se estivesse, não havia como o bicho-papão de quem ele tinha tanto medo chegar ao futuro.

De repente Chevie teve um vislumbre do rosto de Riley: olhos azuis arregalados, a testa suja de fuligem.

O céu, não, mas talvez se o inferno se abrir.

Estremeceu. Talvez aquele garoto não estivesse dizendo a verdade, mas certamente acreditava que sim.

4

TECALT

Bedford Square, Bloomsbury, Londres, 1898.

Albert Garrick cantarolava uma cantiga de ninar aprendida no colo de uma irlandesa que havia sido babá de metade do pessoal da Old Nichol nos tempos sombrios. Se houvesse uma verdade que Garrick guardava como um tesouro, era que jamais voltaria à Old Nichol, nem mesmo para escapar da forca.

— Preferiria morrer pendurado a voltar àquele poço de excremento — prometeu baixinho entre os dentes trincados, como fazia na maioria das noites.

E nesse caso a expressão *poço de excremento* não era simplesmente um exagero de narrador. O cortiço na rua Old Nichol ficava ao lado do esgoto comunitário e fora poupado pelo Grande Incêndio, mas a área não vira melhorias para seus residentes pobres desde aquela época. Era um verdadeiro poço de excremento. Uma grande vala de putrefação salpicada de chiqueiros, barracos e montes de estrume, onde o ar exalava o cheiro pungente da indústria e os uivos luxuriantes dos bebês famintos.

O inferno na Terra.

Enquanto Albert Garrick cantarolava, as palavras flutuavam das sombras escuras de seu passado, e o assassino as entoava com voz doce de tenor:

Um bebezinho, dez, um montão
Até pouco tempo eu ganhava um dinheirão
Então a dànada, meus bebês quis roubar
Agora todo santo dia eu só posso mendigar.

Garrick deu um riso austero. Uma cantiga de ninar inspirada no cólera, o que não era um tema capaz de aplacar os medos dos pequeninos, e frequentemente o mantinha acordado em vez de mandá-lo para o sono. Mas afinal de contas Garrick havia perdido nove pessoas da família para a doença, e ela teria levado ele e seu pai se o esperto não tivesse cortado a garganta do zelador do teatro Adelphi num beco certa noite e se apresentado para ficar no lugar dele na manhã seguinte. O zelador havia sido um colega de farras de seu pai, mas era uma questão de vida ou morte, e o Tâmisa estava atulhado de grandes amigos. praticamente não passava uma maré sem que o amigo do peito de alguém encalhasse nos bancos de lama em Battersea.

Durante mais de um ano pai e filho dormiram num espaço secreto atrás do camarim do Adelphi, até um dia serem capazes de pagar por um quarto longe da Old Nichol.

Garrick se ajoelhou no elaborado tapete de flores de lis, banindo as lembranças e se concentrando no negócio desta noite. Com cuidado, colocou as pontas das facas na pétala central da estampa. Seis facas no total, desde estiletes até canivetes e estrelas-ninjas de quatro pontas; no entanto, a predileta de Garrick era a faca serrilhada de limpar peixe que ficava sob seu travesseiro desde a infância.

Bateu com carinho no cabo de madeira. Era genuíno dizer que Garrick tinha mais consideração por essa faca do que por qualquer pessoa conhecida. De fato, uma vez o mágico havia se arriscado à prisão quando demorou a recuperá-la de uma vítima que havia prendido a faca na mixórdia das entranhas.

Mas eu sacrificaria até você por um gostinho de magia, admitiu à faca. *Prontamente e de bom grado.*

Garrick sabia que homens viriam àquele lugar quando o mágico deles fosse devolvido como um cadáver frio. O velho havia prometido isso — *se fizerem mal a mim, homens virão para garantir que vocês não peguem meus segredos* — e Garrick acreditava que tais palavras eram verdadeiras. Os segredos do velho eram mágicos, e os homens viriam porque magia era poder, que por sua vez era conhecimento. E quem controlasse o conhecimento controlava o mundo. O conhecimento era uma coisa perigosa para se deixar solta por aí, portanto os homens viriam.

Um círculo de morcegos pendurados fez barulho na chaminé, as asas se agitando como um espanador.

Será que tinham sentido alguma coisa? Será que o grande momento estava chegando?

Venham, deuses da magia. Venham conhecer as armas de Albert Garrick, e veremos se morrerão como homens.

Garrick pôs as facas nos bolsos e se fundiu às sombras do porão junto ao relógio de pêndulo.

No momento em que um viajante emerge de uma fenda espacial e a espuma quântica se solidifica, existem momentos de clareza esquecidos subitamente nos quais o viajante se sente unido ao mundo.

Tudo está bem e fora das vistas, como na música de Stevie Wonder citada por Charles Smart na famosa palestra da Universidade de Columbia durante sua turnê. *Quando aquelas pequenas partículas virtuais se aniquilam, a pessoa é literalmente plugada ao universo.*

Claro que isso não passava de quanti-jectura, outro termo do professor Smart. Jamais poderia haver qualquer prova desses breves momentos de união, já que se dissipavam quase instantaneamente e eram praticamente impossíveis de se registrar. Mesmo assim o professor Smart estava correto: o "Zen Ten" existe mesmo e estava sendo experimentado pela equipe de limpeza enquanto seus corpos se solidificavam e os deixavam num estado de espanto curtíssimo, como crianças numa apresentação de fogos de artifício.

A equipe estava de pé na cama, a qual Charles Smart havia preparado como um receptor, envoltos numa diáfana cortina de luz alaranjada que saltou de volta para a fenda espacial que pairava atrás deles como um diamante flutuante.

— Ei — disse o soldado na fileira da frente, com a balestra pendurada frouxamente nos dedos. — Vocês entendem agora os paralelos entre Einstein e Patolino? Aquele pato sabia do que estava falando.

Teriam acontecido mais uns oito segundos de sabedoria cósmica se Garrick não tivesse percebido intuitivamente que o destino jamais jogaria uma oportunidade tão madura em seu colo. Atacou como um dervixe mortal, saltando do esconderijo até a cama de dossel, onde seus oponentes estavam parados feito gado no abatedouro.

Usem seus arcos agora, rapazes, pensou ele.

A chegada de Garrick na cama-receptor esmagou o invólucro de bem-aventurança, e a equipe de limpeza ficou vigilante instantaneamente — todos menos Smart, que ainda estava envolto em partículas quânticas, o que fazia seus membros empenarem e estremecerem como se estivessem embaixo d'água.

O primeiro golpe de Garrick foi o melhor, já que tirou sangue vermelho e quente. Ele estivera ansioso para sua arma encontrar algum tipo de armadura, mas ainda que o material fosse excepcionalmente duro, não seria capaz de resistir à ponta afiada de sua confiável faca de limpar peixe. O homem que havia mencionado o tal pato despencou nas cobertas, o coração estourado no peito. Um segundo recém-chegado vestido de preto posicionou os punhos numa postura próxima à de um boxeador e soltou um gancho veloz como um raio contra o plexo solar de Garrick.

O assassino grunhiu de surpresa, não de dor. Aqueles demônios sombrios eram velozes, mas não magicamente velozes, e seria necessário um pouco mais de força para penetrar as tábuas de músculos do tronco de Garrick.

Garrick havia estudado muitas artes de luta, desde a luta livre da Cornualha até o caratê de Okinawa, e escolhia o que desejava de cada uma. A essas habilidades acrescentara sua especialidade: a prestidigitação. Era um estilo que não podia ser clinicamente reconhecido para gerar uma defesa, afinal só havia um mestre e um aluno.

O mágico usou sua habilidade especial e passou a faca para a mão esquerda. O segundo homem de preto acompanhou o movimento com a cabeça, mas não percebeu a faca de arremesso que brotou na mão direita de Garrick como se crescesse a partir da veia.

Quando o homem de preto captou o brilho mortal de soslaio, o espeto já havia começado a voar feito um raio para o alvo. Não para o segundo homem, e sim para um terceiro, enquanto o segundo era distraído pela mão esquerda de Garrick, que segurava a faca de limpar peixe.

O segundo homem percebeu isso tarde demais e mal teve tempo de ver a faca de arremesso furando o peito de seu colega antes de sentir a faca de peixe cortando sua própria jugular.

Tanto sangue, pensou Garrick. *Um oceano de sangue.*

Três membros da equipe de limpeza estavam fora de combate. O quarto optou por atacar para não ser morto. Esse sujeito era um verdadeiro destruidor, famoso no FBI por ter nocauteado um campeão mundial de boxe numa luta de bar em Las Vegas. Ele mandou um rápido cruzado de direita que teria derrubado um elefante e mapeou mentalmente os três golpes seguintes.

Não precisaria deles. Garrick se esquivou do soco, rolou até as costas do sujeito e o encontrou do outro lado com um estilete de prisão. O agente não morreu imediatamente, mas não iria demorar muito.

Agora restava um, o que vestia luz mágica. O homem com o verdadeiro poder. Garrick sentiu-se salivando.

Como roubar a magia? Qual seria a técnica? Um encantamento, talvez? Ou será que precisavam de um pentagrama? Tudo o que Garrick havia experimentado para sugar ao menos uma fagulha de poder do etéreo parecia uma piada espalhafatosa agora. Velas e ervas, sacrifícios de animais. Ele havia sido uma simples criança tateando no escuro. Ali estava o poder verdadeiro diante de seus olhos, se ao menos pudesse pegá-lo.

Ele enfiou a faca no bolso e mergulhou os dedos gélidos na luz alaranjada até encontrar o pescoço do homem. Os tendões pareciam retesados como cordas de forca, mas ao toque eram mais macios do que manteiga. Garrick viu os próprios dedos se fundirem ao corpo do estranho de algum modo, e juntamente à fusão veio um compartilhamento de almas.

Eu conheço este homem, percebeu. *E ele me conhece.*

Com a mão livre, Garrick arrancou a máscara dele a fim de exigir o conhecimento que não conseguia encontrar na mente do homem.

— Diga como tomar sua magia — exigiu. — Me dê seus segredos.

O homem parecia preso num estupor. Via mas não enxergava, com um olhar suave e embotado que Garrick tinha visto frequentemente no rosto de soldados que emergiam do clorofórmio.

Eu conheço você, Albert Garrick, disse o homem, mas sua boca não se mexeu. *Sei o que você é.*

Para Garrick, era como se tivesse se unido totalmente àquele homem enquanto ouvia seus pensamentos. Toda a vida de Smart foi comprimida numa cápsula amarga e enfiada pela sua garganta. Lembranças explodiam dentro dele, mais vívidas do que as próprias. Sentiu gosto de sangue e suor, cheiro de pólvora e carne podre, e sentiu as próprias vergonhas e arrependimentos secretos que jamais ousara admitir.

Isso é a magia, percebeu enquanto a vida do homem se arrastava para dentro das suas entranhas como um verme. *Ver, conhecer.*

— Me dê — disse, apertando o pescoço do homem. — Quero tudo, ouviu?

— Eles mandaram você para o Afeganistão — ofegou o homem, as palavras grunhindo ao sair.

Garrick ficou tão surpreso ao ouvir aquilo que até respondeu:

— Não são muitos que sabem disso, escocês. Eu peguei o fuzil da rainha, matei minha quota e voltei como herói. — Garrick balançou a cabeça para expelir a sondagem do homem alaranjado. — Pare de falar, homem, a não ser que seja para revelar segredos.

O homem fechou os olhos... pesarosamente, pelo que pareceu a Garrick.

— Não posso. E sei o que você pretende fazer, por isso... — Sua mão foi até um botão vermelho no cinto, e Garrick agarrou o pulso dele com os dedos.

Um circuito quântico se completou, e as informações foram trocadas em todos os níveis. Conhecimento, segredos e a própria essência do ser — tudo saltava entre os dois homens presos no combate cruel. Garrick lutava para se agarrar a si mesmo naquela tempestade de conhecimento. Via e entendia tudo, desde amebas até micro-ondas. Sentia seu ser como uma coleção de nêutrons agitados e compreendia o conceito. Via a superfície da lua, uma terra governada por dinossauros, computadores do tamanho de caixas de fósforo, o escocês cientista, a mocinha Shawnee e o garoto Riley.

Riley, pensou, e o pensamento saltou para longe numa maré de espuma quântica. Inclinou a cabeça, acompanhando-a, e o escocês aproveitou-se de tal distração para apertar o botão vermelho em seu cinto.

Garrick sentiu o mercúrio se deslocar e o cheiro dos explosivos, e soube que talvez só houvesse um jeito de escapar da morte. Esmagou a traqueia macia de Félix Smart com o punho e depois jogou-se com ele no minúsculo círculo de luz pulsante que estava no centro do colchão.

Não parecia possível dois homens adultos caberem naquele espaço minúsculo, mas a fenda espacial era física pura, e por isso fez seu trabalho, desmaterializando os dois combatentes no instante em que a minúscula bomba da roupa explodia.

Charles Smart, o padrinho da viagem no tempo, havia especulado em sua famosa palestra em Columbia que, se uma mudança espontânea de energia fosse introduzida na corrente quântica, os efeitos nos viajantes poderiam ser espetaculares, produzindo, em tese, um ser imbuído de todos os poderes ainda não concedidos à humanidade pela evolução. Ou, como ele disse: *Clark Kent viraria de fato o Super-homem.*

O mundo poderia ver super-heróis.

Ou supervilões.

Bedford Square. Bloomsbury. Londres. Atualmente.

Chevie Savano plugou a Chave Temporal de Charles Smart no conector estranhamente dentado que ficava no meio dos computadores antigos da sala do módulo.

Uma mensagem apareceu na tela: AQUECENDO.

Aquecendo? O que era isso? Uma fotocopiadora?

Tecalt era um termo que Félix gostava de usar. Tecnologia alternativa. O que ele queria dizer era lixo antigo que não funcionava mais como deveria.

Aquecendo? Daqui a pouco a geringonça iria pedir mais gasolina.

Finalmente o menu surgiu tremelicando na telinha convexa. O tipo de tela que os vovôs nerds usavam para jogar *Pac-Man*. O sistema operacional era desconhecido para ela: uma série de menus consecutivos que faziam lembrar uma árvore genealógica.

Bem, acho que nem a Apple nem a Microsoft conseguem controlar o passado, pensou, sorrindo.

Parecia que tudo estava naquela Chave Temporal. Toda a história do projeto, inclusive saltos anteriores, arquivos pessoais, localizações de módulos e, claro, o diário em vídeo do professor Smart.

Chevie clicou nos registros de alerta de proximidade com um mouse de madeira genuína e rolou a tela até chegar aos minutos mais recentes dos arquivos.

Era uma imagem granulada, com cores abafadas pela escuridão, mas dava para ver claramente o garoto, Riley, se aproximando furtivamente, os olhos e dentes brilhando no rosto enegrecido. A faca em sua mão também estava visível: só o gume superior, onde a fuligem não havia coberto.

De repente a tela reluziu em verde e as feições de Riley ficaram iluminadas por baixo, como o rosto de alguém que conta histórias de terror enquanto segura uma lanterna sob o queixo. Era preciso dizer que o garoto parecia bastante culpado: entrando na casa de um velho na calada da noite, armado com uma faca de aparência maligna. O alerta mudou de verde para vermelho assim que Riley chegou mais perto, e o panorama virou bruscamente quando o professor Smart sentou-se.

Houve um pouco de conversa, impossível de decifrar, então Riley golpeou e tudo ficou alaranjado. Fim da história. CQD, xeque-mate, a promotoria encerra sua fala.

É mesmo?

Chevie congelou a imagem no instante em que Riley golpeou. Parecia meio estranho. Chevie sabia tudo sobre lutas com facas, e a postura do garoto parecia deslocada. Ele estava se inclinando para trás ao mesmo tempo que se movia à frente. Não era uma coisa fácil de se fazer. Além disso, sua expressão era de puro pavor.

Ou esse garoto é esquizofrênico ou teve uma ajudinha.

Mas não havia mais ninguém no quarto escuro. Pelo menos que desse para ver.

Chevie ficou tentada a dar um soco no equipamento antigo.

Tecalt o caramba. Não consigo nem limpar um pouquinho da imagem.

Então teve uma ideia: talvez não pudesse limpar a imagem naquela caixa de parafusos, mas se pudesse transferi-la...

Pegou seu smartphone na cintura e tirou uma foto em HD da tela. A simples transferência da imagem para o telefone pareceu deixá-la um pouco mais nítida, porém ainda estava escura e turva.

Escura e turva, nenhum problema.

Chevie tinha nada menos do que quatro aplicativos de manipulação de fotos no telefone e escolheu um deles.

De certa forma era terapêutico ter uma tarefa tão comum para fazer, coisa que poderia ajudá-la momentaneamente a fingir que estava trabalhando num caso normal.

Mandou o telefone aumentar a nitidez, clarear e incrementar a cor.

Demorou alguns segundos, mas outra pessoa apareceu nas sombras atrás de Riley, à direita. Um homem alto, ligeiramente encurvado, de olhos escuros e juntos desprovidos de qualquer expressão, como os de um cadáver. O rosto era neutro, e ficava mais neutro ainda por causa da fuligem, e Chevie jamais conseguiria imaginar damas desmaiando por aquele cara, porém os olhos o entregavam. Chevie já tinha visto aquele tipo de olhos mortos nos rostos de serial killers nos arquivos em Quantico.

Estremeceu.

Então é isso que a gente sente quando o sangue gela nas veias, pensou. *Eu tinha ouvido a expressão, mas não entendia.*

Aquele era o sujeito de quem Riley havia falado, sem dúvida. A Morte, o mágico. Aquele cara parecia capaz de qualquer coisa.

No entanto, era Riley quem segurava a faca. O garoto ainda era culpado.

Mas...

Chevie deu dois toques na imagem para ampliá-la, depois centralizou no braço de Riley que segurava a faca e ampliou de novo. Parecia conclusivo. Uma das mãos segurando uma faca, um antebraço, sombras de pano enrugado no cotovelo.

Sombras de pano enrugado...

Chevie ampliou de novo até que os pixels ficaram turvos e ela notou que as sombras não eram sombras.

A não ser que as sombras tenham dedos.

Havia quatro dedos longos segurando o braço de Riley, forçando sua mão.

O garoto é inocente!, pensou, soltando a respiração que não havia notado ter prendido.

Ao encarar aquele rosto enegrecido, com olhos chapados, Chevie ficou feliz por aquele homem não ser capaz de vir para o futuro, ao contrário do que Riley acreditava.

Mesmo assim, pensou. *Talvez eu monte guarda no módulo com uma bala no tambor. Só para garantir.*

Ela tirou a Chave Temporal do conector e pendurou-a no pescoço, por segurança.

Só para garantir.

O agente especial Lawrence Witmeyer, seu chefe no escritório de Los Angeles, costumava ter uma parábola para cada ocasião. Muitas envolviam um policial federal chamado Prevenildo, que estava sempre preparado e nunca levava um tiro por se esquecer do protocolo.

Chevie bufou. *Agente Prevenildo. Um sujeito da pesada.*

E se não estivesse levemente distraída pela lembrança, poderia ter notado uma bolha furiosa de energia vermelha surgindo no coração do módulo PRATA e teria tempo de se abaixar antes da explosão.

Infelizmente, ela *estava* distraída e não viu nada até os computadores acionarem uma sirene de alarme. Mas aí já era tarde demais.

Garrick e Smart caíram juntos na fenda espacial, mas como pessoas separadas. Quando estavam dentro, Garrick se agarrou à própria consciência, porém o coração de Smart já havia parado de bater e seu cérebro estava se desligando. O efeito da bomba de autodestruição era estimular algumas partículas que não deveriam ser estimuladas e corromper a transição, fundindo os últimos nêutrons de consciência de Smart aos de Garrick, e parte de suas características físicas também, as quais o PRATA reconstruiria a partir de seu DNA alterado.

Um novo ser com evolução acelerada. Todos os dons que milênios de adaptação trariam.

Durante um momento imensurável e ao mesmo tempo instantâneo, Garrick sentiu-se desencarnar na fenda espacial. Não conseguia ver nada e passou o tempo todo saltando entre as lembranças de Smart.

Eu matei pai e filho, percebeu, e desejou ter recebido pagamento pelo segundo assassinato.

Tal pensamento fez Garrick se lembrar do sujeito sinistro que o havia contratado para assassinar Charles Smart.

Será que ele tinha conhecimento de toda essa magia?, perguntou-se Garrick.

Num serviço normal, não haveria complicações. Garrick teria entrado e saído feito um sopro de vento, mas Riley estava junto, para sua primeira matança. Tinha sido um teste para o garoto, pura e simplesmente. Garrick havia ficado de olho na rotina do velho durante alguns dias, depois mandou Riley por uma janela do andar de cima. Nunca teria arriscado a reputação ou seu erário levando o garoto caso houvesse ao menos um cheiro de perigo.

Todos esses acontecimentos mágicos são sorte ou destino.

Se bem que agora Garrick não podia acreditar em magia ou destino. Os átomos colidiam ou não, simples assim.

Átomos, pensou Garrick, deliciado com o novo entendimento que a fusão a Félix Smart havia trazido. *Consigo enxergar os organismos deles com a mente.*

Garrick não estava ansioso ou incomodado com essa transição curiosa. Agora sabia exatamente o que estava acontecendo e o que o aguardava no futuro. Nem estava decepcionado com a ausência da "magia verdadeira", pois o que havia ao seu redor não era magia? Esse novo conhecimento não significava um poder sem limites? Garrick estava encantado demais com esse novo estado para se lamentar.

O futuro me aguarda e, com minha nova consciência, serei o senhor dele.

Essas eram questões a serem resolvidas num futuro que Garrick conhecia bem.

Filmes em 3D e computadores de bolso. Armas automáticas e robôs japoneses. Maravilha!

Dessa vez não houve uma materialização suave na casa da Bedford Square, nem fiapos de névoa etérea ou passageiros tremendo no módulo. Dessa vez apareceu uma bola de líquido vermelho, talvez do tamanho de uma maçã, que explodiu numa sujeira nojenta, vomitando jatos de sangue no porão, juntamente a um estrondo sônico e a uma onda de força concussiva. O círculo de abafadores ao redor do módulo explodiu como fogos de artifício num show de rock.

Chevie foi erguida feito uma folha num furacão e lançada para trás por toda a extensão do corredor. Bateu no chão duas vezes antes de se chocar contra uma pilha de suas próprias caixas de mudança debaixo da escada, as quais ela vinha querendo organizar desde que chegara. As caixas caíram em cima dela, deixando um túnel triangular que lhe permitia ficar de olho no módulo. E era um olho só; o esquerdo se fechou com o impacto e seus sentidos ansiavam por abandoná-la, mas ela se segurou por tempo suficiente para ver o que mais sairia lá de dentro.

O que saiu foi um saco de carne e ossos deslocando-se em espasmos pelo chão escorregadio de sangue, lutando contra si mesmo. Chevie viu uma das mãos rasgando a membrana com um soco e um rosto se comprimindo contra a superfície viscosa.

— Smart — chamou Chevie debilmente.

Então o rosto borbulhou e mudou, transformando-se no do homem da tela.

Estou num pesadelo. Acorde, Chevron Savano. De pé.

Se aquilo era um sonho, então era incrivelmente realista, abrangendo todos os seus sentidos, inclusive o olfato.

Não me lembro de já ter sentido cheiro num sonho.

Ela sabia que não era sonho. Os ladrilhos grudados em seu queixo e na bochecha estavam escorregadios demais com sangue e icor.

O amontoado de partes de corpos estalou e chacoalhou com respirações arfantes, atraindo raios de energia do módulo. Sacudiu-se como um cachorro molhado, espalhando pedaços do casulo até que a figura de um homem emergiu. O homem foi se moldando até ficar de pé, em seguida abriu os braços, flexionando os dedos como se fossem invenções maravilhosas.

Chevie sentiu as próprias pernas movendo-se debilmente enquanto buscavam tração no piso, mas até mesmo tal esforço a deixava tonta.

Riley. Preciso salvar o garoto.

A figura pareceu ouvir seu pensamento e se livrou do resto da bolha gosmenta, a qual passou de sólida a gasosa e flutuou em nuvens na direção do teto.

Roupas cresceram no homem, as costuras aparecendo literalmente ponto por ponto, arrastando-se como vermes que se solidificavam na pele. A vestimenta era uma mistura curiosa de cânhamo, calças da equipe de limpeza e um sobretudo vitoriano, encimado por um chapéu-coco que parecia tão deslocado quanto uma gravata borboleta num tubarão.

— Riley — disse o homem, como se testando a boca. — Riley, meu filho. Vim buscar você. Sei onde está encarcerado. O Smart futurista me mostrou.

Smart mostrou a ele, pensou Chevie, e soube, bem no fundinho, que a equipe de limpeza havia morrido.

Chevie lembrou-se de que tinha uma arma que possivelmente estava no coldre da lateral do corpo, mas parecia impossível para sua mão viajar aquela distância. Ela mal conseguia manter um olho aberto. Viu o mágico dar um tapinha carinhoso no teclado de um dos computadores antigos, depois voltar seu olhar para ela.

Ele me vê, percebeu Chevie, sentindo o frio do piso do porão penetrar no corpo.

O olhar do homem se deteve nela por um instante, então o mágico seguiu em direção à porta da cela com passos decididos.

Tudo bem, pensou Chevie. *Aquela porta é de aço reforçado. Nem o demônio conseguiria entrar sem um cartão ou um código.*

A figura demoníaca parou diante do teclado de segurança, estalou os dedos teatralmente e em seguida digitou o código.

— Abracadabra — disse ele enquanto a porta da cela se abria como um bocejo.

Desculpe, Riley, pensou Chevie. *Você me contou a verdade e eu o deixei aí para morrer. Perdão.*

Garrick tirou o chapéu, como se entrando numa igreja, depois se enfiou na cela.

Chevie fechou o olho. Não queria ver o que aconteceria em seguida.

Albert Garrick havia literalmente se tornado um novo homem quando emergiu do saco e pisou no futuro.

Tudo era diferente: seu DNA, seu vocabulário, sua gama de especializações, a postura, o desenvolvimento dos músculos, a compreensão. Tinha até estudado Shakespeare, ou pelo menos Félix Smart tinha.

Ser ou não ser, meu pequeno Riley. No seu caso, estou indeciso.

Ocorreu a Garrick que poderia haver algum perigo espreitando na *instalação* em que ele havia se materializado, porém as lembranças de Smart lhe garantiam que a única sentinela era uma garota, uma coisinha que qualquer um consideraria relativamente inofensiva. No entanto, as lembranças de Smart diziam que ela era uma combatente consumada, que havia se saído admiravelmente bem na Cidade dos Anjos.

E ela está com a última Chave Temporal deste século, lembrou. Ainda que as lembranças de Smart tivessem saído intactas da fenda espacial, sua Chave Temporal parecia uma brasa apagada no peito dele.

Não subestime a garota, disse Garrick a si mesmo, *ou seu destino será o pó.*

Plantou-se com firmeza no mundo real e olhou ao redor. Era um lugar estranho; paredes sem janelas cobertas de cordas coloridas e máquinas.

Cabos e servidores, informou a eletricidade que fluía entre seus novos terminais nervosos.

A evidência gosmenta da vinda de Garrick do passado era clara: sangue riscava as paredes e manchava as máquinas na bancada.

— Riley — disse ele, testando a voz. — Riley, meu filho. Vim buscar você. Sei onde está encarcerado. O Smart futurista me mostrou.

Garrick seguiu para as máquinas.

Isto é um laptop, pensou, batucando no teclado. *Que coisa encantadora.*

Mais tarde haveria tempo para essas curiosidades, mas por enquanto ele precisava soltar Riley, recolher-se num esconderijo seguro, depois deixar o garoto se regozijar na nova glória de seu senhor.

Não havia sinal óbvio da Srta. Savano. Será que a violência de sua chegada tinha acabado com ela?

Ou será que ela está esperando?

Garrick obrigou-se a se concentrar. Foi para perto da parede, semicerrando os olhos através da fumaça e das luzes piscantes para o corredor de tijolos vermelhos e o amontoado de caixas.

Ali. Olhe!

Um braço se projetava de debaixo das caixas. Os dedos estremeciam em espasmos e a cabeça que repousava naquele braço não se mexia. Um olho estava totalmente fechado, o outro parecia vítreo e inchado.

Aquela lesminha está à beira da morte. Vou pegar meu garoto e na saída extinguirei sua última fagulha.

Garrick moveu-se rapidamente pelo corredor, sentindo-se melhor do que em décadas. A viagem pela fenda espacial havia limpado seu organismo. Sentia-se feito um moleque animado prestes a subir por sua primeira calha de chuva.

Havia outro desafio adiante. Isto é, um desafio para o antigo Albert Garrick. Não para o novo modelo.

Versão 2.0, pensou, depois beliscou o próprio antebraço para forçar a concentração.

O desafio era o teclado da fechadura eletrônica.

Esta máquina pode ser alimentada por números ou cartões. Não tenho o cartão, mas os códigos para tudo o que há nesta casa estão em algum lugar da minha cabeça.

Inclinou a cabeça enquanto seu cérebro fornecia os números. Estalou os dedos, depois digitou o código no teclado. A luz piscou verde e a porta se abriu.

— Abracadabra — disse com satisfação.

Garrick tirou o chapéu e entrou, sorrindo ao pensar no espanto de Riley.

Ah, meu filho. Temos tanta coisa a compartilhar! Tanta!

A cela era espartana, com apenas uma cama estreita, uma cadeira e, claro, uma câmera inclinada como uma aranha no teto. Mas era só isso.

Nenhum garoto.

Riley havia sumido. Seu filho.

Garrick não se permitiria berrar o nome do garoto. Afinal de contas ele já havia sido um célebre ilusionista, e não um simples ator de melodramas pavorosos. Em vez disso, se contentou com uma batida sonora da porta enquanto ia a caminho de entrevistar a Srta. Savano.

Que sorte eu não tê-la matado, pensou. *Agora ela pode me ajudar a encontrar Riley antes de morrer.*

O mundo de Chevie girava num caleidoscópio de cores opacas. Cinza concreto e riscas marrons. Estivera pensando repetidamente: o garoto está morto, mas agora não conseguia lembrar se isso era um pedaço de letra de música ou um pensamento de verdade, com o qual deveria estar preocupada.

Algo acontecia do lado de fora de sua cabeça, com uma das partes de seu corpo. Um ombro, talvez? É, o ombro. Por que alguém estava sacudindo seu ombro quando ela só queria dormir?

— Moça, acorde — disse uma voz ansiosa. — Ele está vindo.

Acordar? Não, obrigada. Esse era seu dia de folga. Talvez um pouco de surfe mais tarde em Malibu.

— Moça, de pé, agora, ou Garrick vai matar nós dois.

Garrick.

Uma imagem relampejou na mente de Chevie, um corpo sangrento emergindo de algum tipo de casulo.

Um de seus olhos se abriu com um tremor; o outro ainda estava inchado feito um besouro rosado. O garoto se inclinou sobre ela, puxando-a pelas lapelas.

— Riley?

— O primeiro e único, Srta. Savano. Precisamos sair daqui agora mesmo.

Sair? Mas eu achei que você estivesse morto. Só vou fechar os olhos um segundo.

Riley agarrou-a pelas axilas e a colocou de pé.

— Venha agora — grunhiu ele. — Seja boazinha.

O olho bom de Chevie se abriu.

— Não sou uma criança.

Nesse momento, Garrick apareceu no corredor, o rosto imóvel feito alabastro e riscado de sangue.

Ele está com raiva, percebeu Riley, e a visão da expressão fria de seu patrão quase o paralisou de medo.

Seus instintos de sobrevivência assumiram o controle. Ele agarrou a pistola de Chevie, posicionou-a nos dedos dela e, usando as duas mãos para segurar a dela, apontou para o peito de Garrick.

— Atire, moça. Agora!

Com a ajuda de Riley, Chevie conseguiu disparar não um, mas dois tiros, ambos passando longe, mas a segunda bala suficientemente perto para fazer com que Garrick parasse. O mágico rosnou feito um vira-latas encurralado e mudou totalmente o padrão de movimento, tornando-se fluido, mas também errático, jamais indo para onde sua linguagem corporal indicava. Quando parecia decidido a dar um passo de lado, seu corpo dava um salto diagonal impossível para a frente.

Os tiros deram um tranco em Chevie, puxando-a de volta à realidade, e ela percebeu que o tal Garrick se movimentava de um modo que ela nunca tinha visto. Piscou seu olho bom.

— O que é isso? Esse cara parece um gato.

— Desvio de atenção; é um ardil de mágico — disse Riley, grunhindo enquanto puxava Chevie escada acima. Mais tarde poderia explicar melhor sobre o estilo único de Garrick; assim que fugissem daquela casa da morte, se isso fosse possível.

Chevie recuou escada acima, mantendo a arma o máximo possível apontada para Garrick. Agora o mágico sibilava como um vampiro, e baixava o chapéu-coco até as sobrancelhas para não perdê-lo.

Ele está se preparando para saltar, pensou Chevie.

— É, isso mesmo, meu chapa — gritou para o mágico. — Chegue mais perto. Vejamos como seus passos de discoteca funcionam numa escada estreita. Vou acertar seu olho.

O aviso pareceu funcionar, possivelmente porque havia muita verdade nele. Se Garrick pusesse o pé na escada, ficaria encurralado entre a parede e o corrimão. Mas se Chevie achava que o homem do século XIX iria se acovardar diante de sua arma futurista, estava enganada.

— Você não pode escapar de mim, Chevron Savano — disse ele, a cabeça inclinada. — Terei meu garoto de volta e tomarei os segredos da Chave Temporal.

O sangue de Chevie gelou. Para um vitoriano, aquele cara sabia um monte de coisas.

— Dê mais um passo — disse ela, mantendo a arma o mais firme possível — e veremos quem escapa.

Durante todo o tempo, Riley ficou murmurando no ouvido de Chevie e continuou a arrastá-la, de costas, para o nível da rua.

— Pise e recue — disse ele, tentando não captar o olhar de Garrick, porque aquela expressão glacial iria congelar e despedaçar sua decisão. — Pise e recue.

Agora estavam perto do último degrau enquanto Garrick espreitava embaixo, flexionando os dedos em frustração e desejando ter uma faca para arremessar. Chevie teve uma ideia.

Esse cara está encurralado. A equipe de apoio pode chegar em dois minutos.

— Tudo bem — disse ela a Riley. — Nós o pegamos. Ele não vai a lugar algum. Eu tenho um telefone no cinto; passe para mim.

Garrick também teve uma ideia. De repente o mágico recuou para longe do pé da escada e correu pelo corredor subterrâneo até a fileira de computadores.

Tudo bem. Está ótimo. Tudo o que ele pode fazer com os computadores é bater nos teclados. *Sem senha, não há acesso*, pensou Chevie. E então: *é mesmo? A porta da cela não o segurou muito, lembra?*

— Telefone, Riley. Pegue meu telefone.

— A não ser que isso seja uma arma, agente, esqueça a porcaria do seu *telefone*. Aponte a arma e dispare mais um tiro.

— Não, não se preocupe. Ele está encurralado lá embaixo.

Riley percebeu que a Srta. Savano acreditava estar por cima, e seus olhos lacrimejaram de frustração.

— A senhora não entende, moça. Garrick é um demônio. Ele não é um mandrião nem um trambiqueiro simples. A senhora não viu com seus próprios olhos quando ele saiu do poço do inferno?

Chevie tinha visto, mas se recusava a abandonar totalmente as regras de seu mundo.

— Talvez, se ele puder entrar no armário de armas, ele possa fazer alguma coisa, mas o armário é protegido por um código.

Um bip duplo veio lá de baixo, o qual Chevie reconheceu como o som do teclado desligando o alarme do armário de armas.

Riley soube, sem que precisasse ser dito, o que significava aquele barulho.

— Isso foi seu armário, não foi, moça? Isso foi Garrick sendo mais esperto do que seu código?

De novo, pensou Chevie.

— Essa foi nossa deixa para ir embora — admitiu, passando pelo último degrau e chegando ao corredor. — Sabe o que você disse sobre ir embora? Estava certo.

— Deus seja louvado pelo bom senso — disse Riley, e se enfiou embaixo do braço de Chevie de modo a arrastá-la com mais eficiência.

Garrick apareceu, trazendo um fuzil AK-47 que provavelmente era novo quando Chevie estava no ensino fundamental.

A idade da arma não vai deixar as balas mais lentas, pensou ela, obrigando Garrick a se abaixar quando disparou mais três vezes escada abaixo. *Isso deve nos garantir pelo menos uns cinco segundos de vantagem.*

Cinco segundos eram cerca de três a mais do que ela conseguiu. Antes que o eco de seu último disparo se dissipasse, a cabeça de Garrick apareceu de novo na curva do primeiro lance de escada. Dessa vez ele estava com o cabo do AK-47 habilmente acomodado entre a bochecha e o ombro.

Riley percebeu então que Garrick havia saído da máquina transportadora com conhecimentos e habilidades que não possuía anteriormente. Ele havia melhorado, de algum modo.

— Agora, mocinha — gritou Garrick. — Vejamos se o que sonhei sobre essa engenhoca é verdade.

Garrick puxou o gatilho, lançando um jorro de balas para o teto, acima da cabeça de Chevie. O coice o surpreendeu por um segundo, mas logo ele se recuperou. O barulho era ensurdecedor no espaço confinado, como trovões se sobrepondo. Riley e Chevie se encolheram contra as tábuas do piso, incapazes de dizer se tinham sido acertados ou se estavam gritando.

Riley não tinha experiência de combate como Chevie, mas toda a sua vida fora um longo trauma, por isso estava acostumado a continuar vivendo mesmo quando a morte chegava bem perto. Agarrou a agente Savano pelo colarinho e arrastou-a para trás como um saco de carvão.

— Venha — gritou ele. — Precisamos chegar à rua.

Saíram cambaleando juntos, com a ameaça de Garrick parecendo um vento no encalço, e num instante estavam na porta da frente, trancada com três fechaduras num portal de aço.

Basta passar o cartão de segurança e estamos fora, pensou Chevie.

E começou a tatear, procurando o chaveiro minúsculo preso a um passador da calça, onde seu cartão ficava pendurado normalmente.

Nenhum cartão. Devo ter perdido na explosão. A não ser...

Ela olhou, irritada, para Riley.

— Devolva meu cartão, ladrãozinho.

Riley já estava com ele estendido.

— A senhora chegou um pouquinho perto demais quando prendeu as algemas. Elas foram abertas com uma gazua que tava na minha meia, que saiu da máquina comigo. Desculpe, agente. Era vida ou morte.

Mais tarde poderiam falar sobre isso. Chevie passou o cartão enquanto as balas ricocheteavam no corredor, despedaçando vidro e estourando um lustre de cristal que caiu no chão, cobrindo Riley com uma chuva de cacos de vidro e bloqueando o poço da escada.

— Riley! — gritou Garrick. — Mate-a, garoto. Sei que você consegue. Eu limpo sua ficha, dou a palavra — prometeu, tudo ao mesmo tempo em que subia a escada e trocava o pente da arma.

A porta se abriu um pouquinho, e Chevie disparou sua última bala no teclado de controle.

Uma luz vermelha disparou no alarme, e uma voz presunçosa disse:

— TECLADO DE CONTROLE ADULTERADO. TRANCANDO EM CINCO SEGUNDOS. TRANCANDO EM QUATRO SEGUNDOS...

Garrick saltou agilmente pelos restos retorcidos do lustre, erguendo os joelhos numa altura impossível, até o nível das orelhas, enquanto levava a arma automática para cima da cabeça.

— Mate, Riley.

Para o caso de Riley não matá-la conforme fora ordenado, Garrick disparou outra rajada contra a agente Savano, mas era tarde demais. A porta havia se fechado atrás dos dois, com as três fechaduras sendo acionadas automaticamente. Ao mesmo tempo, a entrada dos fundos se trancou e barras desceram sobre cada janela da casa. O sistema de segurança era o melhor que os dólares federais poderiam comprar, e em menos de três segundos a casa da Bedford Square estava mais bem trancada do que um banco suíço.

Chevie parou, apoiando as costas na porta e sentindo a pulsação martelar na pálpebra inchada.

— Certo, agora temos uma folga para respirar. Aquele monstro pode ter conseguido o código com Smart para as armas, mas não vai sair dessa casa sem autorização do FBI.

Riley puxou Chevie para longe da porta.

— A gente precisa continuar andando, moça. Nenhum prédio é capaz de segurar Albert Garrick por muito tempo.

Chevie se permitiu ser rebocada através da fita de isolamento amarrada no corrimão. Estava começando a acreditar que talvez o tal Garrick fosse tão perigoso quanto Riley afirmava.

5

UMA VISITA À CASINHA

Bedford Square. Bloomsbury. Londres. Atualmente.

Riley e Chevie saíram rumo ao brilho alaranjado das luzes noturnas na praça ladeada por casas georgianas de quatro andares ao redor de um pequeno parque que parecia saído da história de *Peter Pan.*

— Isso, pelo menos, é familiar — ofegou Riley, olhando a praça e objetivamente ignorando os sons e imagens mais além. — Eu estava com um medo terrível de que as maravilhas modernas fossem demais para minha pobre cachola.

Espere só até ver Piccadilly Circus, pensou Chevie.

Riley inspirou uma enorme quantidade de ar, estremecendo.

— Garrick sempre me diz para respirar. Isso acalma o corpo, se o corpo precisar de calma. — Então parou de falar quando seu nariz farejou o ar que tinha acabado de receber. — Que curioso — disse, depois vomitou na calçada.

— Fantástico — observou Chevie. — Agora nunca vamos conseguir pegar um táxi.

Mas conseguiram parar um táxi do lado de fora de um hotel pequeno e chique na Bayley Street, e logo estavam perdidos no tráfego em direção à Leicester Square.

Riley mantinha a cabeça entre os joelhos, respirando com dificuldade até conseguir parar de tremer.

— O cheiro, moça. Parece o interior do bolso de um boticário. Não estou sentindo o cheiro da cidade.

Chevie deu-lhe um tapinha nas costas.

— Acho que hoje em dia o ar é um pouco mais limpo. Ninguém esvazia penicos pela janela.

— Não consigo sentir o cheiro das pessoas. Existe menos gente agora?

Chevie olhou para a metrópole apinhada que passava pela janela.

— Na verdade, não.

Riley apertou os joelhos com força e levantou os olhos.

— Não sinto nenhum cheiro de cavalo — grasnou.

— Não, não tem cavalos. A não ser em frente ao palácio de Buckingham, de vez em quando.

Riley se empertigou e encostou o rosto na janela.

— Em geral, a gente tem cavalos. Mas já vi automóveis, de modo que isso não é tão aterrorizante.

Nesse momento, um ônibus de dois andares passou ao lado.

Riley se encolheu. Talvez pudesse tolerar um carro do tamanho de uma carruagem, mas aquele veículo era maior do que uma barca de carga.

Seu olhar captava uma maravilha moderna após a outra. Letreiros de néon. Lojas de informática. Arranha-céus. Até que viu uma coisa familiar.

— Tem um pub inglês de verdade — ofegou Riley. — Podemos ir, agente? Um traguinho rápido de conhaque para meus nervos?

Chevie bufou.

— Você não vai beber, Riley.

— Por quê? É ilegal?

— Sim, isso mesmo. Totalmente ilegal. Se tomar um *traguinho,* eu terei de matá-lo com um tiro.

Riley suspirou uma nuvem de condensação na janela, depois levantou o olhar para o céu e sua respiração saiu em jorros súbitos e curtos, nublando o vidro.

— A... a... agente Savano?

Chevie estava digitando um número no celular.

— Só um minutinho, garoto.

Riley tocou o braço dela com um dedo, e Chevie sentiu-o batucando de medo.

— Não são os marcianos, moça, são? Igual à história nova do Sr. Wells, *Guerra dos mundos*?

Chevie acompanhou o olhar perturbado do garoto e viu a silhueta de um avião comercial.

— Não se preocupe, garoto. É só a Ryanair, e não alienígenas, apesar de essa ser uma suposição razoável. Acho melhor tirar você da rua antes que sua cabeça exploda.

— Ai, meu Deus. Hoje em dia a cabeça das pessoas pode explodir? São raios de calor? Preciso de um conhaque, moça, juro por Deus.

Chevie digitou os últimos três números em seu teclado.

— Você não precisa de conhaque, Riley, precisa de uma casinha.

— Nisso a senhora não está errada. Parece que faz uns cem anos que fui pela última vez.

Chevie manteve o telefone junto ao ouvido.

— Não esse tipo de casinha.

O FBI tinha vários esconderijos, apartamentos e quartos de hotel espalhados por Londres para o caso de seus agentes se encrencarem durante uma operação e precisarem de um local para se entocar e esperar a cavalaria vir galopando da embaixada americana.

Esses esconderijos eram conhecidos oficialmente como *instalações seguras*, mas os agentes os chamavam de *casinhas* desde que o termo fora popularizado por uma série de espionagem dos anos 1970, *Encrenca em dobro*, estrelada pelo ator inglês Sir Olivier Gamgud e seu fiel *yorkshire terrier*.

A casinha mais próxima de onde Chevie estava era uma suíte no Garden Hotel, um discreto e elegante hotelzinho na Monmouth Street, onde astros de cinema e modelos podiam ser encontrados desfrutando do famoso café da manhã. Os boatos no FBI diziam que o chefe da seção havia escolhido o Garden por causa de sua proximidade com a Monmouth Coffee Company, que supostamente servia o melhor *espresso* fora de São Paulo.

Chevie ligou para a portaria e pediu para falar com Waldo.

— Olá, aqui é o Waldo — disse uma voz grave. — Em que posso ajudar?

Chevie falou lentamente, seguindo o código. Waldo era conhecido por seu fanatismo pelo protocolo, e desligaria se ela se desviasse das palavras corretas.

— Gostaria de falar com meu tio Sam, Waldo. Ele está no quarto um-sete-sete-seis.

Waldo ficou em silêncio por tanto tempo que Chevie pensou que ele tivesse desligado.

— Sinto muito. *Em que* quarto você disse que seu tio Sam estava?

Chevie exasperou-se e jurou em silêncio dar um chute bem forte num lugar macio de Waldo.

— Desculpe, Waldo. Meu tio Sam está no quarto mil setecentos e setenta e seis.

Mais uma pausa, mas dessa vez Chevie ouviu um teclado sendo digitado.

— E como você disse que era seu nome, senhorita?

— Meu nome é Chevron, mas tio Sam sempre me chamou de... — Chevie cruzou dois dedos, esperando ter o codinome certo para o dia de hoje — ...Spiderwick.

— Spiderwick. É, você *está* na lista de visitantes.

— Bom. Ótimo.

— Seu tio Sam não está aqui no momento. Será que você gostaria de esperá-lo na suíte?

— Eu gostaria de esperar. Nós dois gostaríamos.

Mais sons de digitação.

— Ah... os dois. O hotel tem instalações excelentes, gostariam de utilizá-las enquanto aguardam?

Chevie olhou para Riley.

— Acho que roupas e primeiros socorros são definitivamente necessários.

— Muito bem, Spiderwick. Para quando devemos esperá-la?

Chevie olhou para a rua.

— Hora estimada de chegada: dois minutos, Waldo.

Waldo desligou sem dizer mais nada. Tinha apenas dois minutos, não havia tempo para conversa mole.

O táxi parou diante do Garden Hotel pouco mais de três minutos depois e expeliu um casal muito improvável na rua.

Uma agente do FBI de 17 anos usando Lycra e um aprendiz de assassino do século XIX, pensou Chevie. *Deve ser uma visão incrível. Pelo menos agora meus dois olhos estão abertos.*

A Monmouth Street em si estava calma, apesar da proximidade com o Covent Garden, onde apenas uns poucos turistas iam para Seven Dials ou para a Leicester Square, de onde vinha o leve eco de música de um parque de diversões. A maior parte da rua estava isolada para obras, e o motorista de táxi foi obrigado a dar ré e voltar pelo mesmo caminho por onde viera.

O Garden Hotel era um daqueles estabelecimentos que se orgulhava da discrição que oferecia à clientela muito seleta. Não havia placa nem porteiro com cartola, somente um toldo elegante para mostrar aos motoristas de táxi onde parar. Chevie havia se hospedado ali uma vez, quando Laranja requisitara seu apartamento durante um serviço de rotina do módulo, e aproveitara uma massagem que aliviara suas dores musculares advindas de extenuantes séries de exercícios.

Chevie enfiou a Glock com o coldre embaixo do braço e empurrou Riley para o saguão antes que ele tivesse tempo de vomitar outra vez. O agente especial Waldo Gunn estava aguardando os dois no balcão de recepção.

— Dois minutos? — disse ele, irritado. — Foram quase quatro.

Waldo não se assemelhava nem um pouco à ideia que as pessoas fazem de um agente do FBI, motivo pelo qual provavelmente havia sobrevivido tanto tempo em seu posto semissecreto no Garden. Waldo media 1,62 metro usando salto carrapeta e tinha uma farta barba grisalha que o fazia aparentar uns mil anos de idade, um visual que lhe garantira o apelido de *Bilbo Bolseiro*, no FBI. Se Waldo sabia do apelido, não havia se incomodado com ele a ponto de investir num aparelho de barbear.

— Ei, Waldo — disse Chevie. — Como vão as coisas?

Waldo fez um muxoxo.

— Como vão as coisas, agente Savano? Você deveria ter requisitado um acompanhante e vindo pela entrada de serviço. Nós tentamos manter a discrição aqui a fim de evitar suspeitas, no entanto cá está você, com roupa de malhação rasgada e rebocando um limpador de chaminé. Nem um pouco discreta. É assim que vão as coisas, agente.

Pelo menos ele me chamou de agente, pensou Chevie.

Waldo deu meia volta e foi andando pelo pequeno saguão mobiliado em estilo vitoriano tardio, o que era um alívio gigantesco para Riley, cuja cabeça estava estourando com revelações.

— Devemos acompanhar o elfo? — perguntou ele a Riley.

Chevie sorriu.

— Devemos, caso contrário ele fica chateado de verdade.

Waldo demonstrou sua irritação através de um passo rápido, por isso Chevie e Riley tiveram de correr para segui-lo. Ele os guiou ao redor do balcão e para dentro de um pequeno elevador de aço, acionado com um controle remoto em seu colete.

Riley tentou parecer blasé.

— É uma sala ascendente, nada de abalar. Já vi no Savoy há anos, quando Garrick me mandou surrupiar a carteira de um grã-fino.

Waldo levantou uma sobrancelha para Chevie, que soube exatamente qual era a pergunta não verbalizada.

— É, ele fala assim o tempo todo. Esse carinha é *supimpa* e *nos trinques*.

Waldo pegou um smartphone no bolso e digitou uma anotação. Chevie poderia apostar que a palavra *delirante* estaria em algum ponto do texto.

Pegaram o elevador até o quarto andar, Riley segurando o corrimão com força.

— Cautela nunca é demais — disse ele a Chevie. — Ouvi dizer que a corda de uma dessas coisas arrebentou na cidade de Nova York. Caiu mais do que o pinguço que pisou na casca de banana. Os passageiros viraram geleia.

— Estou ficando com dor de cabeça ouvindo essa fala antiquada — disse Waldo. — Tomara que ele não fale gírias com rima.

Riley literalmente pulou do elevador quando a porta se abriu. Em seguida, eles passaram por uma porta corta-fogo e subiram mais dois andares numa escada nos fundos.

— Cá estamos — disse Waldo, indicando uma porta verde e comum com um gesto amplo, como se fosse a entrada para um palácio de maravilhas. — Quarto mil setecentos e setenta e seis.

Ele apertou outro botão em seu controle remoto, e a porta se abriu com suavidade.

— Entre, agente. Pode ficar entocada aqui até a chegada de uma equipe de campo. Isso não deve demorar muito, apesar de a chefia do escritório ter me dito que nossa equipe já foi mandada para cuidar de uma possível colmeia de terroristas em Devon, imagine só. Parece que foi um alarme falso. Tempo suficiente para *você* colocar umas roupas e para o Artful Dodger aí tomar um banho.

— Homessa, seu doutor, o senhor é papa fina — disse Riley com inocência, e Chevie supôs que ele soubesse exatamente quem era Artful Dodger, o personagem de Charles Dickens.

Waldo franziu a testa de maneira desconfiada, mas continuou a dar as informações.

— Temos uma variedade de roupas no armário, de modo que vocês devem encontrar alguma coisa que sirva. E há uma geladeira com comida fria. Não abra a porta para ninguém além de mim, e se alguém que não for eu entrar, sinta-se livre para atirar. Apesar de não estar na embaixada, e portanto tecnicamente fora de solo americano, esta suíte é ligada à embaixada, de modo que há uma boa justificativa. De qualquer modo, a jurisdição sobre estes aposentos é uma área cinzenta, o que deve bastar para mandá-la de volta aos Estados Unidos caso algo dê errado. — Waldo abriu uma gaveta numa escrivaninha. — Para o caso de ficar sem munição, temos uma infinidade aqui, atrás do papel de carta.

— Uuh — disse Chevie. — Papel de carta. Maneiro.

Waldo se eriçou.

— Eu imaginava, agente Savano, que depois do fiasco em Los Angeles, você levaria esse trabalho um pouquinho mais a sério.

— Estou falando sério. Uma das minhas mães adotivas colecionava papéis de carta.

— Vou redigir um relatório completo — continuou Waldo. — E sua postura será reportada em itálico e sublinhada.

Chevie escolheu um pente para sua Glock.

— Desculpe, Waldo. Eu costumo falar bobagem sob pressão. Tem alguém atrás de nós. Alguém um pouco fora do comum.

Waldo não ficou impressionado.

— Bem, o seu *alguém* não entrará aqui sem uma equipe de ataque atrás dele. E mesmo assim precisará do controle remoto da porta, que é pareado às minhas leituras biométricas.

Riley tirou o nariz da fruteira.

— Obrigado pela boia e tudo mais, meu patrão, mas nenhum de vocês, ianques, sabe do que está falando. Garrick virá atrás de mim.

Chevie abriu a boca para discordar, mas tudo o que saiu foi um suspiro. Garrick havia passado por uma fenda espacial para encontrar Riley. Tinha derrotado a equipe de limpeza ninja de Smart. Parecia improvável que um hobbit e uma porta trancada fossem mantê-lo do lado de fora.

Ela olhou o relógio.

— E aí, Bag... Waldo. Cinquenta e nove minutos, certo?

Waldo emitiu um som muito parecido com um *aaarrgh* de verdade, depois se recompôs e exibiu um sorriso doce antes de estender a mão esquerda com a palma para cima.

— Não diga que você está esperando uma gorjeta — exclamou Chevie, incrédula.

O sorriso de Waldo desapareceu e ele cerrou os dedos com força, como se esmagando a alma de um inimigo.

— É a força do hábito — disse, e saiu pela porta com um bip.

Chevie e Riley passaram a meia hora seguinte tentando relaxar, mas nenhum dos dois foi capaz de afastar um sentimento gélido de premonição. E não era um daqueles sentimentos vagos de que havia alguma coisa ruim a caminho; era a crença muito específica de que a qualquer segundo Albert Garrick irromperia pela porta reforçada e atiraria na cabeça dos dois.

Chevie se perguntou se deveria telefonar para alguém e, caso o fizesse, o que diria.

O FBI tem máquinas do tempo secretas que usamos para esconder testemunhas no passado.

Ou: *Um mágico que negocia com a morte veio do século XIX para matar um moleque.*

Ou: *O maior cientista do mundo foi transformado em um macaco morto ao passar por uma fenda espacial.*

Parecia bem insano, independente de como fosse apresentado. Melhor aguardar a chegada de reforços e esperar que o agente encarregado tivesse algum conhecimento do que estava acontecendo, caso contrário Chevie pareceria culpada de alguma coisa.

Riley emergiu do quarto vestindo o que parecia um uniforme escolar, tirado do depósito de Waldo. Captou um vislumbre de si no espelho e pareceu surpreso com as próprias feições.

— Este é um espelho excelente, agente. Nunca me vi com tanta clareza. Veja, meu cabelo tem preto e marrom. É uma bela de uma novidade.

O garoto se examinou por um bom tempo, repuxando a pele do rosto pálido, afastando da testa o cabelo escuro e longo. Pelo espelho, viu a televisão de tela plana presa ao suporte.

— O que é aquele dispositivo aparafusado na parede? Será uma obra de arte? *A noite nublada*, ou algo assim? Os grã-finos compram qualquer lixo velho se acreditarem que foi rabiscado por um mestre.

— Na verdade é uma televisão, Riley. Imagens móveis numa tela.

Riley se virou para a TV.

— Imagens móveis. — Um pensamento lhe veio. — Quando acordei hoje cedo era o ano de 1898 de Nosso Senhor. Até onde eu viajei?

— Mais de cem anos — respondeu Chevie baixinho.

Riley se deixou afundar no sofá, os olhos abatidos, e se abraçou.

— Cem anos? Tanto assim? Todo mundo que eu conheço já morreu e tudo o que eu conheço sumiu.

Chevie não sabia o que dizer. Tentou se imaginar na situação do garoto, mas não conseguiu. O choque devia ser incrível.

— Estou me sentindo perdido no mar — admitiu Riley. Então pensou e disse: — Mas Garrick não. Ele está diferente. Alguma coisa o modificou. Ele tem conhecimento das suas armas e de seus códigos. Quem sabe já não tem os códigos desse lugar?

Chevie sentou-se numa mesinha central de vidro, virada para o garoto.

— Garrick teria de ser louco para vir até aqui. Ele tem Londres inteira na qual se perder, por que iria se dar ao trabalho de rastrear um garoto?

— É complicado explicar o modo de pensar dele — disse Riley, franzindo a testa. — Ele me chama de filho, para salvar ou afogar segundo sua vontade. Mas eu não sou filho dele, e o odeio. Já fugi antes, e ele me perseguiu pela cidade inteira. — Riley apontou para seu olho direito. — No ano passado fugi para Saint Giles. Me escondi com os mendigos, mas os caguetes do Garrick me deduraram. O diabo me desenterrou e me deu uma sova daquelas. Meu olho nunca mais foi o mesmo, mas consigo enxergar muito bem com ele. Agora Garrick me seguiu até aqui, como o viajante do tempo do Sr. Wells.

— Bem, o Sr. Garrick não tem *caguetes* aqui. E, só para sua informação, tem gente tentando encontrar a casinha há anos. Pessoas *deste* século. Se elas não conseguiram, ele também não vai. Você não faz ideia de como as coisas mudaram desde sua época. — Chevie pensou numa coisa. — Mas posso lhe dar uma ideia. Sente-se aqui.

Chevie apontou para o sofá roxo e fofo diante da TV preta e plana. Conectou-se à Internet e escolheu um site que tinha uma série de vídeos documentando grandes mudanças políticas, científicas e culturais. Escolheu um e deu play.

— Agora sente-se e aprenda alguma coisa — instruiu ao garoto vitoriano.

Riley já havia ficado perplexo tantas vezes naquela noite que não comentou sobre as imagens em alta definição, no entanto a música do site quase o levou às lágrimas.

— É como ficar sentado ao lado da orquestra inteira — disse baixinho. — Uma máquina de música com imagens.

Chevie foi para o banheiro.

— Uma máquina de música com imagens. Gosto disso. Certo, absorva o que puder enquanto eu me limpo um pouco. Só não toque na tela.

Dessa vez Riley afastou o olhar da TV.

— Por quê? Vou ser teletransportado para a terra da máquina mágica?

Chevie sentiu-se tentada a dizer que sim, mas o garoto já havia passado por muita coisa num dia só.

— Não, isso aqui não é o *Tron*. Mas você iria manchar a tela, o que deixaria o elfo pirado de vez.

Riley voltou o olhar para a tela. *Deixaria o elfo pirado de vez* parecia uma coisa realmente terrível. Ele olharia, mas não iria tocar.

Bedford Square. Bloomsbury. Londres. Atualmente

A princípio, Albert Garrick ficou tremendamente furioso por estar preso no prédio da Bedford Square, mas tamanho eram seus novos poderes que uma dúzia de soluções para seu problema fluiu imediatamente para seu cérebro, como um bálsamo para seu humor eriçado. O mágico se acalmou e sentou-se diante de seu laptop no escritório do térreo.

Não, não é meu laptop. É o laptop de Félix Smart.

Embora fosse mais ou menos a mesma coisa. A mente de Félix Smart estava dentro da sua, vazando informações como um pote rachado.

E tem mais. A explosão dentro da fenda espacial causou alterações em mim. Agora sou mais do que humano. Sou o primeiro homem quântico do universo. As regras do espaço normal não se aplicam mais a mim. Minha própria aparência é fluida e minha mente está atulhada de conhecimentos úteis.

Garrick levou apenas alguns segundos para liberar as portas do prédio, e ouviu com satisfação as barras deslizarem das janelas.

O mágico gargalhou.

Computadores! Que máquinas maravilhosas.

Agora estava livre para sair e causar uma devastação nessa nova era, sem ninguém para impedi-lo ou ao menos compreender o que estavam tentando deter.

Então por que não abandono a caçada ao Riley e desapareço na multidão?

Agora Garrick compreendia sua necessidade de encontrar o garoto. O pai de Garrick o havia abandonado de modo traumático quando este tinha 10 anos, por isso o mágico sentia um profundo medo do abandono.

Agora você está encaminhado, meu filho, disse o pai certa manhã. *E eu não consigo conviver com o ato que minha mão foi obrigada a cometer a fim de garantir seu futuro. Cortei a garganta de meu melhor amigo e mais algumas só para manter você numa cama longe da Old Nichol.*

O Garrick de 10 anos notou que os pertences do pai estavam amarrados numa fronha ao pé da pequena cama no quarto dos dois.

O senhor está me deixando, pai?

Lágrimas escorriam pelas bochechas vermelhas do pai enquanto ele respondia:

Estou, garoto. Você sabe que lutei contra o vício da bebedeira a vida toda. E agora, com sonhos de sangue e seus pobres irmãos e irmãs ocupando minha cabeça, não consigo mais lutar. Por isso minha intenção é voltar à Nichol e beber até cair na sepultura. Não deve levar mais do que um mês. Não tente me achar, porque planejo ficar bêbado e violento. Vou gritar olá para sua mãe quando passar na frente da porta do céu e ficar de olho em você, de cima do ombro do diabo.

E foi embora, cambaleando pela porta, meio cego de lágrimas. Albert nunca mais viu o pai, mas ouviu boatos de que ele havia morrido com o crânio fraturado depois de levar uma pancada na cabeça, dada por um policial em frente à Taverna Jerusalém.

Eu fui abandonado, por isso tenho medo do abandono, concluiu a criatura que era Albert Garrick. *Sei disso, mas sinto mesmo assim.*

Porém, havia mais coisas nessa busca atual do que o medo do abandono. Onde quer que Riley estivesse, também estaria Chevron Savano. Garrick tinha um desejo urgente de fazer contato com aquela jovem dama, afinal ela possuía a última Chave Temporal que restava, e com isso ele poderia voltar à própria época e ser o senhor dela.

Garrick sabia que era uma espécie de prodígio neste mundo; poderia conseguir muita coisa, mas sempre sentiria o escrutínio dos satélites, encolhidos como aranhas eletrônicas em órbitas altas da Terra. E, com recursos suficientes, seus inimigos poderiam encontrá-lo e matá-lo, afinal havia muitos com seu conhecimento nesta era. Mas em sua própria época, Albert Garrick seria como um deus. Na Londres Vitoriana, um homem com seu conhecimento e sua visão do futuro poderia ser um profeta.

Eu poderia liderar uma revolução contra o governo. Poderia descobrir antibióticos e inventar o painel solar. Construir o primeiro aeroplano funcional e jogar bombas de hidrogênio nos meus inimigos. Não existe nada que eu não seja capaz de fazer.

Mas primeiro preciso abrir a fenda espacial. É onde meus esforços devem se concentrar.

Com dez anos, verbas ilimitadas e o apoio de um grande governo Garrick sabia que poderia construir uma Chave Temporal, porém já existia uma, pendurada no pescoço da agente especial Chevron Savano.

Aquela garota estranha e idiota, pensou Garrick. *Ela vai seguir os procedimentos e eu vou prendê-la na própria burocracia do FBI. Assim que tiver a chave, só precisarei de cinco segundos com o módulo PRATA.*

Rapidamente Garrick postou na rede do FBI um boletim de busca a Chevron Savano e testou o alcance de suas novas habilidades de informática inserindo-a na lista dos mais procurados pelo FBI. A equipe de limpeza de materiais perigosos não existia mais, então por que não tornar a Srta. Savano responsável pelas mortes?

Limpeza de materiais perigosos, pensou Garrick. *Que expressão deliciosa.*

Tirou seu chapéu-coco, pegou o chapéu de aba mole de Smart no cabide ao lado da mesa, batucando com os dedos compridos como patas de aranha ao longo da aba, e colocou-o na cabeça.

Apenas seis pessoas no FBI se encontraram com Félix Smart desde que ele chegou a Londres. Quatro estão mortas, uma está fugindo, e a última está numa tarefa no Iraque.

— Olá, Waldo — disse ele, experimentando a voz de Smart. — Ouvi falar um bocado sobre você. — Pigarreou e tentou de novo. — Agente Gunn. Finalmente nos encontramos. Creio que você tem dois fugitivos para mim, na cobertura, não é?

Era uma boa aproximação do sotaque escocês do agente, e talvez ele pudesse melhorar a representação. Garrick era o mestre do ilusionismo, afinal de contas, e o primeiro homem quântico do mundo.

Verificou sua aparência no espelho. Seu rosto sempre fora completamente comum, o que era uma vantagem em seu ramo de trabalho, já que as pessoas tendiam a não notá-lo, ou a se esquecer dele imediatamente caso notassem. Durante seu tempo nos teatros, ele literalmente pintava uma personalidade no rosto, mudando-a para servir à ilusão.

Olhou-se no espelho e viu a pele começar a borbulhar.

Porque Garrick havia encontrado mais do que conhecimento na fenda espacial; tinha ganhado controle sobre o próprio funcionamento, até a menor partícula. Enquanto a maioria dos homens agia acionando uma pequena fatia do cérebro, Garrick sabia usar a torta inteira. Isso não levava à telecinesia, mas significava que Garrick podia se comunicar de modo mais eficiente com as próprias fibras. Podia controlar os arabescos das próprias impressões digitais ou o equilíbrio da tireoide para fazer o cabelo ficar grisalho. Ou, com um pouco de esforço, poderia se comunicar com o tutano dos ossos ou as camadas de pele embaixo da epiderme para modificar totalmente a aparência. Não podia se transformar em qualquer pessoa, nem se afastar demais da própria massa, mas certamente era capaz de permitir que uma característica física que já estivesse dentro de si emergisse.

Garden Hotel. Monmouth. Street Londres. Atualmente.

Chevie tomou uma ducha rápida, prendeu uma máscara de gel sobre o olho para diminuir o inchaço, depois verificou o armário em busca de algo para vestir no lugar da roupa de ginástica, que parecia escandalizar Riley. Havia numerosas vestimentas para escolher, todas embrulhadas em plástico, inclusive vários macacões de perícia criminológica, um vestido com estampa de onça e uma fantasia de camundongo forrada de espuma.

Alguns desses agentes eram muito, muito secretos, pensou, escolhendo um terninho Armani e um par de sapatos

Bally pretos que provavelmente equivaliam a um mês de seu salário.

Finalmente. Alguma vantagem.

O terninho serviu bem, e depois de se olhar no espelho de corpo inteiro, Chevie sentou-se para redigir um relatório no computador do quarto, tentando fazer com que os eventos do dia parecessem mais reais do que um episódio de uma série de ficção científica.

Descobri que estava vigiando uma máquina do tempo para o caso de o inventor aparecer por acaso, vindo do século XIX.

Não, não haveria como fazer isso parecer um relatório sério, nem se usasse expressões típicas do FBI como *controle*, *elemento* e *AO*.

Quando havia digitado quinhentas palavras no teclado, Chevie começou a sentir uma dorzinha atrás do olho direito e ficou feliz em ouvir a campainha tocar. Tirou a máscara de gel.

A cavalaria, finalmente.

Riley ainda estava grudado diante da TV quando Chevie passou diante dele, tirando a cara do garoto de um prato de frios.

— Espero que você não esteja bebendo conhaque — disse Chevie.

— De jeito nenhum — respondeu ele, balançando uma garrafa marrom. — Só cerveja, agente. Eu faço o que mandam, faço, sim.

Chevie se desviou do rumo para pegar a garrafa de cerveja.

— Nada de álcool, Riley. — E assentiu para a tela. — O que está achando do século XXI?

Riley arrotou.

— O Take That é bastante melódico. E só posso dizer: Deus abençoe Harry Potter. Se não fosse por ele, Londres inteira estaria consumida pelas artes das trevas.

— Continue comendo — disse Chevie, pensando que teria de assistir aos vídeos com ele na próxima vez. — E pode parar de se preocupar, garoto. A ajuda chegou.

— Precisamos de toda ajuda que pudermos conseguir, agente. Você deveria encher a pança para enfrentarmos os desafios do dia com a barriga cheia e sem carunchos na camisa, hein?

Chevie não sabia direito o que era um caruncho, mas tinha quase certeza de que não queria ter um na camisa.

— Sem carunchos — disse. — Nisso, eu concordo com você.

Deixou Riley perto da TV e foi até a porta, grudando-se à parede, tal como havia aprendido, sacando a arma e apontando para o olho mágico. Havia um pequeno videofone na parede ao lado da porta, e Chevie ficou aliviada ao ver Waldo na tela, parecendo mais carrancudo ainda do que da última vez, o que era um tanto tranquilizador. A câmera de segurança mostrava que o oficial de ligação com aparência de hobbit estava sozinho no corredor.

Chevie apertou o botão para falar.

— A equipe do FBI chegou?

— Está a caminho — respondeu Waldo. — Parece que eu devo coletar suas informações. Apesar de essa não ser minha atribuição profissional. O que eles acham que sou, uma secretária?

— Não precisa exagerar, Bilbo — disse Chevie. Em seguida guardou a Glock no coldre e abriu a porta. — Esse caso é importante. Precisamos trabalhar juntos.

Waldo ficou parado no corredor com as mãos às costas, aparentando não estar nem um pouco disposto a cooperar.

— Trabalhar juntos, você disse? Como você trabalhou com a equipe de limpeza de material perigoso?

Chevie sentiu o estômago se revirar e levou a mão à pistola. Conseguiu até mesmo tirá-la do coldre antes que Waldo puxasse uma arma de choque das costas e disparasse dois dardos com ponta de agulha no peito de Chevie, lançando cinquenta mil volts pelo corpo dela. Chevie sentiu o choque como mil marretas acertando cada centímetro de sua pele, obrigando-a a ficar de joelhos e depois cair de costas.

— Recebi o boletim de busca emitido pelo agente Laranja — ouviu Waldo dizer. A voz dele estava densa e lenta, flutuando de longe. — Você matou aqueles homens, e um deles me devia dinheiro.

Não, quis dizer Chevie. *É um truque. Você está sendo enganado.*

Mas sua língua parecia meio quilo de bife cru na boca e seus membros estavam frouxos, parecendo balões meio cheios de água. Viu Waldo se curvar sobre ela, e a visão a fez se lembrar de um filme do Godzilla, quando o monstro passava por cima de uma ponte.

— Tenho mais uma carga — disse o hobbit de aparência inofensiva naquela voz distante e subaquática.

Fuja, Riley! Fuja!, quis gritar Chevie, mas tudo o que saiu de sua boca foi um chiado.

Riley ouviu o diálogo no corredor, então aquele som peculiar de um corpo despencando.

Garrick!, pensou, e saltou de pé no sofá. Queria ajudar, mas isso selaria seu destino, além do de Chevie.

Preciso me esconder, percebeu. Mas não havia tempo para esse tipo de tática, e logo Waldo entrou na sala, brandindo um tubo de metal e dizendo:

— Só vou usar isso se você tentar fugir, se me atacar ou se insistir em falar com esse sotaque ridículo.

Riley testou as molas do estofado sob os pés.

Com meu treinamento, eu poderia pular por cima da cabeça desse homenzinho igual ao Jack Pés-de-Mola, pensou. *Esse bastão dele não vai ter muita utilidade se eu ficar fora do alcance de seu braço.*

Riley quicou duas vezes e se jogou no ar, fazendo um arco por cima da cabeça de Waldo e não deixando ao agente do FBI outra escolha a não ser atirar em sua barriga com a segunda carga da arma de choque.

A cabeça de Riley se chocou no chão com um som oco e, em seu sonho, a pancada era Albert Garrick batendo em sua cabeça com os nós dos dedos durante uma lição.

— Atenção, filho — disse ele. — Este é um dos princípios básicos da magia de palco, o tipo que estamos abordando no momento.

Eles estavam no palco do Orient, onde aconteciam as aulas de Riley. Naquelas tábuas ele estudava esgrima, tiro, estrangulamento e venenos, além das habilidades mais exóticas do escapismo e da camuflagem.

— Agora, repito a pergunta: onde está o guinéu?

Riley olhou para os três copos sobre as tábuas onde ele estava ajoelhado e apontou, hesitante, para o do centro, já sabendo que a moeda não seria dele.

— Não, Riley — disse Garrick. — Se bem que dessa vez você quase acertou. — Ele ergueu o copo da direita, revelando uma moeda brilhante embaixo. — Enganei seus olhos na antepenúltima girada, com uma batida da unha no copo do centro. Indução ao erro, está bem? Mandei você na direção errada.

Entendo, pensou Riley, desejando que, de algum modo, pudesse usar a indução ao erro para escapar de Garrick.

Algum dia vou mandar você para um lugar onde nunca estive. E então vou fugir de uma vez por todas.

Chevie acordou com algemas de plástico nos tornozelos e nos pulsos, presa ao vaso sanitário. Sua cabeça latejava com uma dor entorpecente e gotas de sangue pingavam da ponta do nariz, caindo numa poça entre seus pés.

Já ia soltar uma carreira de palavrões quando viu Riley na banheira, algemado ao corrimão de segurança.

— Você está machucado? — perguntou, com o "*do*" final da frase esfaqueando o cérebro ao sair.

Waldo! Aquele imbecil. Por causa disso vou arrancar o couro dele enquanto ele dorme!

— Não, moça — disse Riley. — Mas aquele bastão de raios me apagou direitinho. Essas algemas me deixaram pasmo. São mais finas do que um cadarço de sapatos, mas nem consigo esticá-las.

Riley falou mais um pouco sobre as algemas e sua força fantástica, mas Chevie se desligou. O que precisava era de um instante de silêncio para que a mente pudesse se assentar depois da arma de choque com que Waldo a havia surpreendido.

Eu não estava esperando por isso. E como é possível que Félix Smart tenha emitido um boletim de busca para mim na rede se ele nem mesmo voltou do passado?

A não ser que ele tenha voltado e me considere responsável por toda essa confusão, não é?

Não parecia provável nem plausível.

Laranja estava com a equipe de limpeza. Ele sabe que não matei ninguém.

Riley estava dizendo alguma coisa. Seu tom era insistente, até mesmo urgente.

Chevie piscou para afastar as estrelas da visão.

— Quê? O que foi, garoto?

— Seu nariz está sangrando, moça. Dê uma fungada e escarre tudo de uma vez. É a melhor coisa a fazer.

Dê uma fungada e escarre.

Chevie obedeceu, cuspindo uma bola de sangue na pia, e ficou surpresa ao descobrir que o sangramento parou imediatamente, apesar da fungada ter feito sua cabeça doer um pouco mais.

— Waldo deu um choque em você?

— Deu. Aquela pistola elétrica dele me fez dançar a sarabanda do velho gagá no chão. Acordei um pouco antes da senhora.

— Precisamos sair daqui, garoto. Você abriu suas algemas lá na praça Bedford. Tem mais algum truque mágico escondido?

Riley olhou para seus pulsos presos como se pudesse livrá-los com o poder da mente.

— Nenhum, moça. Como é possível abrir um par de pulseiras que não têm fechaduras?

Não é possível, era a resposta àquela pergunta.

Chevie seguiu a lógica de seu pensamento, ignorando as ondas de dor.

— Certo. Nós estamos presos, mas em segurança. Waldo estava do lado errado do porrete, mas a cavalaria está vindo e poderemos esclarecer a situação quando ela chegar. Não importa o quanto demore. Enquanto estivermos aqui, permaneceremos vivos.

Riley franziu a testa.

— Então esse negócio de ficar amarrado como galinhas na feira é bom?

— De certo modo, sim.

— Sem ofensa, moça, mas talvez o fato de você ser mulher atrapalhe seu julgamento. Se a gente ficar pendurado aqui por muito mais tempo, Garrick vai cortar nossas gargantas e ficar olhando o sangue escorrer. Ele nem vai precisar limpar minha lambança, pois já estou na banheira.

Chevie olhou rapidamente para Riley, surpresa ao ver que ele era capaz de fazer piada numa hora dessas, ainda que uma piada nojenta, mas depois viu o medo nos olhos do garoto.

O pobre coitado convive diariamente com o terror, percebeu.

O estardalhaço característico de homens armados entrando num cômodo veio da suíte. Chevie ouviu passos pisando no tapete e os estalos de travas de pistolas sendo liberadas. Ordens em voz baixa foram dadas, e ela imaginou agentes assumindo posição nas entradas e em outros possíveis pontos de invasão.

— Ei — gritou. — Ei, pessoal. Aqui.

Segundos depois, um agente surgiu junto à porta do banheiro, vestindo a versão do FBI de *estilo macho casual*, que já estava trinta anos antiquada mesmo para a época da criação do modelo, vinte anos antes. Calça de sarja cáqui, agasalho azul, camisa de botões e sapatos com sola de borracha. Esse cara podia ter FBI escrito nas costas em grandes letras amarelas, o que de fato tinha, se você tirasse o remendo preso com velcro. O agente não conseguiu reprimir um sorriso ao ver Chevie no vaso sanitário. Tirou um canivete de mola do bolso e apertou o botão, liberando a lâmina como se fosse cortar as algemas de plástico, então retraiu a lâmina com um toque do botão e guardou a arma.

— Fique à vontade, Savano. Não precisa se levantar.

Chevie fez uma careta. Conhecia o cara, dos Estados Unidos. Seu nome era Duff, e ele era unha e carne com Cord Vallicose, seu instrutor predileto em Quantico. Vallicose tinha visto potencial na jovem aluna e posto Chevie sob a asa dele.

— Hilário, Duff. Você não vai rir tanto quando eu sair daqui e bagunçar seu topete.

Duff retribuiu com uma careta, obviamente orgulhoso de seu topete perfeito.

— Corta essa, Savano. Você e seu coleguinha misterioso estão numa encrenca séria. Ouvi dizer que o nosso pessoal da limpeza de materiais perigosos morreu em ação. O DA está vindo de uma reunião na Escócia, de modo que, até ele chegar, você deve fechar a matraca.

Chevie engoliu a raiva. Haveria tempo suficiente para trocar palavras com aquele sujeito quando tudo acabasse.

— Certo, agente. Sei que você está fazendo seu serviço, e eu provavelmente faria a mesma coisa se estivesse usando seus sapatos da década de 1950, mas possivelmente com um pouco mais de empatia e menos jargão. Mas temos um garoto apavorado aqui, e por bons motivos. Há um cara bem impressionante na nossa cola, que provavelmente matou toda a equipe de limpeza com um mosquete

Duff suspirou como se aquela conversa maluca o deixasse triste.

— É, o boletim de busca disse que você estava delirante. Londres faz isso com as pessoas. Não se consegue uma pizza decente em toda a cidade. — Ele estalou os dedos. — Ei, sabe a quem eu deveria contar sobre isso?

Chevie enrijeceu.

— Nem ouse!

Duff tirou um telefone do bolso e fez uma pose, focalizando a câmera.

— Não, sério. Cord precisa saber disso. Ele disse que você era a melhor aluna que ele já teve. Isso vai partir o coração do cara.

Duff tirou algumas fotos de Chevie algemada ao vaso sanitário e enviou para Cord Vallicose do outro lado do Atlântico.

— Para de brincadeira, Duff! — disse Chevie, lutando para manter a voz baixa. Ela conhecia o sujeito; no momento em que gritasse, ele simplesmente iria embora e bateria a porta. — Tem gente morrendo, e a coisa ainda não acabou. Destrave sua arma e diga aos seus caras para ficarem atentos.

Duff parecia a ponto de levá-la a sério quando o sinal de mensagem no seu celular soou. Ele consultou a tela e deu um sorriso largo.

— É do Cord. Você deveria ler isso; ele está arrasado. — E com um risinho maldoso saiu do banheiro, fechando a porta.

Albert Garrick chegou ao Garden Hotel segundos depois da equipe de Londres, e só conseguiu exibir pouco mais do que uma carranca de frustração ao vê-los entrar correndo. Seis agentes usando agasalhos leves, passando tão despercebidos quanto meia dúzia de pinguins no saguão chique.

Garrick xingou-os de idiotas, depois tomou um café num estabelecimento ali perto enquanto ajustava os planos. Seu boletim de busca havia rendido um retorno quase imediato do agente Waldo Gunn, e Garrick tivera esperanças de chegar ao esconderijo antes do inevitável bando de federais com mão pesada. Mas nesse caso isso não adiantaria. Nem uma guarnição inteira de agentes seria o suficiente para mantê-lo longe de Riley e da Chave Temporal.

Se Garrick tivesse conseguido chegar antes da equipe, poderia simplesmente pegar o que queria e se livrar de Waldo Gunn. No entanto, com seis agentes armados vigiando, não poderia contar com a violência improvisada. As chances ainda eram favoráveis a Garrick, porém Riley tinha habilidades em artes marciais, tendo aprendido com um mestre hábil, e Garrick não desejava ser derrubado por um golpe fortuito de um garoto.

Por um momento se permitiu ficar ligeiramente distraído pelas mudanças que haviam reformulado a Monmouth Street desde o que ele começara a pensar ser *sua época*. Ainda que as lembranças de Smart o tivessem preparado para as maravilhas luminosas e brilhantes do presente, era totalmente diferente vê-las em primeira mão.

Em *sua época*, a Monmouth Street tinha principalmente pardieiros, e a essa hora da noite estaria cheia de moradores divertindo-se com as piadas dos mendigos juvenis que tentavam arrancar uma moeda dos espectadores dos teatros. Agora não havia mendigos na rua, mas Garrick viu alguns restos de lixo na sarjeta.

Talvez eu tenha algo a dizer sobre isso, pensou Garrick. *Quando me tornar rei.*

Estava brincando, claro. Não tinha vontade de ser rei. O primeiro ministro é que tinha poder de verdade.

Garrick terminou de tomar o excelente café, agradeceu ao garçom e foi pela rua até o Garden Hotel.

Dentro da suíte segura, Waldo Gunn não estava satisfeito. O esconderijo estava acabado, e ele sabia disso. Depois de duas décadas cuidando daquele local maravilhoso, com mais de duzentas pessoas abrigadas dos riscos, a equipe do FBI havia chegado em seus 4X4 pretos e marchado feito gorilas mafiosos para dentro de seu discreto porto seguro. Ou melhor, não mais discreto.

E ainda que Waldo estivesse ligeiramente irritado porque seu posto elegante fora prejudicado, sua principal preocupação era profissional.

Nem sei com certeza quem é o bandido, pensou. *O agente Laranja faz afirmações fortes contra a agente Savano, mas nada na ficha dela sugere uma natureza violenta. Houve o tal incidente vergonhoso em Los Angeles, mas na minha opinião ela agiu heroicamente e vidas foram salvas.*

E agora ela era uma assassina em massa? Não fazia sentido. Hoje tudo estava de cabeça para baixo. Em vez de proteger fugitivos, ele estava detendo suspeitos. Mais irritante ainda era a visão daqueles agentes boçais pisoteando seus lindos tapetes italianos, e agora eles estavam até mesmo experimentando paletós do guarda-roupa.

Se um deles ao menos olhar para o terno Zegna, lhe darei um tiro pessoalmente, prometeu Waldo.

— Ai, pelo amor de Deus — gritou para um agente magricelo esparramado no sofá. — Tire os sapatos de cima dos móveis. Isso aí é um Carl Hansen!

O telefone de Waldo zumbiu em seu bolso, e foi o zumbido especial avisando que a mensagem era num canal codificado e, portanto, oficial. Ele verificou a tela e viu que o texto era do agente Laranja. Curto e grosso: *Estou subindo.*

Fantástico, pensou Waldo, torcendo a barba grisalha até esta ganhar um formato pontudo. *Outra mosca no nosso mel apinhado.*

A campainha da suíte tocou e meia dúzia de agentes se lançou instantaneamente em várias poses de combate, apontando as armas para cada sombra que tremulava.

— À vontade, stormtroopers — disse Waldo, seco, atravessando o pequeno saguão até o interfone. — É um dos nossos.

Waldo Gunn sabia que provavelmente optaria por se aposentar quando esse posto morresse. De jeito nenhum conseguiria se integrar a um escritório cheio de macacos loucos por armas depois de vinte anos de cultura no Covent Garden.

A tela do interfone mostrou uma única figura do lado de fora da porta.

Waldo apertou o botão para falar.

— Identificação, por favor.

O homem olhou, irritado, para a câmera, como se enfiar a mão no bolso fosse uma inconveniência para a qual não tinha tempo, depois suspirou e pegou o distintivo, colocando-o perto da lente.

Era o agente Laranja, de fato. Não era uma foto ótima, mas definitivamente era o mesmo sujeito.

Talvez, pensou Waldo. *Mas o FBI não opera mais com fotos em nossas instalações. Por que faríamos isso quando temos a biometria?*

— Polegar no scanner, por favor — ordenou peremptoriamente.

— Mesmo? — perguntou o homem com o distintivo do agente Laranja. — Estou com certa pressa. Não quero ficar no lado de fora só porque um balde de parafusos não consegue ler minha digital.

— Polegar no scanner, por favor — insistiu Waldo, sem se incomodar em discutir. Se Laranja estivesse com pressa, deveria simplesmente pressionar o dedo contra o visor e acabar com aquilo.

— Você que manda; por enquanto — disse Laranja, e pôs o polegar direito no scanner, que demorou uns cinco segundos a mais do que o normal antes de comparar a digital àquela arquivada.

— Está vendo? — disse Waldo. — Não foi tão difícil. É só o protocolo.

Waldo abriu a porta, e estremeceu quando um frio lhe envolveu as pernas.

Deve ser uma janela aberta, pensou. *Eu poderia jurar que fechei todas.*

— O lendário agente Waldo Gunn — disse o agente Laranja, estendendo a mão. — Protetor das ovelhas perdidas.

— Lendário em certos círculos — observou Waldo. Em seguida apertou a mão do outro e pensou, involuntariamente: *não confio na mão deste sujeito.*

Waldo não pôde evitar olhar para baixo. Notou que os dedos de Laranja eram finos como os de uma menina, e que as unhas eram tão compridas quanto.

Por que a aversão instintiva?, perguntou-se, e então se lembrou de um dos vários ditados longos de sua mãe: *Nunca confie num homem de unhas compridas, a não ser que ele seja violonista. Um homem de unhas compridas nunca teve um dia de trabalho na vida, pelo menos não um trabalho honesto.*

Laranja soltou a mão de Waldo e olhou para a suíte.

— Tremenda reunião você tem aí, Waldo — disse, com o sotaque escocês prolongando a frase cinco segundos além do normal.

Esse sotaque me deixaria louco, pensou Waldo. *Poderia levar o dia inteiro para concluir uma conversa.*

— O que posso fazer por você, agente Laranja?

O sorriso de Laranja era largo e fino.

— Não é óbvio? Preciso que você libere os suspeitos para minha custódia.

Waldo se eriçou diante de tal ideia, tão absurda a ponto de ele pensar inicialmente que Laranja estivesse brincando.

— Sua custódia? Isso não faz parte dos procedimentos. Eles são suspeitos numa investigação. Você não é investigador.

Laranja pareceu entristecido com a postura do outro.

— Talvez não, mas meu posto é superior ao seu, Waldo.

De repente, Waldo não gostou de ouvir aquele sujeito chamando-o pelo primeiro nome.

— É agente especial Gunn, por favor. E, para sua informação, ninguém tem posto acima de mim nesta suíte. Como oficial encarregado, eu posso ficar acima do próprio presidente, se necessário. De qualquer modo, o diretor-assistente está vindo e ordenou que ninguém interferisse em relação aos detidos até a chegada dele.

— Mas eles mataram toda a minha equipe de limpeza! — argumentou Laranja. — Sem misericórdia, apesar dos rogos. Eu tive sorte de escapar com vida.

Sem misericórdia, apesar dos rogos, pensou Waldo. *Escolha curiosa de palavras.*

— Você parece notavelmente *vivo*. E ileso também. Onde estão os corpos?

Laranja tossiu no punho fechado.

— Isso é um assunto delicado e estritamente *sigiloso*. Está conectado à nossa operação, que fica uns cinco níveis acima de sua alçada. Eu poderia lhe contar, mas nesse caso...

— Teria de me matar — disse Waldo, completando a expressão banalizada.

— E à sua família — acrescentou Laranja, sem rodeios.

A aversão instintiva de Waldo por aquele escocês ardeu mais forte.

— Não precisa ser grosseiro. Nós temos um procedimento em curso aqui, e ponto final. Você pode aguardar na sala se quiser, mas não terá contato com os suspeitos. Afinal de contas, só temos a sua palavra de que os detidos são suspeitos de alguma coisa.

O sorriso de Laranja não se abalou.

— É um argumento excelente. Infelizmente, não estou no clima para ser detido por enquanto e, conforme observado, você só tem posto superior ao meu dentro da suíte. E eu estou do lado de fora. Portanto, vou beber mais um excelente café no estabelecimento do outro lado da rua e voltar mais tarde quando o figurão da chefia tiver se juntado à festa. — Laranja parou de repente e seus olhos brilharam como se iluminados por dentro. — Pode ser? — exclamou, com o sotaque subitamente menos escocês. — Ora, juro que é.

Waldo ficou relutantemente intrigado.

— É o quê? O que é?

O olhar de Laranja passou além do encarregado da suíte, observando a suíte propriamente dita.

— Mas eu já estive aqui antes.

— Acho que você está enganado — disse Waldo com o tom mais paternalista que conseguiu. — Tenho o registro de cada pessoa que passou por esta porta nos últimos vinte anos, e você não está nela.

Laranja ficou tão deliciado que chegou a bater palmas.

— Isso foi há anos, Waldo. *Muitos* anos. Se me lembro bem, uma criatura tremendamente matreira atendia à batida do senhorio naqueles dias.

— História fascinante, de fato. Mas, se não vai entrar, você deve sair. Segurança, coisa e tal.

Laranja tirou o chapéu, revelando cabelos que poderiam ser grisalhos ou negros dependendo do ângulo.

— E coisa e tal, de fato, Waldo. Vou dar um rápido banho de café nos velhos ossos e retornarei. Fique de olho, está bem?

Nenhum dos dois estendeu a mão ao se separarem, mas Waldo Gunn zapeou por várias câmeras na tela de segurança de modo a vigiar Laranja até a Monmouth Street.

— Vou *ficar de olho em você*, agente Laranja — disse entre dentes. — Dê um banho de café nos seus velhos ossos enquanto o vigio feito um falcão.

Waldo pôs a mão na barriga rotunda, resultado de muitas salsichas Cumberland fritas e chocolates quentes com redemoinhos de chantili tarde da noite.

Que sensação é essa?, perguntou-se, tentando associar uma emoção ao ácido que borbulhava na barriga.

Waldo Gunn percebeu que, pela primeira vez em vinte anos, não se sentia seguro em sua própria fortaleza.

Não seja ridículo, disse a si. *Laranja é um sujeito aesconcertante, só isso. Não é perigoso.*

Mas o subconsciente de Waldo estava tentando dizer alguma coisa, e ele deveria ter ouvido, claro.

Garrick ignorou o café e quase deslizou pela entrada de serviço do Covent Garden, ainda mal conseguindo acreditar na sorte de ter invadido anteriormente aquele estabelecimento.

Descobriu que podia examinar a memória como se fosse um show de imagens em movimento e perceber cada quadro com tanta clareza quanto a realidade, com cheiro e tudo.

Lembrava-se bem daquela casa. Em sua época, havia uma próspera oficina de sapateiro no térreo com uma placa de latão na vitrine dizendo que o próprio Charles Dickens era cliente, o que era difícil de contestar, já que na época o grande romancista estava morto havia mais de uma década.

Sobre a oficina morava o salafrário de nome curioso. Biltong... não... Bill*toe*, era isso. George Billtoe havia passado um maço de notas de libra feitas em casa na Feira de Cavalos de Barnet e incorrido na fúria de uma certa quadrilha, que não apreciou ver seu território sendo usado sem pedido nem licença. A fúria da quadrilha tomou corpo na forma de Albert Garrick.

Vingança vinda de cima, pensou Garrick. *Já que eu vim pela chaminé.*

George Billtoe tinha ouvido boatos de que havia um contrato para sua morte, e foi ficando cada vez mais reservado e prudente, barricando-se no apartamento do andar de cima e pagando a um moleque para resolver suas coisas na rua. Garrick foi obrigado a empregar todas as suas habilidades de contorcionista para descer pela chaminé do sujeito.

Garrick deu um risinho. Naquela noite ele acordara Billtoe antes de cortar sua garganta, só para que a vítima percebesse que suas precauções não tinham adiantado nada.

Dias felizes. Como ele e Riley haviam rido da tolice daquele falsário!

Garrick se lembrou de todo o episódio, até o atordoado pedido final de misericórdia por parte de Billtoe antes de ter uma navalha por cima do pomo-de-adão.

O mágico sorriu com a lembrança enquanto escalava a escada de incêndio do hotel até o terceiro andar, deslizando silenciosamente, tal como uma sombra, pelos degraus de ferro fundido. O degrau de cima ficava 2,5 metros abaixo de um telhado plano de cobre, que oferecia uma borda larga e fácil de ser agarrada por um homem com as habilidades de Garrick. Ele confiava na força dos dedos, e se lançou do corrimão para cima, agarrando a fria borda de cobre e puxando-se para o teto plano.

Correu pelo cobre opaco, encolhido para evitar os olhos curiosos de alguém que estivesse atrás de cortinas, tão abaixado que seu tronco estava na horizontal e o nariz afilado cortava o ar noturno feito o focinho de um beagle.

Esta é de fato a vida dos campeões, pensou Garrick. *Uma brisa fresca do Tâmisa, poderes quânticos sobrenaturais e um cômodo cheio de valentões ianques contra quem poderei testar minhas habilidades. A magia é real e vive dentro da minha pessoa.*

A chaminé continuava onde ele se recordava, uma pilha de tijolos vermelhos e amarelos presos com argamassa meio esfarelada — manchada pelo tempo, talvez —, mas afora isso, era praticamente a mesma de antes. Mesmo na época em que Billtoe morava ali a chaminé estivera fora de serviço, tendo junto à base uma fileira de potes de barro rachados que não propagavam a fumaça havia muitas décadas. Garrick empurrou os potes com um gesto descuidado e levantou a pedra que cobria a passagem.

Nem mesmo um pouquinho de argamassa, pensou, quase desapontado. *Era esperado que os federais fossem os melhores do mundo.*

O tubo da chaminé se estendia abaixo dele, indo da escuridão ao breu. Não havia um cheiro reconfortante de fuligem que faria Garrick se lembrar de casa, mas havia a sensação de profundidade e queda, e o sopro azedo de umidade. O mágico passou as pernas facilmente por cima dos tijolos e sentou-se na borda, olhando para baixo.

É tão estreita quanto eu me recordo.

A largura dos ombros de Garrick era quase maior do que o buraco, mesmo na diagonal.

A última vez em que desci por esta caixa, foi necessário algum tempo e um bocado de coragem, pensou Garrick. *Agora será diferente.*

Garrick usou suas habilidades quânticas para ordenar que os ligamentos do ombro se afrouxassem, de modo que a cabeça do úmero saiu do encaixe.

Sem dor, disse aos neurônios sensoriais. *Preciso dos sentidos afiados, e quando desci antes por essa chaminé, a agonia foi como uma rachadura no meu prato.*

Garrick sempre fora ligeiramente míope, mas tinha excelente visão noturna, que atribuía a emplastros de legumes cozidos que ele colocava sobre os olhos duas noites por semana, depois comia no desjejum do dia seguinte.

Mesmo assim, pensou, usando o braço bom para se enfiar no poço negro, *não há mal em abrir um pouco as pupilas para captar a luz ambiente.*

Garrick sorriu, os dentes brilhando feito gotas de limão açucaradas na penumbra.

Luz ambiente? Smart, meu amigo, não posso agradecer o suficiente por vos educardes tão minuciosamente em vossos interesses multifários.

As pupilas de Garrick cresceram até encher as íris e ele passou a ser capaz de enxergar aranhas negras escondidas no buraco negro de uma chaminé escura à noite.

Isso é que é a magia, de fato, pensou. *Uma mente aberta.*

Separou os joelhos até eles suportarem o peso do corpo, depois baixou-se para a escuridão como um demônio descendo ao inferno.

Dentro do banheiro do esconderijo, Riley estava se perguntando se seu cérebro teria sido eterizado pela viagem. Ou se adquirira algum tipo de doença mental, causada por uma vida de terror contínuo.

Não estou sentindo nada. Até o medo está sumindo. Talvez eu esteja em algum sanatório usando macacão de lunático.

No entanto, essa fantasia futurista era particularmente detalhada. A Srta. Sa-va-no era tão nítida para ele quanto qualquer indivíduo que ele já tivesse espiado. Dava para ver as gotas de suor na testa enquanto ela fazia força contra as amarras plásticas nos pulsos. Dava para ouvir os dentes dela rangendo de frustração e ver os tendões do pescoço comprido se destacando como o cordame de uma escuna.

— Está olhando alguma coisa específica? — perguntou Chevie.

Riley começou a murmurar uma negativa, mas Chevie o interrompeu.

— Quer ouvir uma coisa irônica, garoto?

— Sim, moça. Como quiser.

Ela puxou as algemas que prendiam seus braços em volta do vaso sanitário.

— Acho irônico o fato de que eu gostaria muito de usar um banheiro agora mesmo.

Riley tentou não sorrir.

— E é *irônico* porque a senhora está amarrada a um vaso e não pode usá-lo?

— Exatamente.

— Obrigado, Chevie. Muitas vezes encontrei a palavra *ironia* nas minhas leituras, mas nunca tinha entendido de verdade até agora.

— Nossa missão é educar e proteger — disse Chevie. — Se bem que tenho andado meio fraca na área da proteção.

— Foi azar a senhora ter trombado com Albert Garrick. De todos os sujeitos que a senhora poderia ter apanhado no passado, ele é o pior, sem nenhuma dúvida.

— Ele é apenas um homem, Riley, você sabe. Independentemente do que você pense, ele é só isso.

Riley se encolheu na banheira.

— Não. Existem homens que são mais do que homens. Garrick sempre foi um deles, e agora é mais ainda. A viagem do passado deu poderes a ele, sou capaz de jurar.

Poderes, pensou Chevie. *Ou mutações.*

— Garrick está realmente além da experiência da senhora — continuou Riley. — Da minha também.

— Você faz com que ele pareça Jack, o Estripador.

A referência casual fez o sangue sumir do rosto de Riley enquanto uma lembrança o acertava feito uma marreta, e enquanto a mente dele divagava, Chevie mudou o foco para a sala do outro lado. Nos últimos 15 minutos, os únicos sons tinham sido típicos ruídos de um agente-em-serviço-atuando-como-babá: comentários afiados, risos machistas, café sendo preparado e descargas quase incessantes no outro banheiro.

— Ei! — gritou ela. — Waldo! Duff! Querem abrir a porta? Nós estamos nos sentindo um pouquinho rejeitados aqui dentro.

Em resposta, alguém ligou a TV. Os graves barulhentos de uma música *dance* ricochetearam na porta.

— Odeio esses caras — murmurou Chevie. — Vou trabalhar duro, ser promovida e depois demitir cada um deles. — Ela notou o rosto abalado de Riley. — Você está bem, garoto? Riley?

Os olhos do menino voltaram ao presente.

— Uma vez Garrick me contou uma história sobre o velho Avental de Couro, Jack, o Estripador. Ele teatralizou a coisa toda onde a gente morava.

— Não diga: Garrick *é* Jack, o Estripador. — O tom de Chevie era sarcástico, mas àquela altura já não ficaria mais surpresa se Albert Garrick e o assassino lendário fossem a mesma pessoa.

Riley saltou para trás como se Garrick pudesse ouvir essa acusação.

— Não. Certamente não. Garrick *odiava* Jack, o Estripador.

Chevie manteve um ouvido nos ruídos externos e outro na história de Riley.

— Ele odiava o Estripador? Esses caras não eram todos da mesma turma?

Riley se empertigou o máximo que pôde.

— Não. Ah, não. O velho Jack fazia o que Garrick jamais faria. Ele cortejava os figurões da polícia e os cavalheiros da imprensa. Mandava bilhetes para eles e coisa e tal. Inventou um apelido. Garrick se orgulhava de ser como um espectro em seus negócios, e lá estava aquele assassino da noite, deixando rins e corações espalhados por toda a região de Whitechapel.

Os olhos de Riley ganharam um aspecto vidrado enquanto ele se perdia na história.

— O Estripador surgiu antes de Garrick me pegar, mas ficou obcecado pelo caso durante anos. Eu sabia que deveria ficar fora das vistas se os jornais publicassem uma história sobre Jack. Até que uma noite Garrick chegou em casa justamente quando o sol apareceu entre as torres das igrejas. Sacudiu-me devagar, como se a gente fosse parente de verdade, e seu toque era tão suave que eu acordei do sonho achando que meu pai tivesse chegado, e disse: Pai?

Riley fez uma pausa para cuspir em direção ao ralo.

— Eu mal tinha 8 anos e não sabia de nada, mas essa palavra é mágica para o Garrick, e ele sorriu que nem o gato de Alice. "Acho que sou", disse ele. "Essa é a minha responsabilidade." Nesse ponto eu estava totalmente acordado e um bocado assustado. Garrick estava coberto de sangue da cabeça aos pés, como se tivesse nadado no cocho do abatedouro. Até os dentes estavam vermelhos. Ele deve ter notado como eu fiquei apavorado, pois falou: "Não se preocupe, filho. Esse sangue não é meu. Jack não vai mais estripar." E então esperou até eu entender.

"Demorei um momento, mas entendi. 'O senhor matou o Avental de Couro? Jack, o Estripador em pessoa? Mas ele é do inferno.' Isso provocou uma gargalhada em Garrick.

'Agora ele está no inferno', disse ele. 'Pelo menos a alma. O corpo está dormindo com os cadáveres podres dos bandidos comuns, na lama do leito do Tâmisa.' Eu sabia que Garrick não gostava de perguntas, mas uma pulou antes que eu pudesse impedir. 'Como o senhor encontrou um demônio?' Mas ele não ficou com raiva, parecia estar no clima para perguntas.

"'Arrá', disse ele, batendo na testa. 'Com a arma mais mortal que existe: o cérebro. Jack era uma criatura de hábitos, e isso foi a perdição dele. As cinco primeiras moças foram mortas num frenesi, mas depois disso Jack se acalmou e passou a usar a lua como relógio. Há três anos venho patrulhando Whitechapel e Spitalfields nas noites de lua cheia, e finalmente ele apareceu perto do Ten Bells.' Então Garrick riu. 'Quase não dá para acreditar, esse suposto gênio planejava pegar outra garota do Bells. Eu o vi imediatamente, um grã-fino com roupas comuns, todo cheio de nervosismo.' Aí Garrick se inclinou em cima de mim. Eu me lembro do sangue pingando na minha testa e de ter pensado: Isso é sangue do Avental de Couro."

Chevie estava tão fascinada pela história que não teria se mexido nem se as algemas de plástico tivessem milagrosamente caído de seus pulsos.

— "Deixei que ele pegasse uma garota, só para me certificar", disse Garrick. "Então fui atrás dele, pelos telhados, até a Buck's Row. Ouvi os dois falando e fazendo piadas sobre a coitada da Polly Nichols, que tinha sido morta ali mesmo. O velho Jack tinha um risinho surpreendentemente feminino, uma coisa que ele nunca alardeou nos jornais. O tempo todo eu estava acima, com minha faca Cinquedea predileta, toda empretecida e pronta para o sangue.

Se Chevie não estivesse tão fascinada pela história poderia ter notado que, apesar de nenhum ruído vir de fora do banheiro, os sons de agentes brincando haviam cessado e agora pancadas soavam, as quais não poderiam ser atribuídas ao bate-estaca da música que vinha dos alto-falantes da televisão.

— Assim que ele pegou sua arma, um bisturi totalmente comum, eu pulei do alto e o abri do pescoço até o umbigo. Foi um golpe limpo, uma coisa do teatro. Ele caiu como caem todos, sem poderes especiais, sem palavras finais memoráveis. A garota ficou grata e caiu de joelhos, me chamando de lorde. Eu deveria tê-la matado, sei disso, meu garoto. Mas a rua estava escura e meu rosto estava sujo de preto, por isso falei simplesmente: *Diga às suas amigas que Londres se livrou do Maldito Jack*, e deixei que ela saísse correndo. Foi um momento de fraqueza, mas eu estava me sentindo bem disposto em relação ao mundo. Então... o que foi isso? Um gemidinho vindo do chão. Meu garoto Jack ainda estava respirando. *Não por muito tempo*, falei, e comecei a trabalhar. Antes de ir embora, Jack confessou dezenove assassinatos, com uma espécie de brilho no olho. *Dezenove?*, perguntei. *Eu fiz o dobro disso só no ano passado.* Depois disso o coração dele desistiu.

Riley soltou a respiração com um tremor.

— Foi quando percebi que Albert Garrick era mesmo o diabo.

A porta do banheiro se sacudiu de repente quando um corpo foi lançado contra ela. O estrondo despertou Riley de seu devaneio. A porta voltou a sacudir, desta vez saindo totalmente das dobradiças, derrubada pelo peso da forma inconsciente do agente Duff.

Uma figura sombria apareceu na entrada e pareceu deslizar para dentro do cômodo.

— Laranja? — perguntou Chevie, mas viu imediatamente que, apesar de se parecer com o agente do FBI, a figura de fato não era ele.

Riley fitou os olhos cruéis e mortos do sujeito.

— Não. É o meu patrão. Agora a senhora entende?

Albert Garrick fez uma cara e pose de canastrão para Chevie, depois uma reverência profunda.

— Albert Garrick, ilusionista do West End e assassino de aluguel, ao seu dispor, jovem dama, vindo pela chaminé para me apresentar adequadamente.

Enquanto ele fazia a reverência, uma gota do sangue alheio pingou de seu nariz, batendo na testa de Chevie, e ela foi golpeada até o âmago por um terror que mal conseguia conter.

— Agora entendo — disse ela.

6

VICTORIANA

Londres. Década de 1860.

Albert Garrick fora aprendiz do Grande Lombardi durante mais de dez anos, e nesse tempo o pequeno italiano se tornou uma espécie de segundo pai do garoto órfão. Mas o jovem Albert jamais se esquecera de seu pai verdadeiro, que havia se matado por ele, e passaram-se anos até que os pesadelos daqueles dias da cólera na Old Nichol se desbotassem e ele parasse de se preocupar sempre que um trecho de pele seca surgia em seu cotovelo ou seus olhos pareciam um pouco fundos.

Lombardi o fazia trabalhar duro, mas não era cruel e raramente batia nele, a não ser que Garrick merecesse de fato. Os dois viajaram por toda a extensão da Inglaterra trabalhando em teatros, e uma vez ele até pegou a balsa de Boulogne para uma temporada no Théâtre-Italien de Paris, onde trechos dos números de Lombardi foram postos em uma cena de rua de uma ópera de Verdi. Lombardi chorava toda noite na hora de fechar a cortina e frequentemente dizia ao jovem Albert que ele considerava o trabalho com Verdi a coroação de sua carreira.

Eu procurei a magia verdadeira durante toda a vida, disse ele alguns anos mais tarde, agonizando de tuberculose nos cômodos onde moravam, em Newcastle, à beira do Tyne. *E a encontrei na música de Verdi. Um italiano. Dio lo benedica.*

Lombardi morreu naquela noite, obrigando o aprendiz a se apresentar como seu substituto no espetáculo. A apresentação não foi um sucesso absoluto, mas muitos pombos sobreviveram, o que encorajou o jovem a adotar o nome de Lombardi e a honrar os compromissos do tutor.

Garrick herdou não somente os compromissos teatrais do patrão, mas também sua assistente. Sabine era a criatura mais exótica e linda que Albert já vira, e ele havia se apaixonado por ela desde o primeiro dia, quando a viu, de queixo caído, sair do sarcófago de Lombardi, onde era serrada ao meio.

Garden Hotel. Monmouth Street. Londres. Atualmente.

E agora Garrick sentia um eco da paixão da juventude enquanto olhava direito para Chevron Savano pela primeira vez.

Ela se parece com Sabine, pensou, olhando para a garota.

Segurou o queixo de Chevie, inclinando-o para trás. *A semelhança é impressionante.*

E outra parte de seu cérebro dizia: **É uma semelhança superficial, nada mais.** Mesmo assim, Garrick ficou abalado.

Sua decisão de rasgar o coração daquela donzela se evaporara como a névoa da manhã.

O que está acontecendo comigo?

Garrick fez outra reverência para Chevie.

— Perdão, senhorita Savano. Preciso de um momento para organizar os pensamentos.

Garrick saiu do banheiro e foi até a cozinha minúscula, onde havia o que parecia uma geladeira atarracada, de estilo americano. Abriu a porta e, dentro, em vez de fileiras de comida e bebida geladas, viu o agente Waldo Gunn, sentado atrás de um vidro à prova de balas.

Garrick sabia, devido aos conhecimentos de Laranja, que aquela geladeira falsa era um casulo de pânico pessoal, tão seguro quanto o bunker do presidente dentro da Casa Branca.

Waldo estava sentado, tremendo, atrás do vidro, como se aquilo fosse uma geladeira de verdade. Ele digitava números no telefone com dedos trêmulos.

— Este casulo não está no sistema, está, Waldo? — perguntou Garrick. — Vocês andaram aumentando a segurança.

Garrick bateu a porta com tanta força que a tranca se partiu e a porta se abriu de novo. O fato de Waldo ter podido ficar em segurança tornava a fuga de Garrick mais urgente. Agora o FBI ficaria sabendo de sua existência e logo estaria... como era mesmo a expressão? *Na sua cola*. Este século estava se tornando perigoso. Era hora de voltar para casa.

Chega de embromar!, disse a si mesmo. *Ande logo, meu chapa. E mate a mocinha. Ela é insignificante e está desamparada. Um corte na traqueia vai ser mais do que suficiente. O som vai ser desagradável, mas é a vida: está tarde demais para deixar que seus enjoos fiquem no caminho.*

Garrick congelou no meio da passada.

Meus enjoos? Mas eu não tenho enjoos.

E, num clarão de autopercepção, ele entendeu.

Esses são enjoos de Smart. Ele gostava dessa tal de Savano, e esse gostar escorre pelos meus neurônios, reforçando essa falsa identificação com Sabine. Essa jovem não é uma reencarnação de Sabine tanto quanto não é uma reencarnação de Sua majestade, a rainha Vitória. Vou matá-la e me livrar de uma adversária.

Garrick juntou as armas do arsenal do FBI, inclusive o canivete de mola de Duff, que ele havia arrancado da mão do agente com um gesto casual.

Que encantador, pensou Garrick. *O padrão do armamento aumentou mesmo. Matar nesta época vai ser muito mais fácil.*

Tal ideia o animou imensamente, e ele entrou de novo no banheiro, preparado para o trabalho sujo.

Dentro do banheiro, Chevie estava com o pé enganchado embaixo do queixo do inconsciente agente Duff, e tentava puxá-lo quando Garrick apareceu à porta.

— Uma atitude muito empreendedora, agente; será que ele tem algum tipo de faca escondida? Nunca se sabe, não é?

Chevie olhou para o assassino de forma beligerante.

— Você matou todos eles, não foi? Smart, a equipe de limpeza, os policiais que estão lá fora?

Garrick girou o canivete.

— Nem todos — respondeu, assentindo para Duff. — Ainda não.

Chevie recuou o pé, esperando que Duff ao menos fosse poupado.

— Riley estava certo sobre você.

— Ah é? — disse Garrick, preparado para ouvir isso antes de silenciar a garota para sempre. — E o que meu assistente desgarrado disse?

— Que nunca poderíamos impedi-lo. Que você atravessaria o céu e o inferno para encontrá-lo.

Garrick desgrenhou o cabelo de Riley, e o garoto precisou se obrigar a não afastar a cabeça bruscamente.

— Tempo e espaço, para ser exato — disse Garrick. — E eu peguei algumas coisinhas nas minhas viagens. — Enquanto dizia isso, Garrick se ajoelhou e pôs a ponta do canivete de mola sobre o peito de Duff. — Mas uma lição que aprendi muito antes desse passeio em especial foi não deixar testemunhas. A não ser que eu quisesse ser enforcado por causa dessa gentileza.

— Deixe-me fazer isso, patrão — disse Riley bruscamente. — Para compensar por todas as trapalhadas e encrencas nas quais pus o senhor.

Garrick ficou tocado, mas estava cauteloso.

— Você teria coragem? Agora?

— Seu jeito é o único jeito — disse Riley. — Agora percebo isso. Chegou a hora de eu abraçar meu destino. De apostar no cavalo vencedor.

Garrick bateu no próprio queixo com a lâmina do canivete, depois se inclinou para cortar as algemas de Riley.

— Não tenho paciência para parvoíces nem hesitações, Riley. Golpeie rapidamente e faça jus a uma nota de rodapé nos meus bons livros. Caso contrário, vou considerá-lo um inimigo.

Riley pegou o canivete que lhe foi oferecido.

— Agradeço a chance, patrão. Pode contar comigo.

Chevie só podia esperar que Riley estivesse fingindo, pois se ele tivesse mesmo disposto a fazer qualquer coisa para permanecer vivo, isso poderia incluir matá-la e a Duff. De qualquer modo, ela precisava parecer ultrajada.

— Não faça isso, garoto — alertou. — Se você matar um federal, não terá onde se esconder.

Garrick deu um sorriso maroto.

— Ah, mas há um lugar, não há, agente? Ou talvez uma *época*?

Riley segurou o canivete com o punho apertado, depois se moveu tão depressa que Garrick até ergueu as sobrancelhas. Deu um giro inteiro no canivete e então cravou-o entre a terceira e a quarta costelas de Duff, diretamente acima do coração. Uma mancha de sangue em forma de papoula brotou ali e rapidamente encharcou o tecido da camisa engomada do agente.

— Pronto — disse Riley, a voz ligeiramente esganiçada. — Está feito. E não foi grande coisa. Devo apagar a outra também? Para o pó, como o senhor sempre diz, patrão.

— Assassino! — gritou Chevie, tentando dar um chute em Riley, mas Garrick desviou-a com a mão.

— Todo o crédito vai para você, garoto. Foi um furo limpo. Como um ferro quente entrando na neve.

— A garota, patrão?

— Não — respondeu Garrick, pegando o canivete de volta. — Ainda que cada golpe ligue você a mim, com sangue. Dessa eu mesmo devo me desfazer.

Garrick segurou o queixo de Chevie com os dedos. Parecia uma pinça de aço no maxilar. Empurrou a cabeça dela para trás, tirou a Chave Temporal do pescoço dela cuidadosamente e encostou a lâmina na traqueia.

Chevie se encolheu enquanto sua vida passava num clarão diante dos olhos, do mesmo jeito que os filmes diziam que aconteceria.

Viu o rosto de sua professora, gentil e preocupado enquanto ela resgatava a aluna das garras de um espinheiro na trilha do Cânion de Topanga. Viu a moto do pai acelerar numa curva da autoestrada Pacific Coast, e agora sabia que ele jamais voltaria, pois seu tanque de combustível iria explodir enquanto ele passava por Venice Beach. Viu sua amiga, Nikki, surfando uma onda grande na praia de Cross Creek, as mãos estendidas para o céu como se pudesse se agarrar a uma nuvem.

As imagens sumiram e Chevie descobriu, para sua surpresa, que ainda estava viva. Garrick se agachou ao lado dela, a coluna encurvada, uma careta lhe repuxando os cantos da boca. Um homem em guerra com seus demônios.

Você deve dominar, Albert Garrick, pensou ele. *Sua mente te pertence.*

Chevie sentia medo de respirar. O menor movimento pressionaria sua garganta sensível contra a lâmina afiada como navalha.

Faça, disse Garrick a si mesmo. *Corte. Para o pó.*

Riley tentou aproveitar a hesitação de Garrick.

— Patrão, deixe a garota. Sou eu que o senhor quer. Deixe-a e vamos embora.

Garrick se virou para o garoto, apontando o canivete para seu olho.

— Você está totalmente correto, meu garoto. Eu vim por sua causa, e você se mostrou digno. Agora seja útil e veja se algum dos cavalheiros lá fora ainda está com o coração batendo.

Riley hesitou junto à porta.

— Ainda não estamos livres disso, patrão. Será que uma refém não seria útil?

Garrick pensou. Isso lhe daria um motivo legítimo para não fazer mal à garota.

— Talvez uma refém seja útil. Mas temo que esta vai se rebelar quando surgir uma oportunidade.

— Eu respondo por ela — disse Riley.

— Você entende o que está falando? Está se oferecendo para pagar pelos crimes dela? O castigo dela será seu? E você mesmo está se colocando na beira do abismo depois da tentativa de fuga, mesmo com essa morte que causou agora. Não vou suportar nem uma migalha de insubordinação.

— Entendo, patrão. Mas talvez ela possa nos ajudar.

Garrick fechou um dos olhos, e o outro brilhou.

— Ajudar-nos, é? Agora existe um *nós*?

Riley prendeu a respiração enquanto aguardava pela reação do chefe. Sabia que Garrick não hesitaria em matar Chevie simplesmente para deixar claro seu argumento, mas algo o detinha.

Eu estava certo. Garrick mudou, observou Riley. *A postura, a carne nos ossos. Até o tom de voz está diferente.*

— Muito bem — disse Garrick depois de um silêncio hipnotizante. — Vamos levar a garota. Mas se ela me trair... vocês *dois* vão pagar o preço.

Riley suspirou, aliviado, porque Chevie sobreviveria, embora ela provavelmente fosse matá-lo se tivesse a oportunidade.

Garrick olhou para ela.

— Para mim, você é tão transparente quanto a vitrine da Fortunum and Mason, garota. Nesse momento está pensando que, enquanto estiver viva, há uma chance de escapar.

Garrick se curvou sobre Chevie, acompanhando a sobrancelha dela com a ponta do canivete.

— Abandone toda esperança — sussurrou. — Porque a esperança já abandonou você.

Chevie acreditou nele, e o garoto também.

Garrick estava nitidamente empolgado por ter Riley de volta. Tinha uma plateia de novo, inflada até o dobro do tamanho.

— O número de espectadores cresceu cem por cento — comentou com Riley enquanto iam de táxi para a Bedford Square. — O espetáculo deve ser bom.

Chevie e Riley estavam sentados de cada lado dele, nos bancos dobráveis. Chevie estava traumatizada por ter passado por cima da meia dúzia de cadáveres federais no esconderijo.

Duff era um panaca, pensou ela. *Mas era um panaca humano.*

Chevie nunca vira tanta morte, e ficou mais abalada do que imaginava que ficaria numa situação de combate. Seu único consolo foi a visão de Waldo Gunn, em segurança dentro do casulo.

Pelo menos Waldo sabe que não sou assassina.

Mas essa migalha de consolo não serviu para afastar o choque que esmagava seu espírito.

Riley, por outro lado, tinha vivido na Londres Vitoriana, onde os assassinatos eram raros, mas a vida era barata. Muitas crianças pobres morriam ao nascer; se sobrevivessem ao primeiro dia, as chances eram de que a cólera, a varíola, a escarlatina ou a coqueluche acabassem com elas antes do quinto aniversário. Riley vira o trabalho sinistro da morte mais vezes do que poderia contar.

Vida e morte são as duas extremidades da mesma viagem, dissera Garrick uma vez. *Nada que mereça comemoração ou luto.*

E assim Riley disse a si mesmo para ficar atento, caso contrário ele e a Srta. Savano poderiam chegar ao fim de sua viagem.

Algum dia poderei ficar de luto por todas as almas que Albert Garrick mandou embora, pensou. *Mas hoje, não. O dia de hoje é para lutar.*

Era de manhã cedo, e as ruas estavam cheias de baladeiros convictos e trabalhadores serpenteando pela Tottenham Court Road sob os olhares de policiais que faziam a ronda em dupla. Varredores de rua motorizados limpavam o chão com suas escovas eriçadas, levantando jorros de água enlameada, e, nas vitrines, empregados de dezenas de lojas de produtos eletrônicos ligavam mil telas de televisores e computadores.

— Está um calor agradável — observou Garrick, batendo no canivete dentro do bolso do peito de modo que Chevie não se esquecesse de que a arma estava ali ou do que ela era capaz de fazer. — Qual é a estação?

— Verão — respondeu Chevie, carrancuda.

Garrick suspirou e seu rosto pareceu desmoronar feito manteiga derretida, voltando às feições originais.

Rosto de um contador, pensou Chevie. *Ou de um professor de geografia. Não de um assassino implacável.*

Garrick deu um soco brincalhão no ombro de Riley.

— Ah... verão em Londres sem o fedor de podridão nas narinas, e nós dois finalmente como parceiros num empreendimento. Poderia haver coisa melhor? É quase uma pena termos de voltar para casa, hein, garoto?

— Por que você quer voltar? — perguntou Chevie.

Garrick deu um puxão na Chave Temporal pendurada no pescoço.

— Apesar de minhas novas capacidades, este mundo é novidade para mim. Aqui estou em desvantagem e sou fugitivo. Quando voltar a minha época, a cidade de Londres será minha ostra. Dá para imaginar o que posso conseguir com meu conhecimento sobre o futuro? Somente no ramo dos armamentos, eu poderia mudar o mundo.

— Um psicopata que quer dominar o planeta. Que original.

Riley respirou fundo, prevendo um castigo rápido para um comentário tão desaforado, mas, para sua surpresa, Garrick quase parecia estar apreciando aquele diálogo.

O assassino deu um tapa na coxa.

— Ah, Chevron, você é estimulante. As probabilidades contra você são mais altas do que a Torre de Londres, e *ainda assim* está cheia de determinação. Agora vejo por que Félix gostava de você.

Chevie fungou.

— Félix? Gostava de mim? Você foi mal informado.

— Félix e eu ficamos... *íntimos* antes de ele morrer — disse Garrick enigmaticamente. — Félix gostava de você, ainda que não estivesse totalmente ciente disso.

— Então você sabia, mas ele não?

Garrick meio que escondeu um sorriso presunçoso atrás da mão.

— De certa forma, sim.

O sorriso do mágico evaporou quando o táxi virou a esquina da Bedford Square e a casa da Bayley Street apareceu. Os corrimões da escada estavam entrecruzados por fitas de isolamento da polícia, e dois agentes do FBI com agasalhos azuis estavam parados na frente, flanqueados por policiais metropolitanos com metralhadoras atravessadas no peito. Obviamente, Waldo havia redirecionado parte da equipe de reação do FBI para a Bedford Square, e também havia chamado a polícia local.

— Deveríamos ter vindo a pé — disse Chevie. — Talvez chegássemos mais depressa.

Garrick mordeu o nó de um dedo.

— Quieta, garota. Não me obrigue a cometer assassinato só para ter um momento de silêncio.

Garrick observou os policiais fortemente armados.

Nem mesmo um indivíduo com meu conhecimento poderia dominar toda a força policial, concluiu, *especialmente policiais com metralhadoras. Se bem que, segundo as experiências de Smart, os tiras ingleses são muito atrapalhados pela própria constituição. Parece que nem podem mais jogar vagabundos no Tâmisa. Mas mesmo assim não teriam problema em matar um assassino que tentasse entrar no prédio.*

Enquanto Garrick pensava, Riley lançou um olhar para Chevie. O rosto dela estava tenso e com os músculos contraídos, mesmo tentando parecer à vontade, e para Riley ficou claro que ela pretendia arriscar a sorte com Garrick naquele espaço confinado.

Ela acha que estou do lado dele, pensou. *E não posso deixar que ela saiba da verdade sem também alertar Garrick.*

Obviamente, Garrick havia notado a atitude de Chevie, pois apontou um dedo para o garoto.

— Riley, diga à sua nova amiga para repensar a estratégia. Se ela tomar uma atitude agressiva, vou estripá-la antes que possa abrir o cinto de segurança, e ainda darei uma facada no taxista, só de birra.

Por sorte o taxista estava separado deles por um painel de plástico rígido e não percebeu que sua vida era um instrumento de barganha.

— Cá estamos, amigo — gritou o chofer, abrindo a janelinha no painel do táxi. — Bayley Street. Talvez o senhor veja algumas celebridades por aqui. A casa da esquina foi vendida por quarenta milhões de libras no mês passado. E vou dizer uma coisa: nesta área não há recessão.

Garrick revirou os olhos.

— Parece que a verborragia dos taxistas de Londres é constante ao longo das eras. — Ele bateu no painel. — Tenho um novo destino para você, motorista. Leve-nos ao Wolseley. Um *amigo* me falou desse café e acho que seria perfeito para nosso grupo faminto. Passe pelo Piccadilly Circus, por favor, não quero pegar a rota dos turistas.

— Sem problema — disse o taxista. — Conheço esta cidade melhor do que a patroa conhece o interior da minha carteira. Pode me matar se eu tentar enganar o senhor.

Garrick escondeu o rosto enquanto passava pelos policiais armados.

— É exatamente o que farei — disse ele.

Quando o táxi parou diante do Wolseley, o restaurante estava aberto para o café da manhã. Garrick escolheu uma cabine junto à janela e examinou o menu com arrulhos de deleite que atraíram a atenção dos outros clientes.

— O que acha, filho? Kedgeree ou kippers? Por que não os dois, hein? Afinal de contas, é uma ocasião especial.

Chevie sentou-se perto da janela, enfiada entre o vidro e o aprendiz de mágico, presa pela mesa.

Preciso fazer alguma coisa, pensou ela. *A última instrução de Laranja para mim foi vigiar a Chave Temporal. Não vou estragar outra missão. Preciso pegar a chave de volta. E não posso contar com Riley para me ajudar.*

Agora todos os traços de Smart haviam sumido. A pessoa sentada diante dela era um genuíno mágico do passado, e, como se quisesse provar, ele encantou a garçonete, tirando um saleiro de trás da orelha dela e o MasterCard platinum de Félix Smart de trás da própria.

— Acredito que isso seja usado como dinheiro hoje em dia — disse ele, com um sotaque que parecia saído de um filme em preto e branco de Sherlock Holmes. — Certifique-se de acrescentar dez por cento de gorjeta para você, querida, pela sua beleza.

A garota estava acostumada a gorjetas altas.

— Acho que minha beleza é suficiente para vinte por cento — disse ela, sem se dar ao trabalho de sorrir.

Garrick balançou a mão, magnânimo.

— Por que não trinta? Nós, Smart, somos uma família generosa.

A garçonete pegou uma caneta no cinto do avental e anotou o pedido de Garrick. O mágico escolheu três tipos de ovos: pochê, fritos e mexidos. *Kedgeree* e *kippers*. Torradas, bolinhos e panquecas americanas com calda. Salsichas, bacon e bolos de batata. Aveia e granola. Suco de laranja, de toranja e um bule grande de café. Riley optou por chocolate quente e um desjejum inglês completo, e Chevie pediu um copo d'água.

Obviamente o assassinato estimula o apetite, pensou ela.

— Não está com fome, agente? — perguntou Garrick.

Chevie deu um sorriso tenso.

— Estou meio sem apetite. Deve ser por causa de todos aqueles cadáveres.

Garrick piscou para Riley.

— Você se acostuma. Veja meu parceiro aqui: não é mais aprendiz. Vai devorar o bacon como se o carrasco estivesse esperando por ele na praça.

— É — disse Chevie. — Talvez esteja. É isso o que acontece quando você mata todo mundo que encontra.

— Ainda não matei você, Srta. Savano. Talvez depois do desjejum, hein?

Riley ficou em silêncio durante toda a conversa. Só queria dormir e talvez sonhar com uma praia e com o garoto ruivo.

Cuidado com a correnteza: ela puxa suas pernas.

Será que o garoto havia dito mesmo aquilo ou seria sua mente inventando um passado? Riley balançou a cabeça para desalojar a névoa familiar que se assentava em seu cérebro quando ele estava perto de Garrick. Normalmente, ele deixava a mente flutuar para longe, mas hoje era diferente. A vida de Chevie estava em risco, assim como a dele.

A última coisa que Riley queria era uma fritura, mas seu corpo estava faminto e, como Garrick sempre dizia: *Coma, garoto. Sua próxima refeição provavelmente vai ser a última.*

— Você deveria comer, Chevie.

A mão de Garrick voou por cima da mesa e beliscou a orelha de Riley.

— *Chevie?* Quem você é agora, filho? O príncipe de Gales? As damas devem ser chamadas por seu título. Para você, esta é a *agente Savano* ou *senhorita.*

Chevie não ficou impressionada.

— Uau, bons modos. Que maneiro. Eu pensei que você fosse um psicopata assassino, mas agora você me ganhou.

Garrick suspirou, já cansado dos comentários da garota.

— Esse melodrama constante é cansativo demais. Não há nada que eu possa fazer para convencê-la a ser educada, pelo menos enquanto estivermos à mesa?

Curso básico de psicologia: faça a pessoa falar sobre si. Qualquer informação captada pode ser útil mais tarde, se houver um mais tarde.

— Você poderia me dizer exatamente o que você é.

Garrick pensou seriamente naquilo. Seria bom compartilhar os detalhes de sua transformação, mas, no fim das contas, conhecimento demais significava poder demais, de modo que talvez ele fizesse um esboço superficial.

— Sei que Félix contou o básico a você. Fendas espaciais através do tempo, e assim por diante. Quando Félix e eu viajamos juntos pelo túnel do tempo, nós nos fundimos. Ainda estou no controle, mas Félix é definitivamente parte de mim.

— Você o matou?

— Matei a maior parte dele. E foi em legítima defesa: ele detonou uma bomba.

— Então você pode fazer coisas com o que resta de Félix? Truques?

— Ah, sim, claro. Um truque. As damas adoram truques de mágica. Pense numa carta.

Chevie revirou os olhos.

— Ah, por favor.

— Não, agora é sério, *mademoiselle*. Imagine uma carta. *Visualize-a*, como vocês americanos gostam de dizer.

Chevie não pôde evitar. A rainha de copas surgiu em sua mente. Era o nome do bar predileto de seu pai na Pacific Coast Highway.

Garrick estalou os dedos.

— Captei. Você estava visualizando o ás de espadas. A carta que significa morte iminente e dolorosa.

— Não, não era essa — retrucou Chevie.

Garrick girou sua faca de manteiga.

— Agora é — disse ele.

Era um diálogo saído diretamente de uma história de terror barato, Garrick sabia, mas ele havia crescido no palco e tinha melodrama no sangue.

A comida chegou, e Garrick partiu para cima dela com óbvio deleite, rindo enquanto comia, pegando bocados de vários pratos diferentes — comia salsicha mergulhada em calda e bolos de batata cobertos de chocolate quente. Era como uma criança numa festa.

— Não há nenhuma sujeira, nem um grãozinho — declarou. — Os odores são uniformemente agradáveis, e o que deveria ser quente, está quente.

Chevie observava o mágico com atenção, repassando cada detalhe de seu rosto e seus maneirismos a fim de guardar tudo na memória.

Meia-idade. Talvez quarenta e poucos anos, é difícil dizer. Pele clara. Os dentes parecem meio compridos. Amarelados. Olhos escuros. Azuis, talvez fundos, com testa volumosa. Cabelo preto começando a ficar grisalho. Comprido e liso.

Magro, mas musculoso. Não há nada de obviamente ameaçador. Esse sujeito jamais ganharia o papel de um bandido vitoriano num filme sobre ele próprio.

Certamente minha chance virá, pensou Chevie, mas cada vez que estava a ponto de se lançar contra o mágico, ele via a intenção em seu rosto. Era quase como se Garrick pudesse ler seus pensamentos.

— Você está se perguntando se eu consigo ler seus pensamentos — disse Garrick de repente, sacudindo um pedaço de salsicha na direção dela. — Confesso que não, mas tenho um certo conhecimento da ciência do movimento, o que você poderia chamar de cinética ou linguagem corporal. Suas intenções violentas são tão claras para mim quanto a manchete do *Times*.

Chevie olhou-o, irritada.

— É? O que meu rosto está dizendo agora?

— O FBI costuma usar a expressão *dano colateral aceitável* — continuou Garrick calmamente. — Se fôssemos lutar aqui, posso garantir que pelo menos meia dúzia de civis seriam mortos; o número poderia chegar até dez, se você realmente me incomodasse. Félix me garante que você tem certa competência em artes marciais, mas está desarmada, e eu tenho três pistolas e um canivete. Você acha que o FBI iria recompensá-la por me provocar num restaurante?

Garrick estava certo, e Chevie sabia disso. Não podia se dar ao luxo de ser agressiva num local tão público.

De novo, Garrick leu a expressão dela.

— Você chegou à decisão correta, agente. Afinal de contas, essas pessoas a nossa volta são reais. Pessoas com famílias e entes queridos.

Garrick se encolheu como se tivesse levado um soco quando suas lembranças o conectaram a uma lembrança de Smart.

— Entes queridos — repetiu ele, tirando a Chave Temporal de debaixo da camisa. — Félix sabia que seu pai havia arranjado uma companhia feminina em algum lugar de Londres depois da morte de sua mãe. Charles Smart jamais revelou quem ela era, e Félix presumiu que, assim que seu pai desapareceu no passado, o relacionamento havia chegado ao fim. Mas eu já vi muitas vítimas apaixonadas, e a paixão leva o homem a quase qualquer extremo. — Garrick fez uma pausa, girando a Chave Temporal com os dedos ágeis. — O pai dele construiu um segundo módulo em Londres, mas Félix nunca foi capaz de encontrá-lo. Então ocorre-me, como estudante dos caprichos e falhas dos humanos: que motivo melhor para construir um módulo de reserva senão o de voltar a este século e visitar uma paixão secreta? — Garrick ativou a telinha da chave e clicou pelos menus até chegar a um registro de viagem.

— Temos vários saltos a partir da Bedford Square, como seria de se esperar, sendo o último no início dos anos 1980. E este deveria ser o fim, mas não; tenho algumas coordenadas aqui. Mais de uma dúzia de outros saltos de chegada e partida, para o mesmo ponto. Smart, seu velho enamorado. Quem quer que seja essa mulher, você não conseguiu ficar longe dela.

Garrick enfiou a Chave Temporal no bolso.

— Riley, meu filho. Encontramos o caminho de casa.

O garoto não falou, mas seus olhos falaram por ele: *não sou seu filho.*

Foi uma surpresa Garrick não ter conseguido decifrar isso.

Garrick usou o GPS do celular de Smart para encontrar as coordenadas da Chave Temporal. As memórias de Félix Smart agiam como um tutorial vivo. Sempre que Garrick chegava a uma tela nova, simplesmente se concentrava por um momento até que seu funcionamento ficasse claro para ele.

Saíram do Wolseley lado a lado, como uma família, passaram pelo Ritz e entraram em Piccadilly Circus. Garrick gostou do sol matinal no rosto, mas os passos de Chevie estavam rígidos de tensão, e Riley caminhava como se estivesse atordoado de tanta exaustão; na verdade, estava exagerando a fadiga, de modo que Garrick não o pressionasse para uma conversa e ele pudesse ter um momento para pensar.

Gostaria que houvesse um modo de sinalizar para a agente Savano, pensou. *Só conseguiremos escapar se formos na mesma direção.*

Tentou atrair o olhar de Chevie, mas ela estava perdida nos próprios pensamentos.

Certamente já existe um alerta de busca para Garrick, pensava ela. *Talvez ele seja reconhecido.*

Era improvável, já que Garrick não se parecia mais com o agente Laranja. As únicas pessoas que tinham a verdadeira descrição de Garrick estavam andando ao lado dele, e aparentemente Riley já escolhera o lado de quem desejava estar. E ela não teria censurado o garoto pela escolha, se não fosse pelo assassinato de seu colega.

O centro da cidade estava ficando movimentado enquanto os comerciantes abriam os negócios. Apesar do pedágio caro, as ruas logo estavam apinhadas de veículos, os para-choques grudados uns nos outros. O dia ia se formando muito bem, céu limpo e prateado, que logo ficaria azul, e uma brisa forte capaz de agitar até mesmo o mais fatigado dos viajantes do tempo. O trio improvável seguiu junto por Mayfair, com Chevie esperando, mas sem muita esperança, que de algum modo o FBI os tivesse rastreado e houvesse um atirador de elite apontando uma bala para o crânio de Garrick enquanto eles andavam.

Que ilusão. E mesmo que alguém atire nessa criatura chamada Garrick, isso talvez nem lhe faça mal. Só serviria para deixá-lo com raiva. Quem sabe do que esse cara é capaz?

Chevie disse a si para não desistir. Um dos ditados de Cord Vallicose era que sempre havia uma oportunidade esperando para ser notada; um agente precisava estar pronto quando esta se apresentasse.

Vou fazer o que for necessário para ficar fora do passado, pensou Chevie. *Não vou para o passado.*

Mas o subconsciente de Chevie sabia, mesmo que seu consciente não percebesse, que ela pularia, deslizaria, saltaria para o passado assobiando o hino americano se isso significasse se livrar daquele mágico lunático.

Chegaram às coordenadas programadas na Chave Temporal sem qualquer disparo de um atirador de elite ou qualquer tipo de incidente. Garrick segurava seus dois reféns pelo pescoço, as unhas compridas cravando nas nucas.

— Sabia, agente Savano — disse ele em tom casual —, que eu poderia matar você agora com qualquer um desses dedos? — Para demonstrar *quais* dedos, ele tamborilou-os de um modo arrepiante na pele de Chevie. — Um dos meus segredos profissionais é que nos últimos anos venho cobrindo as unhas com verniz de móveis. Elas são duras como aço e mais afiadas do que uma navalha de barbeiro. Posso abrir qualquer pacote com a unha do polegar e explorar o conteúdo com as mãos nas costas para meu famoso truque da segunda visão. Nunca revelei isso a nenhuma alma viva, mas algo em você faz a gente sentir vontade de se abrir.

Chevie não gostou de ficar sabendo dos truques de magia; aquilo a fez sentir como se talvez não fosse viver por muito mais tempo.

Riley olhou por toda a extensão da rua.

— Chegamos, patrão? É por aqui que vamos para casa?

Tinham chegado à Half Moon Street, e a aparência era exatamente como aquela que os filmes diziam que uma rua de Mayfair deveria ter no verão: com uma fileira de belos prédios antigos de cinco andares, convertidos em pequenos estabelecimentos comerciais com alguns cafés e bares. A rua ainda estava silenciosa àquela hora da manhã e a calçada tinha barricadas de caixas de papelão e restos que ainda seriam coletados pelo caminhão de lixo. Uma velha senhora usando botas de borracha estava lavando os detritos da rua com uma mangueira diante de uma loja de antiguidades.

— Bom, onde seria um bom lugar para pegar antiguidades? — perguntou Garrick.

No passado, pensou Chevie, e de repente temeu pela velha senhora.

Chevie sentiu o aperto de Garrick se afrouxar ligeiramente enquanto os dedos dele pareciam ficar um pouco mais curtos. Levantou os olhos e viu que agora Garrick estava encurvado. Ele estava tendo um espasmo, como se fosse um ataque de tosse silencioso. A cada espasmo sua forma física se alterava, até que ele voltou a se parecer com Félix Smart.

Lá se foi minha chance, percebeu Chevie, *e eu fiquei aqui parada, boquiaberta.*

Os dedos de Garrick apertaram seu ombro de novo.

— Você devia ter feito uma tentativa, agente — disse ele, com suor na testa. — Essas metamorfoses dilapidam o sujeito, de fato.

— Com licença, senhora — gritou ele para a mulher. — Será que pode me ajudar?

A mulher não levantou os olhos e continuou trabalhando.

— Posso ajudá-lo às nove. A loja abre às nove. A maior parte das coisas que tenho é velha de verdade, de modo que trinta minutos a mais não farão diferença.

Garrick bateu na vitrine.

— Vejo que a senhora é especializada em objetos vitorianos.

A mulher soltou o gatilho da mangueira e voltou a cabeça para cima a fim de olhar Garrick.

— Sim, e às nove continuarei especializada em objetos vitorianos. — Provavelmente havia mais sarcasmo britânico armazenado ali, mas a mulher mudou o tom assim que registrou o rosto adotado por Garrick.

— Espere um momento. Eu não... — E seus olhos se desviaram, como se tentassem localizar uma lembrança esquiva. — Seu rosto. Parece muito familiar.

O sorriso de Garrick pareceu absolutamente genuíno.

— As pessoas dizem que pareço meu pai.

A mulher largou a mangueira.

— Ah... Ah, nossa. Félix? Você é o Félix, não é?

— É, sou o Félix — respondeu Garrick, fazendo parecer como se ele fosse o novo messias.

— Ai, minha nossa. Ah, que coisa. Félix. — O rosto da mulher se transformou completamente. A comerciante cínica havia sumido, e em seu lugar estava uma senhora de olhos arregalados, toda agitada. — Seu pai disse que você poderia me encontrar algum dia.

Garrick pôs a mão no ombro dela.

— E cá estou.

— É, cá está. Claro como o dia. — Ela inspirou de maneira preocupada. — Ah, você está com fome? Deve estar com sede, não é? E seus jovens amigos? Provavelmente estão com fome e sede.

Garrick deu de ombros, como se dissesse: *estamos com uma fome e uma sede terríveis, mas sou educado demais para mencionar isso.*

— Vocês precisam entrar. Por favor, entrem. — A mulher pescou uma chave numa corrente embaixo da blusa, depois enfiou-a na porta dianteira da loja.

— Mas, senhora — disse Garrick, sorrindo —, ainda não são nove horas.

A mulher sabia muito bem que estava sendo provocada.

— Ah, com vocês, os rapazes Smart, é sempre uma questão de tempo. — Ela estendeu a mão enluvada. — Sou Victoria. A... amiga do seu pai.

Por um momento, os olhos de Garrick brilharam no rosto de Félix.

— Acho que viemos ao lugar certo — disse ele, curvando-se para beijar o rosto de Victoria.

Não somente a senhora se chamava Victoria como a loja de antiguidades se chamava Victoriana. Quando ela os guiou para dentro da loja, Riley não conseguiu conter um arquejo. Foi como pisar de volta em sua própria época, sem o cheiro usual de animais, esgoto e morte iminente, coisas pelas quais, na verdade, ele não ansiava, apesar das circunstâncias atuais.

Sempre vivi à sombra da morte, pensou, sentindo o coração martelar feito um pistão a vapor enquanto olhava um jogo de cães de lareira, de latão, praticamente idênticos aos que flanqueavam a lareira do lugar onde ele morava com Garrick, em Holborn.

E em algum lugar daqui está o portão de volta.

Diferentemente de seu patrão, Riley não sentia pressa de voltar para o Grande Forno do século XIX. Tinha experimentado maravilhas durante a noite, e também liberdade, ainda que fugaz, e agora gostava dela.

Eu poderia viver nesse futuro de maravilhas, se ao menos Garrick me libertasse.

Mas Riley sabia que só existia um modo de seu patrão libertá-lo.

A velha senhora os conduziu através de um ambiente que reluzia de modo suave com o calor âmbar da luz do sol na madeira. Sua lojinha era apresentada como uma sala de estar vitoriana, no entanto tudo ali estava à venda. Havia etiquetas discretas em cada item, mas sem preços. Se você perguntasse, estaria a meio caminho de comprar.

O que Chevie sabia sobre antiguidades poderia ser escrito no verso de um cartão postal. A coisa mais antiga que já possuíra fora uma prancha de surfe dos anos 1970 que havia pertencido ao campeão mundial PT Townend, mas até mesmo ela sabia dizer que as coisas naquela sala eram caras. As peças cantarolavam história, e era impossível olhar para a escrivaninha sem se perguntar quem poderia ter escrito cartas em sua tampa dobrável.

— Que empório maravilhoso — disse Garrick, cheio de charme e graça. — As peças estão em condições notáveis. — Ele acariciou a almofada de couro de um divã angular menos ornamentado do que as outras poltronas. — É um William Morris, Victoria?

A senhora voltou até o divã, pegando a almofada e abraçando-a como se fosse um bebê.

— Sim. Um dos primeiros. Foi a última coisa que seu pai mandou para mim.

— Parece antigo — disse Garrick, acompanhando o veio da madeira com o dedo. — Não deveria estar quase novo?

Victoria pôs a almofada no lugar.

— Ah, veja bem, aí está o gênio do seu pai. A energia extra necessária para transportar este divã do século XIX seria enorme, por isso Charles simplesmente comprou um terreno em Greenwick, o qual ele sabia que ainda estava coberto de capim, e enterrou produtos ali. Quando ele vem, traz uma pequena etiqueta com algumas orientações. É sua versão de rosas e champanhe. — Eu ainda uso as etiquetas, como você pode ver. Qualquer coisa para continuar seguindo com a minha vida até a próxima visita.

— Vocês dois têm algo especial — disse Garrick, e para o ouvido treinado de Chevie o assassino soou sincero, até mesmo emocionado.

Victoria acariciou o rosto dele, os dedos sentindo a barba áspera.

— Sim, temos, e da próxima vez em que ele vier, vou voltar com ele de uma vez por todas. Já estou tomando os bifosfonatos há seis meses. Vamos nos casar. — Os olhos de Victoria estavam brilhando de empolgação, mas ela era uma mulher decente e percebeu o desconforto que a notícia causaria no filho de seu amado. — Sei que não é fácil para você, Félix, descobrir isso assim. Mas seu pai estava solitário demais; ele sentia sua falta. Ficava de olho em você, mas era perigoso demais fazer contato. Charles disse que, se algum dia você me descobrisse, talvez fosse porque estivesse pronto para entender por que ele havia partido. Ele esperava que isso fosse verdade.

Victoria levou-os por uma porta nos fundos da loja, dando num apartamento sem paredes, com uma cozinha minimalista e sala de estar ultramodernas. Victoria encheu a chaleira, depois fez com que se sentassem ao redor de uma mesa comprida que se aquecia aos raios treliçados do sol derramado pelas persianas. Fotos de Charles Smart e Victoria cobriam as paredes. Aparentemente fazia uns bons anos que eles vinham se divertindo por toda Londres.

Chevie verificou o apartamento em busca de saídas e concluiu que o melhor modo era por onde haviam entrado, desde que Garrick não se posicionasse entre ela e a porta. Havia uma porta nos fundos que parecia inutilizada, visto que estava obstruída por uma pilha de baús de chá que demorariam segundos valiosos para ser afastados. Ao lado dos baús dava para ver um corrimão de uma escadaria de porão. Era provável que o porão tivesse janelas ao nível da rua ou claraboias, mas Chevie não gostava da ideia de correr para o que poderia facilmente ser um beco sem saída.

Victoria sentou-se à cabeceira da mesa e se ajeitou. Chevie supunha que ela tivesse uns 70 anos — era uma senhora miúda, impressionante, com belas feições de porcelana e olhos tão grandes e verdes que eram quase felinos. O cabelo era na maior parte escuro, mas riscado de louro e grisalho. Usava um corselete que não ficaria deslocado num especial de época da BBC.

— Então, pessoal — disse ela. — Estamos todos por dentro? Por dentro do círculo do tempo?

Garrick estava ficando ansioso. Seu olhar vasculhava o cômodo e sua testa brilhava. Riley não conseguia entender;

não havia perigo ali. Garrick poderia enfrentar uma sala cheia de tártaros armados sem que uma gota de suor escorresse por seu nariz bicudo. Agora, ali estava, subitamente agitado na companhia de uma velha senhora. O que havia de errado?

Garrick respondeu pelo grupo.

— Sim, sim. Todos sabemos das experiências e descobertas de Charles Smart... isto é, de meu pai. Temos motivos para acreditar que ele corre sério perigo. Precisamos viajar de volta no tempo para ajudá-lo. De modo que, se há um módulo PRATA aqui, precisamos usá-lo.

Victoria franziu os lábios.

— Hum. Charles esperava que você viesse me encontrar para que nos conhecêssemos, mas também tinha medo de você vir em busca dos segredos do módulo. Ele disse que o pessoal do FBI era ardiloso, e que eu deveria ter cuidado.

— Sei — disse Garrick, trincando os dentes. — Mas Charles era meu... pai. Eu sou o garoto dele, certamente a senhora não precisa ter cuidado comigo, não é?

Victoria apontou dois dedos indicadores para ele, como se fossem revólveres de seis tiros.

— Ah, você pode ser o garoto dele, mas Charles disse que você era potencialmente o pior de todos. "Félix está mais interessado nos contratos com o governo do que na ciência", disse ele. Você pressionou as coisas adiante antes de elas estarem prontas. Seu pai me contou sobre as mutações na fenda espacial. Disse que a viagem no tempo pode provocar câncer, sem os bifosfonatos.

O braço de macaco e o sangue amarelo de Charles Smart relampejaram na cabeça de Chevie. *Mutações.*

— Mas papai está correndo perigo. Precisamos salvá-lo.

Os olhos de Victoria eram astutos. Não é possível manter uma loja aberta no centro de Londres sem ser muito esperta.

— Como você sabe que Charles está com problemas? Ele disse que vocês não podem encontrá-lo. Nenhum dos outros módulos vai para onde ele está, e vocês não podem simplesmente construir outro módulo. Não sem Charles.

Garrick franziu a testa e estremeceu como se seu organismo estivesse sob o ataque de um vírus.

— Que tal isso? — indagou ele, colocando uma pistola enorme na mesa. — Agora por que não me conta onde está o módulo?

Victoria bateu na mesa com as mãos delicadas enquanto a chaleira assobiava atrás de si.

— Que tipo de filho é você? — perguntou. — Você parte o coração de seu pai e agora está ameaçando a mulher que ele ama. Seu patife.

Garrick cobriu os olhos, desconfortável à luz.

— É, patife, OK. Agora, onde está o módulo?

Victoria se levantou.

— Jamais, seu Judas. Você não obterá nada de mim.

— Então vou matá-la — disse Garrick. — Assim como matei seu amado Charles.

Victoria empalideceu, depois cambaleou, recuando um passo.

— Você não é Félix Smart! — declarou.

— Não, senhora. Não sou. Félix Smart seguiu o mesmo caminho do pai.

Victoria emitiu um som próximo ao de um uivo e saltou sobre Garrick com velocidade surpreendente.

— Mulher idiota! — disse Garrick, e deu-lhe um tapa com força na lateral da cabeça. O golpe derrubou os dois, porque mal Victoria caiu no chão e o próprio Garrick se dobrou e vomitou em cima da mesa.

Chevie viu uma oportunidade e girou na cadeira, segurando o encosto e golpeando-a inteiramente sobre a cabeça de Garrick com toda a agressividade e a força que havia adquirido malhando em academias do FBI.

Garrick conseguiu levantar um antebraço, mas a cadeira acertou o braço e a cabeça, derrubando-o. O assassino caiu, com sangue manchando o chão enquanto ele deslizava sobre a testa.

Chevie não relaxou sequer por um segundo. Garrick podia estar caído, mas não estava nem um pouco apagado, e havia seu ajudante vira-casaca e assassino, Riley, para ela se preocupar.

— Fique fora disso, garoto! — alertou a Riley, que estava se movendo na direção dela.

— Não, Chevie — disse ele. — Você não entende.

Agora não havia tempo para entender. A situação tinha a ver com Garrick e com um modo de neutralizá-lo. Mais tarde haveria tempo para entender coisas.

O próprio Garrick reforçou a decisão dela quando rolou e olhou-a através de uma camada de sangue, então ofegou, com a voz de Smart:

— Chevie. A Chave Temporal.

— Félix? É você?

Ele estendeu a chave.

— Pegue.

Chevie estendeu a mão e pegou o cordão. Pendurou-o no pescoço, mas antes que pudesse recuar totalmente, Smart se transformou em Garrick outra vez.

— Não. Isso é meu — rosnou ele, agarrando a chave e puxando-a. Para um homem magro, ele tinha muita força, e Chevie se desequilibrou e foi incapaz de evitar a queda.

Riley a salvou, virando a mesa inteira em cima de seu patrão. O garoto também era mais forte do que parecia. A borda da mesa bateu com força na canela de Garrick, lascando o osso.

— O quê? — perguntou Chevie. — Está do meu lado agora?

Riley levantou a mão esquerda, e Chevie viu sangue coagulado no polegar.

— Sempre — disse ele, e Chevie entendeu. O garoto era aprendiz de mágico. Tinha cortado a própria carne, e não a de Duff, arriscando-se à fúria de Garrick para salvar a vida do agente.

— Nós deveríamos ir, agente — disse Riley, ansioso.

— É — concordou Chevie, depois esfregou o pescoço e tossiu. — É. Seria bom ir.

Ela enfiou a Chave Temporal dentro da blusa e empurrou Riley para a porta da frente. Tiros atravessaram a mesa e se cravaram na parede, forçando-os a recuar na outra direção. Garrick ainda estava lutando, apesar da agonia terrível que provavelmente sentia.

— Nós deveríamos tê-lo matado — disse Riley. — Matar o diabo não pode ser pecado.

Até bem recentemente Chevie teria zombado dessa declaração, pela superstição e moralidade dúbia, mas agora estava começando a apreciar a ideia.

— Mais tarde — disse. — Mais tarde.

Agora não havia opção a não ser tomar a escada dos fundos, e estavam perto quando seis tiros acertaram o corrimão, lançando uma chuva de lascas de madeira sobre eles. Chevie agarrou o colarinho de Riley e o empurrou para trás do sofá.

Riley caiu e viu, através das pernas do sofá, que a senhora estava recuperando os sentidos e havia rolado sobre os cotovelos

— Victoria está viva.

— Bom. Duvido que Garrick vá gastar uma bala com ela quando fomos nós que quebramos seus ossos com móveis.

O osso partido não doeu em Garrick tanto quanto doeria numa pessoa normal. O mágico quântico instruiu suas terminações nervosas a silenciar as mensagens para o cérebro, o que abrandou um pouco da dor incandescente do ferimento. Ele tinha perfeita consciência do dano causado ao membro. Seu interior era mais claro para ele do que as fotografias de tungstato de cálcio que os tais irmãos Frost tinham usado para ver dentro de camundongos. Ele estava sofrendo de uma fratura múltipla da tíbia, infligida por seu próprio filho. Tentou se curar, mas o processo era de uma lentidão irritante, e ele podia senti-lo drenando suas energias.

Garrick sentiu a injustiça como uma náusea subindo por dentro.

— Riley! — gritou. — Riley.

O garoto se abaixou mais atrás do sofá, como se a palavra pudesse lhe fazer mal.

— Precisamos ir embora — sussurrou ele para Chevie. — Você é a especialista nesse tipo de coisa, já que é algum tipo de agente. Tome a dianteira.

Chevie não se sentia muito especialista.

Só tenho 17 anos, queria dizer. *Não deveria estar aqui. Nem sou uma agente de verdade do FBI, e meu programa foi cancelado.*

Mas não verbalizou tais pensamentos. A agente Chevron Savano se considerava uma profissional adolescente, e Riley dependia dela.

Arrastou-se, passando por ele e certificando-se de manter a cabeça baixa.

— Precisamos ajudar Victoria.

— Se a gente atrair Garrick para longe isso vai salvar a vida dela; ele não liga a mínima para ela. Quer nós dois e a Chave Temporal. Garrick vai seguir o alvo, sempre.

Riley estava certo.

— Certo. Vamos pelos fundos.

Tinha de haver um quintal ou uma porta. Se ela conseguisse chegar a um telefone, Garrick estaria morto e enterrado, independente de quantos rostos ele tivesse.

Aí vou voltar para a Califórnia, onde o sol brilha e não há mágicos mortíferos do passado.

Garrick deu mais alguns tiros, mas estava disparando as cegas, apenas tentando encurralá-los na cozinha.

Chevie se agachou, puxando o rosto de Riley para perto do dela.

— O plano é o seguinte. Vamos correr até aquela escada dos fundos e ver aonde ela vai dar.

— Isso é um plano? Mais parece uma ideia, ou um rascunho. Os planos têm estágios e passos. Reviravoltas imprevisíveis e coisas assim.

— Corte o papo furado. Está pronto para o plano?

Riley assentiu.

— Certo. No três. Corra como se o diabo estivesse atrás de nós.

E, de certa forma, estava.

Chevie contou até três, depois jogou um vaso em direção à parede, onde pensou que iria se despedaçar e distrair Garrick.

Pensou errado.

Garrick acertou um tiro no vaso enquanto ele girava no ar, sendo um atirador treinado desde seus anos no exército de Sua Majestade.

Talvez não seja um plano brilhante, pensou Chevie, mas era tarde demais, pois Riley já havia corrido para a escada. Por sorte o garoto manteve-se abaixado e fora da linha de visão de Garrick.

Ele não terá uma linha de visão restrita por muito tempo, percebeu ela. *Assim que soltar aquela perna, estaremos mortos.*

Chevie correu atrás de Riley, sentindo o impacto das balas na parede acima da cabeça antes mesmo de ouvi-las. Correram feito loucos escada abaixo, mal conseguindo ficar de pé. A escadaria era estreita e escura, mas com cabos de eletricidade grossos e familiares correndo ao longo do rodapé.

Não, pensou Chevie. *Não, não, não.*

A escada dava num pequeno porão. Chevie e Riley chegaram de forma atabalhoada, procurando uma saída instintivamente. Não havia. A única luz natural vinha de janelas gradeadas no nível do pavimento. As pernas dos pedestres lançavam sombras compridas na parede.

Chevie bateu o pé no chão.

— Não tem saída! Não acredito.

Riley bateu nas paredes com as palmas das mãos, esperando que houvesse uma passagem secreta.

Chevie olhou ao redor, procurando alguma coisa, *qualquer coisa*, que pudesse ser útil.

Riley apontou para uma forma atarracada embaixo de uma lona no canto.

— Eu aposto que se a gente tirar aquele pano impermeável...

— Eu sei o que é aquilo! — gritou Chevie. — Eu sei. Mas...

Riley olhou ansiosamente para a escada. Palavrões vitorianos e resmungos ecoavam lá em cima.

— Meu patrão não está feliz.

— Já entendi isso.

— Ele está vindo.

Chevie caminhou um pouquinho pelo cômodo.

— É, eu sei. O mágico Morte está vindo.

— Será que eu devo *fechar a matraca*?

— É... Não. — Chevie cerrou os punhos, frustrada. — Eu nem sou uma agente de verdade, garoto. Deveria ficar de ouvidos abertos no refeitório da escola, só isso. Ninguém nunca me disse nada sobre *viagem no tempo*. — Chevie deu um tapa na própria cabeça. — Isso é insano. Não posso fazer isso.

Um tiro acertou o corrimão da escada, e então houve um rugido gutural, sem palavras, simplesmente emoção.

Riley soltou um pedaço do corrimão lascado, brandindo-o como uma estaca.

— Chevie. Eu vigio a escada, talvez até consiga dar um golpe, com sorte. Você precisa ativar o mecanismo.

Chevie sabia que o garoto estava certo. Puxou a lona, revelando o módulo PRATA.

Do alto da escada veio a voz:

— Riley! Você quebrou minha perna.

— Aquele não é um homem feliz — disse Riley, apontando com a estaca improvisada.

Ele agarrou outro canto da lona com a mão livre, e logo o módulo estava todo descoberto.

— Faça funcionar, Chevie.

Então Riley decidiu ele próprio colocar o bloco na rua, e começou a apertar botões nos computadores ligados ao módulo.

— Não, não — disse Chevie, empurrando-o com o cotovelo. — Você precisa disso. — Ela tirou a Chave Temporal do pescoço e enfiou-a num conector de um computador menor do que o da Bedford Square.

Talvez seja complicado demais, meio que torceu. *Talvez eu não seja capaz de ativá-lo.*

Não teve tanta sorte: assim que a Chave Temporal se conectou, o módulo ligou, estremecendo, expelindo vapor por várias saídas e fazendo os cabos elétricos zumbirem. Amortecedores vibraram no chão.

Este é menor, percebeu Chevie. *Versão 2.0.*

A Chave Temporal ativou uma tela minúscula com gráficos amarelos que oscilavam a intervalos de alguns segundos. A tela estalou.

Isso parece o som de fios queimando.

Não, não pense assim. Só está aquecendo. Para confirmar tal pensamento, um passarinho de desenho animado apareceu na tela. O pássaro não tinha penas e estava tremendo. Um balão de fala brotou do bico: ESTOU ME AQUECENDO.

Chevie fez um sinal de positivo para Riley.

— Todos os sistemas funcionando. Sem problema.

Penas começaram a brotar no pássaro lentamente. Pelo visto, Charles Smart tinha senso de humor.

Uma pancada veio do topo da escadaria quando algo cambaleou junto à entrada.

— Riley — gritou uma voz áspera que parecia cheia de dor, tanto emocional quanto física. — Você não é mais meu filho. Meu parceiro, nunca mais.

Quatro tiros arrancaram pedaços de tijolo da parede do porão. Em seguida veio uma série de pancadas e palavrões. Se Garrick estava escorregando escada abaixo, logo teria uma linha de tiro livre.

— Traga esse traseiro velho aqui para baixo — gritou Riley numa tentativa de bravata. — Tenho um belo presente afiado esperando por seus órgãos.

Garrick deu outro tiro em resposta, e fragmentos de tijolo acertaram o rosto de Chevie.

Isso é igual a Guerra nas estrelas, pensou Chevie. *Nós somos a Base Rebelde e Garrick é a Estrela da Morte.*

Mais penas brotaram no pássaro.

— Chevron? Agente, depressa — disse Riley, ansioso.

— Estou indo. — Chevie lutava contra a ânsia de dar um tapa no computador tecalt. — Entre no módulo.

— Entrar?

— É. Entre.

Riley não gostou da ideia de recuar para um canto ainda menor, mas a única saída era para dentro.

Pernas passavam num lampejo na calçada lá fora. Mais pancadas na escada. Chevie pensou ter visto de soslaio a mão de alguém aparecendo.

— Riley! Você não pode fugir de mim.

No módulo, Riley sentou-se no banco, as mãos apertando os joelhos.

Agora o pássaro estava totalmente coberto de penas, e o balão de fala dizia: ESTOU COMPLETAMENTE AQUECIDO.

Então o pássaro desapareceu e um menu começou a surgir na tela.

— Tá, tá, quais são minhas opções? — gritou Chevie, como se isso pudesse acelerar o computador antigo.

Havia duas opções: VERIFICAR SISTEMA ou ATIVAR FENDA ESPACIAL.

Escolheu ATIVAR FENDA ESPACIAL e, depois de alguns segundos somente chiando, a familiar coroa de luz alaranjada brotou dentro do módulo.

— Não! — disse uma voz na escada. — Eu proíbo!

Dois tiros acertaram o piso de concreto, levantando lascas afiadas.

Estamos quase na mira dele, pensou Chevie, e percebeu que teria de se apressar para chegar ao módulo. Em dois segundos Garrick teria uma linha de tiro livre.

Quanto mais eu esperar, mais cedo ele me acerta.

Chevie foi instruída a retirar a chave, e o pássaro reapareceu com uma contagem regressiva no balão de fala. Trinta segundos. Chevie tinha meio minuto para se enfiar no passado.

Trinta segundos. Sem tempo para pensar.

— Corra! — gritou Riley de dentro da luz alaranjada. — Corra!

Ela correu, mergulhando o último metro para dentro da barriga do módulo. Notou imediatamente como estava frio ali dentro. Gelado. Sua respiração saía em nuvens, depois se cristalizava imediatamente. Havia gelo no cabelo e nas sobrancelhas de Riley.

— Para onde vamos? — perguntou ele. — Por que ainda estamos aqui?

Chevie não respondeu, apenas virou-se para a porta do módulo. Através da luz alaranjada podia ver Garrick se arrastando escada abaixo como um cadáver que se recusava a ficar deitado e morrer.

— Máquina do tempo infernal! — declarou Riley, batendo no banco. — Leve-nos embora!

A cabeça de Garrick estava inclinada, e seu rosto esquelético apontava na direção deles. Das profundezas das órbitas, seus olhos estavam fixos neles, lançando malevolência para dentro do módulo.

Chevie ficou de pé e gritou a plenos pulmões.

— Acorde, Victoria! Acorde e fuja.

Garrick levantou a arma para disparar, mas pensou melhor, não querendo correr o risco de danificar o módulo PRATA. Em vez disso, continuou seu rastejar sinistro.

O módulo começou a soltar bips. As complicadas séries de chiados e assobios eram acompanhadas por pequenas luzes na fuselagem.

De repente Chevie se lembrou de algo da palestra de Laranja sobre o tempo. *Os testes foram bastante bem-sucedidos*, tinha dito. *Houve uma pequena quantidade de aberrações, em geral na viagem de volta, mas menos de um por cento, portanto aceitável cientificamente falando.*

Ai, meu Deus, pensou ela. *Nós não tomamos bifosfonatos. Eu nem sei o que é isso. Podemos sair do outro lado com partes de macaco ou cabeças de dinossauro.*

Mas não disse nada a Riley, porque sua voz fora arrancada pela luz laranja. Também não pôs a mão no ombro dele para alertá-lo, pois sua mão havia sumido, levada embora como se feita de areia.

Sou areia ao vento, pensou.

Eu também, respondeu Riley na mente dela.

A última coisa a sumir foi a visão, de modo que os dois completaram a desmaterialização enquanto viam Garrick chegar ao degrau de baixo e começar o avanço espasmódico pelo chão.

Ele vai conseguir, pensou Chevie. *Ainda não estamos livres de Albert Garrick.*

Teria fechado os olhos e baixado a cabeça, mas sua cabeça havia sumido, e os olhos também.

7

OS ARÍETES

Half Moon Street. Londres, 1898.

Riley sentiu-se ir e inicialmente presumiu que a *ida* seria semelhante à viagem anterior pelo túnel do tempo. Não foi. Na verdade, essa viagem foi o oposto da primeira em quase todos os sentidos. No nível mais básico, ele estava viajando para trás, ao invés de viajar para a frente. Assim como uma viagem física mudava segundo a direção da pessoa, o mesmo acontecia com uma viagem quântica. Na primeira ele sentira-se propelido, e agora de algum modo sentia-se sendo sugado para a própria vida passada.

Riley tinha ouvido falar de lembranças primais quando uma pessoa estava sob o efeito da hipnose; na verdade Garrick o havia hipnotizado vez ou outra, mas Riley jamais conseguia se lembrar de qualquer coisa ocorrida durante os transes, provavelmente porque Garrick incrementava seus talentos hipnóticos molhando o lábio superior do garoto com uma esponja encharcada em éter.

Mas agora vinhetas de sua vida passavam diante dele, projetadas na superfície móvel da fenda espacial.

O garoto ruivo. Ele é Tom. Tom Cenoura, era como mamãe sempre o chamava. Somos meio-irmãos. Agora me lembro.

Tom adolescente olhava para o pequeno Riley, estendendo a mão. *Venha, irmão. Tenho um tostão para comprar limonada. Vamos dividir uma garrafa.*

Tom corria por uma praia, e Riley sentia-se trotando atrás, seguindo passos na areia. Os irmãos corriam para um píer e Riley ouvia a música cheia de plinc-ploncs de um realejo.

Brighton. Eu moro aqui.

Tom virou a cabeça e gritou por cima do ombro. *Mamãe adora bala de hortelã. Vamos levar algumas para ela?*

A cena mudou, e agora o pequeno Riley era um bebê nos braços de uma mulher, olhando para seus olhos gentis e suaves. Sua mãe usava uma blusa simples e tranças no cabelo.

Tom recebeu esse nome por causa do pai dele, que infelizmente foi embora, e será um destruidor de corações igual a ele, disse ela, fazendo cócegas em seu queixo. *Mas você, meu toquinho, vai ter o nome de Riley, como seu pai. E seu sobrenome será o da minha família, o clã mais orgulhoso do condado de Wexford.*

Riley teria chorado, se pudesse. Ela era irlandesa. *Agora me lembro*, pensou ele, e então: *E o nome? Qual é meu sobrenome?*

Mas então a imagem mudou e Riley viu seu pai, grande e caloroso sobre ele. A semelhança do rosto dele com o seu ficou aparente no mesmo instante.

Isso é segredo, dizia seu pai. *Só estou mostrando porque você não sabe falar e não vai se lembrar.* Ele abriu a mão, e na palma havia um distintivo dourado com letras engastadas. E as letras eram F, B, I.

Essas letras significam que eu preciso proteger as pessoas. Uma pessoa em particular. O curioso e pequeno Sr. Carter. Veja, ele está lá fora esperando.

O bebê Riley seguiu o dedo de seu pai, que apontava, e viu um homem andando de um lado a outro próximo à porta da frente. Suas pernas apareceram num relance e tudo o que Riley conseguiu ver foram botas reluzentes até o tornozelo e um anel de sinete com a imagem de uma ferradura.

O pai de Riley balançou a cabeça. *Esse sujeito é um chato. Um chato de galochas. Está tentando se livrar da obrigação de testemunhar, depois de todo esse tempo. Mas não importa o quanto ele seja um sacana, preciso agradecer, pois sem o Carter eu não teria você, nem sua mãe, nem seu meio-irmão Tom. Sem ele e sem esse dispositivo.*

O dispositivo ao que o pai de Riley se referia era uma Chave Temporal pendurada no pescoço por um cordão grosso.

Com isso eu posso levá-lo para ver minha casa. Todos vamos para lá, um dia. É um mundo novo, meu filho querido.

Outra mudança de cena, e dessa vez Tom estava ao lado dele na cama que os dois dividiam, sussurrando.

— Vou sair para um compromisso de cavalheiro no píer — disse ele. — Só entre nós, hein, Riley, meu garoto. Mamãe e papai não precisam saber. Quando eu voltar, terei bala de cevada para você, e talvez histórias de um beijo da bela Annie Birch.

Riley olhou o meio-irmão passar por uma janela aberta e ouviu um arquejo e o som de pés batendo assim que Tom pousou na rua abaixo.

Instantes depois, o bebê Riley sentiu uma presença no quarto e um fedor de maré baixa, de peixe podre, entrando pela janela. Havia um homem nas sombras, com uma faca se projetando do punho. Para a criança foi como se o homem tivesse simplesmente aparecido naquele lugar.

— Mágico — disse Riley. — Homem mágico.

O intruso movimentou-se tão depressa que a sombra lançada pelo lampião do corredor pareceu ficar para trás.

Era Garrick, que viera a negócios, e se inclinou sobre o menino, a mão da faca levantada acima da cabeça com o objetivo de garantir seu silêncio, quando Riley falou de novo:

— Homem mágico.

Algo estranho aconteceu com Garrick: o rosto guerreou contra si mesmo até que um sorriso surgiu. Não era um sorriso feliz, e sim um relaxamento momentâneo das feições.

— Homem mágico — disse ele, repetindo as palavras murmuradas pelo garotinho. — Era uma vez...

Ao ouvir essa frase o jovem Riley gorgolejou feliz, certo de que viria uma história. E esse murmúrio inocente lhe salvou a vida, pois Garrick viu que era considerado um contador de histórias mágico por aquele sujeitinho e decidiu não acabar com ele depois de cumprir o serviço principal.

Quando Garrick retornou, apenas um minuto depois, com sangue na faca, o menino Riley ainda esperava uma história para dormir, e o recebeu com um sorriso largo de dentes de leite.

— História, homem mágico — exigiu o menininho de 3 anos. — História.

Garrick suspirou, balançou a cabeça e piscou diante da ideia absurda que havia saltado livremente dentro da sua mente. Então, hesitando apenas por um momento, enfiou o menino dentro do sobretudo e saiu pela janela por onde havia entrado.

Na fenda espacial, Riley teria chorado, se pudesse.

Garrick assassinou meus pais e me roubou, percebeu, e soube que era verdade. E durante todos esses anos jurou ter me salvado de um punhado de canibais de rua nos becos de Bethnal Green. Mas foi ele que me tornou órfão.

Riley permitiu que tal declaração se repetisse em sua consciência, para o caso de esquecer quando acordasse.

Garrick matou meus pais. Garrick matou meus pais.

Riley não queria esquecer, porque a lembrança desse fato reforçaria sua decisão.

Porque um dia, em breve, vou levar Albert Garrick à justiça ou morrer tentando.

A jornada pela fenda espacial terminava gradualmente, à medida que o espaço-tempo se dissipava ao redor como fragmentos nublados de um sonho profundo e detalhado. Riley e Chevron Savano se viram num porão da Londres Vitoriana, ambos dando um sorriso largo, vítimas do que Charles Smart chamava "Zen Ten".

— Garrick matou toda a minha família, menos meu irmão Tom — disse Riley. — Sou realmente órfão.

Chevie abraçou o garoto.

— Ei, eu também. Dois órfãos, juntos contra o mundo.

— E meu pai era policial, como você.

— Como eu?

— Era agente do FBI. Ele me mostrou o distintivo brilhante e a Chave Temporal.

— Eu vi isso também, de algum modo — disse Chevie. — Seu pai era agente federal. Como isso aconteceu? — Esse, ela concluiu, era um detalhe importante ao qual voltaria sem dúvida quando sua mente estivesse um pouco mais aguçada.

— Ele estava protegendo alguém que usava um anel com uma ferradura — continuou Riley.

— Anel com ferradura — repetiu Chevie, meio grogue, como um paciente saindo da anestesia. *E nenhum de nós é um macaco.*

O porão tinha a mesma forma que teria no futuro, diferindo apenas pelas paredes nuas e o piso de terra batida, com colunas de tijolos para sustentar os cômodos acima.

Chevie bateu o pé, e o chão ressoou com um *bong* oco.

— Uma placa de metal. Precisamos disso para pousarmos inteiros. Essa placa é projetada especialmente para servir de guia para a fenda espacial, como um para-raios.

— Acho que a gente deveria desmantelar isso — disse Riley, levantando a mão como se estivesse votando no parlamento. — Talvez assim Garrick tenha mãos crescendo do traseiro, se conseguir vir atrás de nós.

Chevie estava tentando pensar para além do atordoamento temporal, e a brincadeira de Riley não ajudava.

— Pare de falar abobrinha — disse ela, rindo. — A gente deveria verificar nossa condição, para ter certeza de que não tem nada fora do lugar. Pensamento sóbrio, agora.

— Eu estou sóbrio. Você não me deixa beber nem cerveja.

Chevie saiu de cima da placa.

— A gente deveria sair daqui. Colocar algum espaço entre nós e Garrick. Eu preciso arranjar uma arma. Você sabe de alguma? Arma... pou, pou?

— Pou — disse Riley. — Pou pou.

Chevie tirou Riley de cima da plataforma enterrada e notou um disco de luz pairando no ar, como uma moeda de prata girando.

— Moeda de prata — disse em tom casual, apontando para a fenda espacial, que diminuía de tamanho.

Riley assentiu.

— Homens com sacos — disse, apontando para dois homens que tinham entrado no porão e estavam andando pelo piso de terra, abrindo dois sacos de farinha.

Chevie viu um terceiro homem, emergindo de um canto, com a boca cheia de comida.

— Nem todos. Aquele ali tem uma asa de galinha... e um cassetete.

— Eu fico com a asa de galinha — disse Riley.

Chevie ainda estava rindo quando o saco passou sobre sua cabeça.

Half Moon Street. Soho. Londres. Atualmente.

Garrick caiu dentro do módulo menos de um minuto antes de os dois desapareceram e nada menos do que dez segundos antes de a entrada do túnel quântico sumir por completo. Logo antes de sua desmaterialização, a mulher, Victoria, havia cambaleado escada abaixo e atirado em sua perna boa com uma bala de pequeno calibre de um fuzil quase requintado, e Garrick estava tão concentrado na fenda espacial cada vez menor que se esqueceu de abafar os terminais nervosos. O súbito golpe de agonia quase o fez desmaiar, o que seria um desastre dentro da fenda espacial. Era preciso manter os sentidos organizados e prontos para cumprir o dever dentro do túnel do tempo.

A culpa é minha, pensou, *por deixar essa mulher viva.*

O último som que ouviu no século XXI antes de desaparecer foram os xingamentos amargos da velha, condenando-o ao inferno por ser um patife assassino.

Garrick teve a impressão de que poupar Victoria não fora apenas coisa dele. O fantasma daquele desgraçado do Felix Smart estava se tornando um incômodo dentro de sua massa cinzenta. As fotos do pai de Smart pelas paredes e a ideia de fazer mal a Victoria haviam provocado um inchaço de emoções fantasmas que detiveram a mão de Garrick duas vezes.

Não mais, pensou Albert Garrick. *Não serei mais o capacho de um defunto.*

Assim que a energia laranja metamorfoseou seus átomos, envolvendo-o no mar de espuma quântica, Garrick sentiu uma calma baixar nele.

Agora sou apenas alma. Imortal.

O contentamento envolveu o mágico, mas então ele sentiu o medo de Riley como uma esteira estendendo-se adiante, e isso trouxe Garrick de volta a si. Acompanhou aquilo até a boca da fenda espacial, levado com tanta facilidade quanto um cadáver no Tâmisa. À medida que o fim da jornada se aproximava, juntou as partes de seu corpo, remontando-se, curando os ferimentos e expelindo dos pensamentos os fiapos da força de vontade de Félix Smart, ao mesmo tempo em que mantinha seu conhecimento multifacetado. Esta era uma manobra delicada, e Garrick não sentiu-se totalmente bem-sucedido nela, mas certamente havia expurgado o suficiente dos pruridos do escocês a ponto de a ideia de dar um fim à agente Chevron Savano não o incomodar nem um pouco mais.

Matar aquela garota não vai me provocar nenhum sofrimento, pensou, e com uma perda catastrófica de energia suas partículas se fundiram, sublimando-se de gás para sólido exatamente como Garrick desejava, apoiando-se na memória muscular para rejuvenescer o corpo.

Meus tendões e ossos estão jovens, mas minha mente está repleta de sabedoria.

Seus poderes não eram infinitos, ele sabia. Não haveria mais curas e transformações para Albert Garrick, mas ele se sentia jovem outra vez, e com um cérebro cheio de conhecimentos do século XXI, o que devia ser mais do que suficiente para lhe garantir vida longa e confortável.

Garrick emergiu da fenda espacial, rindo...

Half Moon Street. Soho. Londres. 1898.

...e se viu numa masmorra vazia. O riso de Garrick esmoreceu, mas logo a decepção se evaporou como conhaque num pudim.

Estou em casa.

Sem dúvida tinha retornado a sua época. Mesmo abaixo do nível da rua como estava, os cheiros característicos de Londres penetravam o ar. As excreções combinadas de três milhões de almas e mais um milhão de animais criava um fedor já conhecido pelo ser humano. Um fedor respirado por todos, desde a rainha em seu palácio até os lunáticos em suas celas no hospício de Bradmoor. Não havia como escapar.

Garrick inspirou profundamente, inflando os pulmões com ar sujo e, pela segunda vez na vida, agradeceu à *névoa imunda de Londres*, como era conhecida.

— Estou em casa! — berrou para o teto, e uma alegria selvagem preencheu seu peito.

E a *casa* sentiria a presença de Albert Garrick em pouco tempo. Não importava o fato de Riley e a agente Savano estarem à solta. Para onde eles poderiam fugir, senão para os pardieiros, e talvez ainda levassem uma facada por causa dos rostos limpos? Era verdade que Riley poderia levar a polícia de volta ao Orient na High Holborn, o teatro fechado que Garrick comprara e transformara em lar para ele e Riley, mas parecia mais provável que o garoto e sua protetora fugissem para longe do perigo e tentassem não atrair atenção.

Vai ser fácil rastreá-lo, pensou Garrick, cheio de confiança. *Riley está saltando no escuro, ao passo que eu conheço cada sombra desta cidade e cada bandido que se esconde nela. Vou espremer esses rufiões e distribuir uma bufunfa se for necessário, e antes que os penicos sejam esvaziados pelas janelas de manhã, haverá mais dois anjos no céu.*

Não havia inquilinos nem invasores na casa da Half Moon Street, mas Garrick podia sentir cheiro de galinha cozida, e encontrou evidências de alguém de vigia. Guimbas de cigarro e garrafas de cerveja. Papel impermeável e uma latrina improvisada, cavada num canto.

Alguém andou vigiando esta área.

Albert Garrick não gostava de ser visto, a não ser no palco. Teria preferido demorar um tempo para desmontar a base de pouso, mas, olhando a casa, decidiu retornar quando a situação estivesse mais calma. Subiu de mansinho, verificando os bolsos do sobretudo em busca de armas. Ficou deliciado ao descobrir que as três pistolas do FBI tinham passado pela fenda espacial com ele, uma delas com mira laser.

Estas armas por si só farão minha fortuna, pensou. *Vou contratar um artesão de armas para fazer versões mais rústicas, depois é só ir para o escritório de patentes. Nessa mesma época do próximo ano estarei bebendo chá com os Vanderbilt na cidade de Nova York.*

Garrick contou as balas e prometeu sempre que possível usar facas nos próximos contratos de morte, para conservar aqueles projéteis preciosos.

— Trinta tiros, é tudo o que tenho — murmurou.

A casa na Half Moon Street estava em estado razoável, mas era óbvio, pela umidade nas paredes que chegava à altura dos joelhos, que o lugar se encontrava desocupado fazia um bom tempo. Garrick seguiu para a entrada de serviço nos fundos e pulou por cima do depósito de carvão para o muro do quintal. Dali saltou agilmente para o beco, apreciando o impacto que vibrou em seus ossos jovens. Todas as suas pontadas e fraquezas tinham sido eliminadas pela fenda espacial.

Enfiou-se sob o arco de um portão e permaneceu totalmente imóvel a fim de ver se havia alguém em sua cola. Quando se deu por satisfeito, constatando que não estava sendo seguido, empertigou-se e virou a esquina, virando o nariz em direção a Piccadilly Circus.

Em cem anos, pensou, *eu não conseguiria escapar tão facilmente. Haverá testes de DNA, impressões digitais e luzes ultravioleta, isso sem mencionar câmeras em cada esquina e no espaço sideral. Mas agora, em minha época, estou livre; sumi, e ninguém que não tenha testemunhado poderá dizer outra coisa.*

O sol brilhava ali, tal como brilharia em um século, mas tinha mais dificuldade para atravessar a névoa de poluição. Garrick viu um garoto usando o casaco vermelho familiar do serviço de engraxates da Shoeblack Brigade e chamou-o.

— Você! Você aí! Que dia é hoje?

O garoto atravessou a rua arrastando os pés, sem se dar ao trabalho de evitar as poças de esgoto. Enquanto ele se aproximava, Garrick viu que o casaco estava puído e mais próximo de um cor-de-rosa sujo do que do vermelho, devido a uma centena de lavagens.

Ele fez uma careta para Garrick.

— Bom, não é Natal. E o senhor não é o Sr. Scrooge.

Numa manhã normal Garrick teria arrancado a bochecha do moleque com sua luva. Mas hoje estava se sentindo caridoso em relação à maior parte da Inglaterra.

— Muito bem, seu vagabundo culto. Agora me arranje um cabriolé para Holborn. Se for rápido, vai ganhar um xelim.

O garoto estendeu a mão.

— O xelim adiantado, patrão.

Garrick gargalhou.

— Adiantado? Você vai receber o pagamento quando eu vir a traseira do meu cabriolé. Conforme você observou com muita inteligência, não sou nenhum Ebenezar Scrooge.

Enquanto o garoto saía correndo, dando o familiar assobio de três notas para chamar os cocheiros das carruagens de aluguel, Garrick percebeu que tinha perdido a carteira na fenda espacial.

Nenhuma viagem pode ser feita de graça, pensou. *Nem através do próprio tempo*. Depois outro pensamento lhe ocorreu: *espero que aquele garoto possa aguardar o pagamento; não gosto de cometer assassinatos de manhã tão cedo.*

A manhã não estava progredindo muito bem para Riley e Chevron Savano. Apenas alguns instantes antes da chegada de Garrick ao porão, os dois viajantes do tempo foram enfiados num áspero pano de saco, mumificados por metros de bandagens e levados escada acima.

Quando Chevie conseguiu se livrar da bem-aventurança da fenda espacial, estava de costas sobre tábuas de piso polidas, com um joelho apertando sua garganta. Tentou gritar para Riley, mas não pôde fazer nada mais do que grasnar através da traqueia obstruída.

Aparentemente seu grasnado fora o suficiente para provocar a ira dos raptores, já que um deles lhe dera um cascudo forte na cabeça.

— Fecha essa matraca, moça — ordenou ele. — A gente tamos cansado e não queremos cabriolagens.

Chevie respondeu dando um chute com o calcanhar no joelho do captor.

O *que acha dessa cabriolagem?*, tentou dizer, mas tudo o que emergiu foi uma série de grunhidos.

O captor golpeado deu um uivo luxuriante, para grande diversão dos colegas.

— Ah, Jeeves, a donzela feriu sua pessoa? — perguntou um deles, que pelo cheiro era o da asa de galinha.

— Devo carregar você pra um hospital ou já morreu de vez? — perguntou outro, e depois deu uma cusparada sonora para pontuar o desprezo.

O sujeito ferido se recuperou, dando mais um cascudo na cabeça de Chevie.

— A gente precisamos dos dois? Malarkey pode se satisfazer com um.

Dentro de seu saco, Riley estremeceu ao ouvir o nome Malarkey.

Otto Malarkey? O rei dos Aríetes? Como os dois tinham ido parar na mira dele?

Como não havia nenhum joelho esmagando seu pescoço, Riley falou com os homens:

— Qual de vocês, seus trapalhões, quer dizer ao Sr. Malarkey que assassinou os parentes dele?

A pergunta foi recebida por um silêncio momentâneo, até que Jeéves disse:

— Ah, ora! Isso é que é um belo blefe. A gente temos de admirar uma mentira tão descarada, não é, Sr. Noble?

Noble falou:

— Você vai pagar pra ver, Jeeves? Por que eu certamente não vou.

— Não é blefe — gritou Riley através do saco. — Amarrar a gente já foi insulto demais, mas ameaçar nossas pessoas vai fazer vocês pararem no rio assim que anoitecer.

Noble assobiou.

— Malarkey realmente gosta do rio ao anoitecer para fazer seus negócios de despejo.

— Tem um modo seguro de deixar esses dois quietos — disse o terceiro homem.

Riley ouviu o som de uma garrafa sendo desarrolhada, e um odor pungente cortou o cheiro mofado do saco.

Éter!, pensou. *Eles vão apagar a gente.*

— Chevie! — gritou ele. — Feche a boca.

Jeeves gargalhou.

— Foi o que eu disse a ela.

Riley sentiu uma umidade se espalhar no rosto enquanto o líquido anestésico atravessava o pano. Prendeu o fôlego até que um dos homens lhe deu um soco abaixo das costelas, forçando-o a inalar profundamente o ar cheio de éter.

Rezo para que Garrick ainda não esteja aqui, caso contrário nunca vamos acordar, foi seu último pensamento antes que sua mente afundasse como uma pedra largada no Tâmisa à meia-noite.

Riley sobreviveu até acordar mas, antes de abrir os olhos para qualquer coisa pavorosa que porventura os aguardasse, voltou a experimentar as visões da fenda espacial.

Minha família morava em Brighton, onde papai trabalhava no FBI. Mamãe era irlandesa e era a dama mais bonita que já vi. Meu colega Cenoura é na verdade meu meio-irmão, Tom. Mamãe e papai foram mortos por Albert Garrick em troca de dinheiro. Mas quem contratou o serviço? E meu pai era do futuro? Como essas histórias se encaixam? Onde Tom está agora?

Eram informações demais para serem engolidas de uma vez só. Tudo o que ele havia tomado como certeza eram falsidades derramadas por Garrick em seu ouvido.

Abriu os olhos e ficou aliviado ao descobrir que conseguia enxergar.

Um segundo motivo de alívio foi a visão de Chevron Savano sentada diante dele, amarrada a uma cadeira forte, e o fato de que estavam a sós. As amarras dela, ainda que não fossem feitas com habilidade, eram muitas e variadas. Seus raptores tinham usado qualquer coisa que estivesse à mão, e com isso o tronco dela estava preso com barbante, os tornozelos com algemas e os antebraços e pulsos atados com papel impermeável retorcido. Havia um cadarço de couro apertado em volta do pescoço, prendendo-a ao encosto alto da cadeira.

Pelo menos ela ainda está com a Chave Temporal, pensou ele, vendo a silhueta do dispositivo através da blusa de Chevie.

Riley teve certeza, mesmo sem olhar para baixo, que estava preso de modo semelhante.

— Chevie — sussurrou ele o mais alto que ousou. — Agente Savano. Mexa-se.

Chevie abriu os olhos, piscando por causa dos efeitos do éter.

— Riley! Você está bem.

— Estou, agente. A névoa do éter vai passar num instante, acredite. Eu tenho experiência.

— Pegue sua gazua. Solte-se, depois a mim.

Riley sacudiu o tornozelo.

— Minha gazua sumiu. Perdeu-se na agitação do dia ou foi encontrada pelos patifes que carregaram a gente.

Chevie respirou fundo pelo nariz, como um jovem touro furioso.

— Fantástico. Então agora temos de ficar aqui sentados, amarrados feito perus de Natal, e esperar que esse tal de Malarkey apareça. Quem é o cara, afinal?

— Otto Malarkey é uma pessoa de importância considerável na cidade. É o chefe dos Arietes, uma quadrilha criminosa de valentões que tiram uma fatia de tudo, desde carteados até antros de ópio. Ninguém apronta nenhuma falseta no Grande Forno sem primeiro tirar o chapéu para o Sr. Otto Malarkey.

— Entendi mais ou menos metade disso — admitiu Chevie. — O que você está dizendo é que estamos encrencados de novo.

Riley olhou ao redor. Estavam presos num grande depósito, possivelmente no subsolo, a julgar pelo frio. Peças de carne espreitavam nas sombras, suspensas em correntes numa trave do teto, e cunhas de luz brilhavam através de frestas nas tábuas mal encaixadas do piso acima. O burburinho de comércio e diversão vinha de lá, pontuado por estrondos e gritos de disputa. Vários líquidos escorriam pelas tábuas, pingando no chão de terra. Riley viu vinho, cerveja e as gotas lentas de sangue.

— Ainda não viramos lavagem de porco, Chevie. Agora me conte uma história.

Chevie levou um susto.

— Contar uma história? Vou dizer uma coisa, Riley: eu não estava esperando por esse pedido.

Riley começou a retesar e relaxar os músculos.

— Sou aprendiz de Garrick em assassinato e mágica. Uma folha desse livro é sobre a arte de escapar. Mas uma saída como essa é um serviço realmente diabólico. Não conheço os nós e não tenho nenhuma ferramenta. Então me conte uma história enquanto eu me contorço até soltar.

Chevie ficou perplexa.

— Não tenho nenhuma história, Riley. Livros não fazem meu estilo, mas gosto de um bom filme.

— Então me conte alguma coisa sobre você. Por que essa tatuagem estranha?

Chevie olhou a manga direita da blusa, que escondia a tatuagem que ocupava toda a parte superior do braço.

— A divisa? É, talvez seja uma história.

— E talvez sua última chance de contar.

— Verdade. — Ela sacudiu as algemas, frustrada. — Não acredito que nada disso esteja acontecendo. Como posso estar presa no passado? — A sacudida só provocou barulho, de modo que Chevie se acomodou. — Certo, você quer saber sobre minha tatuagem?

O rosto de Riley estava escorregadio de suor, e seu corpo, rígido feito uma tábua.

— Por favor.

Chevie fechou os olhos, tentando se imaginar saindo do passado e entrando em seu próprio passado no futuro.

— Minha mãe e meu pai cresceram na reserva Shawnee, em Oklahoma. Naquela época chamavam aquilo de terra de usufruto. Assim que meu pai pôde comprar uma motocicleta, minha mãe pulou na garupa e eles partiram pelo país. Casaram-se em Las Vegas e se estabeleceram na Califórnia. Eu cheguei um pouco depois, e papai me contou que as coisas seguiram praticamente perfeitas durante uns dois anos, até que mamãe foi morta por um urso pardo, em La Verne. — Chevie balançou a cabeça como se ainda não pudesse aceitar tal fato. — Dá para acreditar? Uma nativa americana, acampando numa viagem, morta por um urso. Papai nunca superou. Ah, nós éramos bem felizes, eu acho. Mas ele bebia um bocado. "Quando o amor morre", dizia ele, "não restam sobreviventes".

Chevie ficou em silêncio um momento, desejando pela milionésima vez ser capaz de se lembrar do rosto da mãe.

— Nós estávamos juntos havia dez anos quando a motocicleta dele estourou na autoestrada Pacific Coast. Papai tinha uma tatuagem igual à minha, uma divisa, que em inglês é *chevron*. Foi daí que veio meu nome.

— Você ganhou o nome de um símbolo? Que costume estranho.

Chevie fez um muxoxo.

— Você pediu uma história, lembra?

Riley torceu o braço para trás, na altura do cotovelo.

— Desculpe, agente. Por favor, continue.

— Meu pai tinha a mesma tatuagem. No mesmo ombro. Ele disse que todos os homens da família Savano, até a época das guerras dos Shawnee, usavam essa marca. William Savano lutou contra os Facas-longas com Tecumseh em Moraviantown. Para cada oficial que ele matava em batalha, William pintava uma divisa em sangue no braço, já que esse era seu símbolo de sargento. Ele era um guerreiro temível. Assim, em memória de William, os Savano usavam esse símbolo. Sou a última dos Savano, por isso tenho o nome e o símbolo. Sou a primeira mulher a fazer isso.

— É de fato uma história fascinante — disse Riley, torcendo-se para fora das amarras até só restarem as algemas nos pulsos. — E muito bem contada.

— É, uma pena que eu não possa tirar suas algemas apenas falando.

Riley piscou.

— Essas são pulseiras de parafuso. O pateta ambulante que as colocou fez besteira. Está vendo esses tambores? Eles deveriam estar embaixo.

— Por quê?

— Porque se os tambores estiverem virados para cima, o prisioneiro pode fazer isso...

Riley juntou as mãos o máximo que conseguiu, cruzou os polegares e usou os dedos de cada mão para desaparafusar a algema do pulso oposto.

— Ei, *presto* — disse Riley, fazendo uma reverência.

Um som de palmas lentas ecoou no porão, flutuando do topo de uma escada precária.

— Bravo, garoto. Parabéns.

Um gigante do tamanho de uma carroça de carne caminhou relaxadamente escada abaixo, cada degrau estalando sob o peso dele.

— Otto Malarkey — sussurrou Riley. — O chefão em pessoa.

Malarkey pulou os últimos três degraus, fazendo as carcaças penduradas balançarem nas correntes. O sujeito seria uma figura e tanto em qualquer época. Usava calça justa de couro com botas de pirata, nenhuma camisa cobria o peito do tamanho de um barril, e os cachos fartos e pretos mal eram contidos por uma cartola brilhante. Dois revólveres pendiam em coldres de caubói nos quadris, e ele balançava um chicote de montaria numa das imensas mãos carnudas.

— Você demonstra um talento considerável, garoto — disse ele, a voz expansiva ricocheteando no teto. — Claro que aquele estrupício do Jeeves aparafusou suas pulseiras ao contrário. Eu poderia usar você nos Aríetes. Com essa cara limpa e a dentadura perfeita, você seria um ótimo batedor de carteiras para afanar os grã-finos lá em Mayfair e por aí afora, onde meus patetas atraem os canas como biscoitos às moscas.

Malarkey avançou, emergindo das sombras, e Chevie notou uma tatuagem de cabeça de carneiro no ombro e outra com uma lista de preços no peito, que dizia:

Socos — 2 xelins
Os dois olhos roxos — 4 xelins
Nariz e queixo quebrados — 10 xelins
Nocauteado com porrete — 15 xelins
Orelha arrancada com os dentes — mesmo preço acima
Perna ou braço quebrado — 19 xelins
Tiro na perna — 25 xelins
Facada — mesmo preço acima
O Grande Serviço — a partir de 3 libras

Malarkey notou o olhar dela.

— São alguns dos diversos serviços oferecidos pelos Aríetes. Claro que meus preços se elevaram assim como minha estatura. Estou querendo atualizar a tatuagem desde que me chutaram da prisão de Little Saltee. Eu era o rei daquele monte de esterco. — Ele escancarou os braços musculosos. — Agora sou rei do maior monte de esterco da Terra.

Riley circulou cautelosamente o gigante.

— Qual é o seu interesse em nós, Sr. Malarkey? Por que os Aríetes estavam de butuca especificamente naquele porão?

Malarkey chutou a cadeira que Riley deixou vaga, mandando-a longe pelo chão.

— Pirralho metido, me fazendo perguntas no meu próprio clube de cavalheiros. Os Aríetes fizeram um contrato para matar qualquer um que aparecesse naquele tugúrio. Há quatro anos estamos embolsando um bom salário sem fazer nada, a não ser ficar de olho, e é só dessa informação que vocês vão precisar.

— Claro, desculpe, patrão. Foi engano meu.

— Olhe só para ele — disse Malarkey. — Todo cheio de boas maneiras e rapapés. Acho que essa foi a criação que eu dei, afinal você é meu parente e coisa e tal. — Seu riso era rouco por causa do charuto e do uísque. — Essa sua boca é esperta, garoto, e ela manteve vocês dois vivos. Você é muito mais esperto do que os parvos que trouxeram vocês, dizendo que os dois apareceram num sopro de mágica. Eu poderia ter vaga para você nos Aríetes. Mas a garota parece menos valiosa.

Otto se agachou diante de Chevie, segurando uma mecha de seu cabelo entre os dedos e cheirando.

— Veja bem, você tem o cabelo mais brilhante que existe, moça. Como consegue fazê-lo brilhar assim?

— Bom, Sr. Malarkey — disse Chevie com doçura. — O que faço é encher os Aríetes de pancada e depois lavar minhas madeixas sedosas com as lágrimas de vergonha deles.

Interpretados ao pé da letra, tais comentários pareceriam pouco profissionais, na melhor das hipóteses, e idiotamente psicóticos na pior, mas, como havia informado Cord Vallicose aos seus jovens alunos na aula de Tática de Negociação em Quantico: *em certas situações de confronto, por exemplo, quando vocês estão lidando com um narcisista ou um psicopata, uma abordagem agressiva pode ser útil, já que você vai atrair o interesse de seu raptor e instigá-lo a deixar você viver um pouco mais.* Chevie nunca havia se esquecido dessa lição, e a utilizava para justificar suas explosões comuns. Riley, claro, não estivera naquela aula e não era capaz de entender por que Chevie antagonizava seus captores repetidamente.

— Ela é uma pateta — disse ele bruscamente. — Houve um acidente com um muro alto... e um pouco de láudano. Os parafusos da cachola se soltaram e caíram pelas orelhas.

Malarkey não se abalou. Ficou de pé e andou de um lado a outro, sem saber como reagir.

— Bem, eu nunca... — disse ele com um ar bastante refinado. — Não estou acostumado a vinagre da parte de gente fina. Agora conheço minha primeira dama índia e ela desembucha todo esse palavrório em cima de mim. O que um líder de quadrilha deve fazer?

Malarkey bateu o chicote de montaria contra sua coxa volumosa.

— O negócio é o seguinte, pessoal. Meu predecessor pegou um serviço, de boa fé: ficar de olho naquela casa da Half Moon Street e cortar o pescoço de quem chegasse nela. Por isso estou num dilema. Não é da minha conta ficar elucubrando por que o homem que contratou a gente queria apagar vocês dois, mas Otto Malarkey não gosta de matar sem motivo, principalmente um camarada como você, garoto, que poderia ser útil. No entanto, a irmandade aceitou moeda em troca de um serviço, e os Aríetes não seriam nada se não fossem de confiança.

Riley teve uma ideia.

— Mas o senhor não poderia matar outro Aríete.

— Pensou rápido de novo, garoto. Mas você não é um Aríete. O camarada precisa nascer na irmandade, ou se esforçar para entrar. E, com todo o respeito, você pode ser capaz de subir por uma calha de chuva, mas não pode dobrá-la.

— Eu poderia surpreender o senhor — disse Riley e, para provar seu argumento, deu um salto e despedaçou a cadeira vazia com um golpe do antebraço.

— Não foi muito ruim — admitiu Malarkey, dando um peteleco numa lasca que havia caído em sua calça. — Mas eu tenho dezenas de homens melhores. Preciso de uma coisa que tenha um pouquinho de teatro. Os homens estão cansados de olhar idiotas socando uns aos outros.

Riley estendeu os pulsos.

— Ponha algemas em mim, e mesmo assim vou bater em qualquer um que o senhor indicar.

— Não sei. Nós já fomos pagos.

— Não quer saber *por que* esse homem quer ver nós dois mortos? Conhecimento é poder, não é? E, para um rei, essas duas coisas nunca são demais.

Malarkey bateu o chicote na coxa.

— Você é bem impressionante, mas talvez seja esperto demais com a falação. Nesse reino em especial, descobri que geralmente é prudente ficar com a matraca fechada, fazer o serviço e não perguntar. Eu *gostaria* de saber por que um homem tão célebre quereria ver vocês sob sete palmos de chão, mas, nesse jogo, saber demais pode levar você a ser morto mais rápido do que saber de menos.

Uma ideia brotou na cabeça de Chevie.

— E se eu lutar, grandão? Como seria?

O chicote de Malarkey parou no meio do movimento.

— *Você*, lutar? Não poderíamos permitir isso aqui. Só começamos a admitir damas na Toca dos Carneiros recentemente.

Riley estava pensando três passos adiante.

— Sr. Malarkey, esta dama tem habilidades indígenas especiais. Eu a vi derrubar um cossaco *e* o cavalo dele com um soco. Não parece, mas ela é um verdadeiro dervixe, senhor. Um homem de visão poderia ganhar uma grana preta apostando em Chevie.

Malarkey coçou a lista de preços que tinha no peito.

— As probabilidades seriam remotas, por isso as apostas seriam poucas. Mas é... uma luta em troca de uma vaga nos Aríetes. Com isso você ainda estaria fora, garoto.

— Sem problema — disse Chevie. — Você escolhe seus dois melhores brigões e eu luto contra os dois.

Malarkey soltou uma exclamação de surpresa.

— Os dois? Luta contra os dois, você disse? — Ele piscou para Riley. — Qual era a altura desse tal muro de onde ela caiu?

8

O LUVA RUBRA

Teatro Orient. Holborn. Londres. 1898.

Albert Garrick tinha sentimentos confusos em relação ao Teatro Orient. Por um lado ele era muito apaixonado por suas lembranças da vida no palco para abandoná-las, e por outro sentia grande dor por ao menos olhar os mecanismos de suas ilusões outrora famosas.

Caminhou pelo tablado, apertando uma corda aqui, ajustando um espelho ali. Cada engenhoca provocava um sorriso pesaroso em suas feições magras.

Ah, as tigelas d'água chinesas. Como a multidão as aplaudira em Blackpool. Lombardi!, gritavam as pessoas. Lombardi, Lombardi!

Ocorreu a Garrick que, com o físico melhorado, nenhuma ilusão estaria além de seus limites.

Estou mais ágil agora e poderia me enfiar numa daquelas tigelas d'água chinesas se necessário. O Grande Lombardi poderia ser o ilusionista mais famoso da Terra.

Era uma ideia tentadora, viajar pelas cortes da Europa fascinando czares e reis. Ter joias costuradas na bainha de sua capa de veludo.

Tantas possibilidades.

Garrick foi para sua cozinha e preparou uma refeição simples composta de queijo e carnes, que ele consumiu de pé, com um pedaço de pão ligeiramente endurecido e uma jarra de cerveja aguada.

Claro que eu precisaria de um assistente. Dessa vez escolherei com sabedoria, sem demonstrar muita gentileza. Foi minha própria mão leve que estragou Riley.

Garrick retornou ao palco do Orient, tirando a capa de veludo do gancho e colocando-a nos ombros. Depois, como um consolo sentimental, e porque se sentia um tanto solitário, o mágico pôs na cabeça a cartola de seda do Lombardi original.

Os assistentes são criaturas complicadas, admitiu, *frequentemente desenvolvendo personalidades próprias. Seus próprios desejos e preferências.*

Sabine também lhe havia causado uma dor considerável. A traição dela não o obrigara a abandonar totalmente as apresentações?

Mas ela era tão linda! Tão perfeita!

Garrick sentiu um cansaço chegando, e era impossível ignorá-lo, por isso acomodou-se numa poltrona e resolveu se permitir algumas horas de sono antes de começar a caçada a Riley e Chevron Savano.

E, como acontecia com frequência, seus sonhos se voltaram para Sabine. Sua primeira assistente, linda, perfeita. Perfeita até...

No início parecera ao jovem Albert Garrick que a vida havia entrado numa nova fase, afastando-se dos horrores de sua juventude. Estava obtendo domínio sobre as obras de Lombardi e desenvolvendo-se muito bem no papel do italiano. Nenhuma apresentação havia sido cancelada e Sabine parecera mais do que satisfeita em renovar o contrato.

Garrick estava apaixonado e cobria a jovem com provas de sua estima, que ela aceitava com guinchos e abraços, chamando-o de *meu Albert* e lhe beijando o rosto. Garrick ficou contente pela primeira vez, e até seus pesadelos com sangue e cólera ficaram raros e pareciam menos poderosos quando ocorriam.

Infelizmente, para o jovem Garrick, o coração de Sabine era mais frio do que os badulaques de que ela tanto gostava, e sua intenção sempre fora abandonar o patrão ao primeiro sinal de uma perspectiva melhor.

No verão de 1880, o jovem Albert Garrick — agora com o nome de Grande Lombardi — era o segundo nome no Adelphi, abaixo do conhecido dramaturgo e ator anglo-irlandês Dion Boucicault, quando Garrick notou os flertes de Sabine com o jovem Sandy Morhamilton, um dos rapazes da iluminação. Tal fato incomodou Garrick e deixou-o perplexo, pois geralmente Sabine não tinha paciência com o pessoal da equipe técnica. Mas uma pequena investigação revelou que o jovem Morhamilton não era um pobretão qualquer; na verdade, era herdeiro de uma grande companhia de comércio de café e estava passando um ano no Adelphi para exorcizar o teatro de seu organismo.

E se eu descobri a verdadeira identidade de Sandy, Sabine também deve ter descoberto, pensou Garrick. Começou a ficar de olho nos dois, descobrindo um talento para espreitar que iria lhe servir muito bem em anos posteriores. Dia a dia seu coração era partido enquanto a mulher que ele havia adorado durante anos dava atenção a um pateta imbecil nascido em berço de ouro.

O amor de Garrick se transformou em um ódio que ricocheteou internamente, azedando a própria alma. O caso acabou tragicamente no terceiro domingo de junho, durante a matinê. Enquanto estava se preparando para inserir as lâminas de aço nas fendas para o truque de Serrar a Mulher, notou que o olhar de Sabine se dirigia para a torre acima do palco. Para sua perplexidade, a vadia chegou a jogar um beijo para o alto. Garrick chegou perto para fazer uma censura séria e, quase incrivelmente, viu o rival refletido nos olhos da amada.

Uma fúria irreprimível consumiu o jovem Garrick e ele enfiou a lâmina central na fenda sem reverter o cabo, o que significou que Sabine não teve chance de evitar o aço afiado.

A fúria de Garrick foi substituída por uma satisfação fria, e com uma sacudida da luva ensanguentada na direção do jovem Morhamilton, ele fugiu pela porta de serviço e foi para as ruas, jamais retornando ao Adelphi, embora o povo supersticioso do teatro jure que o Luva Rubra ainda assombra as coxias, procurando o homem que lhe pôs chifres.

Albert Garrick jamais foi processado pelo crime porque, ironicamente, foi considerado culpado de outro menor. Dois dias depois, o mágico desempregado atacou um rapaz de cabelos ruivos em frente ao teatro Covent Garden e o espancou até quase matá-lo. Sua sentença lhe dava a escolha de uma boa temporada na prisão de Newgate ou um posto no exército da rainha, num trem que partia para o Afeganistão naquela mesma noite. Garrick escolheu a segunda opção, e ao anoitecer foi espremido num vagão de tropas a caminho de Dover, sem que ninguém percebesse que o chapéu de Albert

Garrick cabia muito bem na cabeça do Grande Lombardi. Chegou no meio dos Afegãos bem a tempo da grande batalha de Kandahar, e se cobriu de sangue e glória. Ofereceram-lhe uma promoção, e ele poderia ter feito carreira no exército, mas achava que havia mais dinheiro a ganhar caso se estabelecesse como autônomo.

— Sabine — murmurou Garrick sozinho, meio dormindo. — Riley.

Garrick não estava sozinho no Orient. Na verdade um bando de velhacos empedernidos estava alojado ali nos últimos dias, esperando Garrick retornar de sua missão na Bedford Square. Aqueles não eram patifes comuns, e sim um trio de justiceiros de alto nível escolhidos a dedo para a missão pavorosa. Seu chefe os considerava os mais sanguinários de seu bando e lhes havia confiado esse contrato, que traria uma considerável bolsa de bufunfa para a irmandade.

— Só um corpo? — perguntara o Sr. Percival, o mais experiente dos três, um homem que costumava alardear ter realizado pelo menos um assassinato num continente diferente para cada década de sua vida.

— Sim, mas é um corpo excepcional — garantira o chefe. — E digno do talento combinado de vocês. Não tomem meias medidas com esse sujeito, rapazes, caso contrário vão se flagrar usando o paletó de madeira. Quando ele retornar do serviço sangrento que foi fazer, apenas esperem que ele vá dormir, depois ajam. Esperem o quanto for necessário. Entenderam?

Os homens assentiram com ferocidade fingida e embolsaram os guinéus pagos como adiantamento, mas assim que o figurão saiu eles se parabenizaram por receber um trabalho tão fácil.

— Nós somos os canalhas mais sortudos — confidenciara Percival aos seus confederados. — Esse tal de Garrick vai estar com as tripas no chão antes do amanhecer, e nós estaremos comendo cozido de cordeiro no jantar.

De modo que agora Percival e seus dois companheiros se levantavam de trás da fila F da plateia do Orient e seguiam andando como caranguejos até os corredores entre as cadeiras. Um tomou a esquerda, o segundo foi pela direita, e o próprio Percival avançou diretamente pelo centro. Afora o atraso, os acontecimentos não poderiam ser mais favoráveis aos intrusos. O tal de Garrick, longe de ser um espectro da morte como fora anunciado, na verdade havia se jogado no centro do palco para um belo cochilo. O trio corajoso planejava flanquear a vítima, depois partir para cima com lâminas diversas.

Percival avaliava o peso de um machado de cabo curto que havia comprado numa loja de ferragens na Califórnia e mais tarde usado para castigar um adolescente por ter apontado um dedo para ele. O segundo homem, conhecido simplesmente como Turco, brandia uma cimitarra curva que estivera na família de alguém durante gerações até Turco roubá-la. E o terceiro, um escocês com pernas exageradamente curtas, tinha entre os dedos um gancho de enfardar que tivera mais globos oculares pendurados em sua ponta do que fardos de feno. O escocês, Pound, também carregava uma pistola, mas as balas eram caras e um tiro errado poderia despertar a vítima, levando-a à ação, portanto era melhor fazer o serviço silenciosamente usando armas brancas.

Aqueles homens já haviam trabalhado juntos, e desenvolveram um sistema de movimentos de cabeça, assobios e sinais que evitavam qualquer conversa durante o serviço. Assassinos faladores não duravam muito em Londres. Percival era o chefe, por isso os outros esperavam sua liderança. Com dois movimentos do machado, ele os direcionou para as laterais. Sem dúvida Garrick correria para um lado ou outro se, de algum modo, detectasse a aproximação de Percival. De qualquer modo, isso era improvável, afinal Percival fazia quase tanto barulho quanto uma folha flutuando pelo Hyde Park. Turco e Pound já haviam se resignado ao fato de que a matança propriamente dita seria de Percival, como geralmente acontecia.

Percival chegou à ponte do palco e se esgueirou sobre o fosso da orquestra, apreciando o peso do machado na mão, adorando o *tunc* que ele faria ao arrancar um naco do crânio da vítima.

Mais quatro passos, então eu e os rapazes vamos comer um cozido de cordeiro. Mais três passos.

Percival saltou no palco propriamente dito, e sabia que daquela distância não existia homem ou animal na Terra capaz de escapar do golpe mortal de sua arma.

Dessa distância eu poderia derrubar um urso, pensou.

Levantou o machado bem alto e baixou a lâmina com uma força formidável. Ela acertou nada além da poltrona, cortando o estofado e fincando profundamente no encosto de madeira.

O cérebro de Percival não conseguiu entender como a certeza havia se transformado em incerteza.

— Magia — disse uma voz. — Nem tudo é o que parece.

Percival soltou o machado e girou em direção à origem daquelas palavras misteriosas. Ali, no canto, estava a própria vítima, Garrick, enrolado em sua capa de mágico.

— Aprova minha capa? É meio teatral, mas, afinal de contas, isso aqui é um espetáculo.

Ele não sabe sobre os outros, pensou Percival. *Caso contrário não estaria cantando vantagem.*

Percival assobiou duas notas, uma aguda e uma grave; o sinal para Turco avançar a partir das dobras da cortina de veludo que o escondiam.

Turco fez ainda menos barulho do que Percival, já que usava chinelos de seda, os quais intitulava seus *calçados de assassinato*. Aproximou-se de Garrick por trás e estendeu a mão para um ombro, querendo firmar o mágico para a lâmina da cimitarra, mas seus dedos roçaram em vidro em vez de carne e osso.

Um espelho, pensou Turco. *Fui enganado.*

O terror penetrou suas entranhas como uma âncora de chumbo — ele teve a inteligência de perceber que estava acabado.

A imagem espelhada de Garrick estendeu a mão pelo espelho e tirou a espada de Turco de sua mão.

— Você não precisará disto — disse a imagem de Garrick, e mergulhou-a diretamente no coração de Turco.

Turco morreu acreditando que um fantasma o havia matado. Seu último desejo foi poder retornar como uma sombra àquele lugar e decifrar os acontecimentos que levaram à sua morte, mas infelizmente não é assim que a outra vida funciona, especialmente para os assassinos de coração negro.

Percival teria atacado então, mas não tinha certeza de qual era a posição do inimigo. Ouviu um rangido agourento atrás de si e virou-se, vendo um grande pedaço de cenário ser baixado do urdimento. A peça era circular, construída com lona esticada sobre uma estrutura de madeira. Na frente havia círculos pintados dentro de círculos.

— Belisque-me! — ofegou Percival. — Um alvo.

— Beliscar? — disse uma voz na escuridão da plateia. — Acho que você errou o alvo, mas não por muito tempo.

Percival recuou até que suas costas bateram no alvo, e sua cabeça ficou exatamente na mosca. Antes que pudesse captar as implicações disso, uma verdadeira chuva de lâminas veio sibilando da escuridão.

Estou liquidado, pensou Percival, e fechou os olhos.

Mas não estava liquidado; em vez disso, as várias facas, garfos, espadas e baionetas o prenderam totalmente no alvo, tirando não mais do que um copo de sangue de ferimentos pequenos.

Seria acaso ou intenção? Percival não sabia, mas se aproveitou dos pulmões que ainda inflavam para chamar seu último confederado.

— Danem-se as facas, Pound. Atire nesse sujeito.

Pound correu de seu esconderijo e acenou o cano da pistola, procurando o alvo.

— Onde você está, Garrick? Apareça!

Por algum ardil, Garrick apareceu onde não estivera um segundo antes, o rosto pálido sob as luzes do palco, o cabelo escuro ondulando nos ombros.

— Sinto-me insultado por esse ataque em minha casa. Insultado!

— Pare de se sacudir e fique quieto — ordenou Pound.

— Para você atirar em mim? É um pedido estranho. No entanto, como quiser. Puxe a porcaria do gatilho, mas tenha cuidado: se você errar, eu não errarei.

Aparentemente todas as cartas estavam nas mãos de Pound, mas, com o chefe grudado num alvo, ele ficou nervoso.

— Atire nele, homem! — instigou Percival. — Até um macaco acertaria.

Garrick abriu os braços.

— Atire, escocês. Ao pó.

Pound piscou para afastar o suor dos olhos, perguntando-se como o serviço havia se transformado numa encrenca tão grande.

— De joelhos, Garrick.

— Ah, não, eu não me ajoelho para ninguém.

Percival fez força contra as facas que o prendiam.

— Atire, Pound! Puxe o gatilho.

— Você é fraco — zombou Garrick. — Covarde!

Pound disparou, e um fio de fumaça azul saiu do cano. O ruído foi ensurdecedor e por um momento a parte superior do tronco de Garrick foi envolta numa nuvem tremeluzente.

Mas quando a fumaça se dissipou, Garrick foi revelado, são e salvo, sem qualquer mudança na aparência, a não ser pelo sangue nos dentes e a bala entre eles.

— Ah, meu Deus — ofegou Pound. — Ele pegou a bala. Esse homem não é mortal.

— Atire de novo, idiota! — gritou Percival. — Você está com um revólver na mão.

Garrick falou entre dentes:

— Só uma chance. Agora você deve ficar parado para a minha bala.

Pound estava tão confuso que seus pés pareciam âncoras, e lágrimas escorriam por suas bochechas vermelhas.

— Mas você não tem uma pistola.

Garrick esfregou os dedos diante da boca, como se estivesse esquentando-os, depois cuspiu a bala com tanta força que ela penetrou a testa de Pound e derrubou-o ali mesmo.

Então Percival percebeu como estava enfiado na lama.

— Por favor, moço. Nós temos dinheiro no bolso. Pegue e me deixe ir embora. Vou entrar no próximo barco para a América.

Os olhos de Garrick não tinham a menor alusão de misericórdia.

— Preciso do nome do homem que maneja os fios de vocês, fantoches.

Percival trincou os dentes.

— Não posso. Eu jurei.

— Ah, jurou — disse Garrick, andando devagar até o alvo enorme. — Isso, em si, é um sinal revelador.

— Não vou dizer mais nada — insistiu Percival, teimosamente. — Faça o que quiser, seu demônio.

— Isso, senhor, é um tremendo convite — disse Garrick, removendo uma a uma as facas que prendiam Percival ao alvo. — Você deve ter deduzido que já fui um ilusionista de certa fama. Alguns me chamavam de o Grande Lombardi, mas a notoriedade me deu outro nome.

Garrick fez uma pausa, e Percival não conseguiu se conter.

— Que nome? Em nome de Deus, pare de brincar comigo.

Garrick pegou uma coberta dentro de uma caixa em forma de caixão, à esquerda do palco.

— Eu era conhecido como o Luva Rubra.

Percival revirou os olhos e desmaiou ali mesmo, sustentado de pé apenas por um cutelo e um punhal.

— Vejo que você ouviu a lenda — disse Garrick, tirando as últimas lâminas.

Percival acordou na caixa amarrado bem firme, com os pés descalços se projetando da extremidade.

Garrick se inclinou sobre ele, agora vestindo traje de noite completo, com cartola de seda e luvas de cerimônia — uma branca e uma vermelha.

— Este é o meu truque mais famoso — disse. — Uma verdade um tanto incômoda, já que é o único truque que terminou num equívoco fatal.

— Num equívoco? — perguntou Percival, com a cabeça turva. — Isso quer dizer *erro*, senhor?

— Ah, sim. E você sabe o que significa *fatal*?

Percival revirou seu vocabulário, que consistia em pouco mais de duzentas palavras, a maioria relacionada a comida.

— Mortal, senhor... Quer dizer que alguém foi morto?

— Você é mais culto do que aparenta, senhor...?

— Percival, patrão.

— Percival. Um nome galês, bom e forte.

— É galês, sim. Será que o senhor tem algum parentesco galês e pode me poupar?

Garrick ignorou a pergunta, tirando das costas com um tremendo floreio uma enorme lâmina quadrada com cabo de madeira.

— Essa é a chave do truque, Percival: a lâmina. A plateia presume que ela é falsa, mas garanto que é feita do melhor aço e vai cortar osso e carne praticamente sem ratear.

E, com grande bravata e habilidade, Garrick jogou a lâmina no ar, pegou-a e enfiou o aço diretamente na fenda sobre a perna, parecendo decepar os pés de Percival.

— Misericórdia! — gritou Percival. — Mate-me e acabe logo com isso. Isso é tortura, senhor. Pura tortura.

Garrick estalou os dedos e, de algum lugar acima, veio o som de uma orquestra.

— O senhor deve fazer o que eu peço, Monsieur Percival. Muito raramente precisei usar meus trajes antigos.

O rosto de Percival pareceu inchar de medo.

— Não sou dedo-duro. Os canas nunca conseguiram fazer o velho Percival abrir o bico, e você também não vai conseguir.

— Por que está tão histérico, Percival? — perguntou Garrick com inocência. — Eu não lhe fiz nenhum mal. Olhe.

Percival viu que havia um grande espelho com moldura dourada suspenso acima do arco do palco. Ele ordenou que os dedos dos pés se mexessem e sentiu um alívio portentoso ao vê-los fazendo isso no espelho.

— Mas a luz aqui é muito ruim, Sr. Percival. Eu deveria permitir que o senhor olhasse mais de perto.

E com isso, Garrick separou a parte de baixo da caixa da de cima, e Percival gritou quando seus pés se afastaram dele, com os dedos se remexendo furiosamente.

— Meus dedinhos — uivou ele. — Ah, voltem, dedinhos.

— Quem mandou vocês? — perguntou Garrick, brandindo uma segunda lâmina.

— Não. Nunca.

— Admiro seu estoicismo, Sr. Percival, de verdade, mas essa é uma batalha de vontades, portanto o senhor me deixa pouca escolha... — Garrick se firmou contra a caixa e em seguida cravou a segunda lâmina na fenda.

Percival balbuciou, com lágrimas escorrendo dos olhos para os ouvidos, e inconscientemente começou a cantar a cantiga de lealdade corporativa que ele havia berrado em muitas tavernas junto a seus irmãos tatuados.

"A gente morde,
a gente luta
a gente aleija
a gente chuta."

Garrick não ficou surpreso.

— Ah, Sr. Malarkey, por que o senhor iria se meter nos meus negócios? Obrigado, fiel senhor Percival. O senhor fez tudo o que pedi. Por isso não vou infligir mais nenhum mal à sua pessoa.

Agora Percival estava além de qualquer pensamento racional, e continuava a cantar:

"Nossa turma não desata.
Você paga e a gente mata.
Se estiver numa futrica
Com gente pobre ou gente rica."

Garrick cantou junto os dois últimos versos, inserindo uma harmonia interessante:

"Faça uma visita, então
Somos os Aríetes, patrão."

Garrick aplaudiu, a luva rubra cintilando sob as luzes.

— Você é um ótimo tenor, Percival. Não de padrão profissional, mas agradável. Quer me deliciar com mais uma ária?

Percival concedeu, a voz ficando mais trêmula a cada nota até dissolver-se inteiramente num grito aterrorizado, borbulhante, quando Garrick pegou a caixa da cabeça e jogou-a girando pelo palco.

A última visão de Percival antes que seu coração aterrorizado parasse foi de seu próprio tronco recuando e das pontas dos dedos se sacudindo, esforçando-se para se livrar das amarras.

Garrick poderia ter lhe dito que tudo fora feito com espelhos e próteses, mas um bom mágico jamais revela seus segredos.

Fez uma dança elegante, atravessando a ponte sobre o fosso da orquestra.

— Faça uma visita, então — cantou, decidindo entoar mais aguda a frase final. — Somos os Aríetes, patrããããããão.

E pensou: *pretendo fazer exatamente isso.*

Então pisou numa bomba de pólvora escondida sob um trecho do tapete no corredor central da plateia e desapareceu num clarão de magnésio e numa bola de fumaça.

9

GOLGOTH GOLGOTH

Toca dos Carneiros. Alameda dos Patifes. Londres, 1898.

A agente especial Chevron Savano achava que poderia estar sendo vítima de alguma enorme operação secreta. Existiam arquivos da Segunda Guerra Mundial contando histórias de prisioneiros em hospitais de guerra que tinham sido convencidos por inimigos que falavam inglês de que a guerra havia acabado e se permitiram ser interrogados, porém eram prisioneiros de alta patente e as operações eram tremendamente caras. Ela mal passava de uma aspirante a agente do FBI com um distintivo de latão. Ninguém faria um esforço tão fantástico para pegar os segredos insignificantes que estavam em seu cérebro.

Qualquer dúvida de que talvez não estivesse mesmo na Londres do século XIX desapareceram no momento em que Chevie emergiu da masmorra para o antro de ladrões, assassinos e patifes de Otto Malarkey.

Riley agarrou o cotovelo dela.

— Agente... Chevie, deixe que eu falo, na Toca dos Carneiros. Eu conheço essas pessoas.

— Relaxe, garoto, eu posso falar por mim.

A expressão de Riley era de dor.

— Eu sei. Sua natureza impetuosa parece colocá-la em maus lençóis, independente da época.

— Isso é psicologia, Riley — disse Chevie na defensiva, mas sabia que era apenas meia verdade. — Você não entenderia.

O antro dos Aríetes, chamado Toca dos Carneiros, não parecia muito um esconderijo, e, além do mais, eles não pareciam estar se escondendo de ninguém. A escada precária do depósito se abria para todo o andar térreo de uma casa ampla sem divisórias para sustentar o teto, que se curvava para baixo de modo alarmante e já teria desmoronado por completo se não fosse a chaminé de tijolos. O salão estava tão atulhado de velhacos empedernidos que seria difícil encontrar tamanha concentração de criminalidade fora de alguma prisão.

Animais percorriam o salão livremente, inclusive galinhas, cães e carneiros de verdade, enganchando seus chifres impressionantes para incentivo dos carneiros de duas pernas, os Aríetes.

Havia vários palcos improvisados construídos com barris e tábuas, onde damas burlescas entoavam canções sobre bebidas ou mágicos de rua faziam truques de prestidigitação. Pelo menos quatro papagaios se escondiam nos lustres de cristal, xingando em quatro línguas diferentes.

— Uau — disse Chevie, sentindo o salão girar feito um caleidoscópio. — Isso é surreal.

— Nem me diga — sussurrou Riley. — Talvez eu ainda consiga tirar nós dois daqui.

Ele se enfiou entre um macaco e seu adestrador para alcançar Malarkey.

— Sr. Malarkey, majestade. Tenho algumas habilidades de magia. Pombos, coelhos, esse tipo de coisa. Pense numa carta, qualquer carta.

Malarkey foi para o centro do salão.

— Não. Nós concordamos com uma briga, garoto. Poupe sua politicagem. Não foi você que sugeriu que eu apostasse na dama lutadora?

Era um bom argumento.

— É — admitiu Riley. — Mas isso foi...

Malarkey passou por cima de um marinheiro inconsciente abraçado a um pernil de porco assado.

— Isso foi quando você estava no porão da matança, com sangue no chão e esgoto nas paredes, e achava que diria qualquer coisa para ver a luz do dia, mas agora está vendo a luz do dia e pensa: talvez eu consiga embromar o pobre velho simplório Malarkey e dar um jeito de sair daqui com a mocinha bonita.

Riley tentou argumentar:

— Não. Eu tenho habilidades genuínas, as melhores. Veja. — Ele pegou uma adaga de aparência maligna no cinto de um marinheiro ali perto e cravou-a entre as costelas de um homem que, por algum motivo, usava um traje listrado de natação. A lâmina se cravou, mas sem dano aparente.

— Está vendo?

— Nada mau — disse Malarkey. — Mas escolhi a luta. — Um pensamento lhe ocorreu, e ele parou abruptamente, virando-se para Chevie. — Você conhece as regras do marquês de Queensbury?

Chevie estava alongando os ombros.

— Não. Acho que não conheço.

Malarkey bateu de leve na cabeça dela com o chicote de montaria.

— Ótimo. Nós também não. Nada de regras, é a única regra que temos aqui.

Com um único salto, Malarkey subiu numa plataforma central onde havia um trono atarracado de madeira e veludo, resplandecente com uma pele encaracolada de carneiro com chifres enormes. Deu um chute num macaco que estava sentado no lugar do rei e depois girou o corpo, caindo no trono de maneira acomodada. Malarkey sorriu por um momento com indulgência paterna para as várias formas de tumulto criminoso que se desenrolavam ao redor, depois pegou um megafone de latão numa bainha de couro presa ao braço do trono.

— Ouçam, Aríetes — gritou ele, a voz projetada, porém baixa. — Quem, dentre esses elegantes aficionados por lutas, gostaria de fazer uma aposta com seu rei?

A notícia se espalhou feito a peste entre a ralé reunida, e logo eles estavam clamando pelo desporto aos pés do rei.

— Muito bem, Aríetes — disse Malarkey, levantando-se. — Esta noite tenho algo fantástico para retardá-los aqui dentro enquanto vocês deveriam estar lá fora, realizando seus labores honestos de sempre.

Uma gargalhada áspera subiu até o teto por causa da junção das palavras *labores* e *honestos*.

— Eu, seu monarca escolhido, à plena vista do velocino sagrado, ofereço um desafio. E de cara aviso, patifes, que vocês não vão tirar um tostão do ordenado que ganho com muito esforço. Então, quem tem coragem?

Muitas mãos se ergueram e algumas até jogaram moedas ao pé do tablado.

— Não tão depressa, meus apostadores ansiosos. Deixe-me contar os detalhes, para que não haja acusações de trapaça mais tarde. — Malarkey se inclinou, puxando Riley e Chevie da multidão. — Então, minha gente, o que temos aqui são dois possíveis recrutas. Um belo trapaceirozinho com mãos ligeiras e essa princesa índia. Eu determinei que só um deles lutará, e que esse lutará por dois.

— Eu escolho ele — disse o nadador esfaqueado.

Malarkey dispensou-o.

— Não, e você não ouviu a melhor parte. Quem vai subir ao palco é a jovem dama.

Tal anúncio foi recebido com um pandemônio.

— Não podemos ter uma dama na lona — questionou o desafiador, recuando para a multidão.

Malarkey bateu um pé.

— Vocês conheceram minha campeã, Aríetes. Agora me mostrem o de vocês!

Não houve resposta imediata ao desafio. Não era questão de covardia; era a falta de jeito de pelejar com uma mulher em público.

Mas nem todos estavam constrangidos: um homem postou-se a frente.

— Eu racho o crânio dela.

O competidor era um sujeito careca de quase 1,90 metro, com pernas arqueadas de carregar a pança de cerveja.

— Posso usar meu porrete? Eu nunca brigo sem ele, por motivos de equilíbrio.

Malarkey ficou chocado.

— Usar seu porrete? Claro que pode usar seu porrete, Sr. Skelp. Eu jamais privaria um irmão de sua arma adorada.

Skelp tirou das costas um porrete de madeira de espinheiro-negro do tamanho da perna de Chevie. Como se as dimensões não fossem formidáveis o bastante, Skelp havia pregado placas blindadas nele, as quais sem dúvida já haviam sido de aço reluzente, mas que agora estavam opacas com líquidos e substâncias coaguladas.

— Que charmoso — disse Chevie. — Vocês são uns sujeitos de classe.

Malarkey gargalhou.

— Skelp é um dos nossos irmãos mais sofisticados. Às vezes ele lê histórias para os analfabetos.

— A vantagem é de dez para um, a favor de Skelpy. Só dinheiro, nada de vales. Entreguem a gaita ao meu contador.

Um homenzinho de colete foi cercado subitamente por sujeitos agressivos com dinheiro, e cuidou de todos com eficiência, usando um intrincado sistema de tiques faciais e palavrões.

Assim que as apostas foram finalizadas, abriu-se um espaço diante do tablado. Riley supôs que aquela seria a tradicional arena de luta livre, e esperava que as manchas escuras nas tábuas do piso fossem simplesmente de vinho ou cerveja.

Chevie não parecia ansiosa, embora não pudesse haver nada de familiar para ela naqueles procedimentos.

Riley percebeu que a atenção de todos os homens no salão estava fixada em Chevie, e que aquele era o momento perfeito para procurar uma saída para os dois. Não podia abandoná-la agora. *Somos parceiros, até o fim desse caso.*

Os Aríetes se acotovelavam à beira do ringue enquanto os oponentes se preparavam para a competição. Chevie alongou os músculos e tendões com cuidado, enquanto Skelp se despia até a cintura e falava palavras suaves para seu querido porrete.

— Vamos dar início à luta — disse Malarkey em seu megafone. — O último homem... ou mulher... de pé será proclamado vitorioso. Os dois estão preparados para o combate?

Skelp cuspiu um bolo de tabaco mascado, cuja maior parte caiu na própria bota. Chevie simplesmente assentiu e cerrou os punhos.

— Então comecem! — gritou Malarkey.

Os Aríetes estavam esperando que a mocinha estivesse transbordando de raiva e fosse partir para cima de Skelp, possivelmente fazendo-o cair na gargalhada. Estavam preparados para censurar o colega com bom humor enquanto ele por fim seria obrigado a dar um tapa na cachola da garota para reivindicar sua vitória.

Estavam absolutamente despreparados para o que aconteceu de fato, e vários explodiram em risadas, presumindo que fosse alguma tramoia orquestrada pelo rei Otto para causar risos.

Antes que o eco das palavras de Malarkey sumisse, Chevie atacou abaixada, usando uma manobra básica de judô para arrancar o porrete das mãos de Skelp; depois deu uma pancada de baixo para cima com a arma amada do sujeito, arrancando três dentes e fazendo-o voar para um amontoado de colegas. Todos caíram feito pinos de boliche.

— Próximo — disse Chevie, o que soou um pouco melodramático, porém não mais do que toda a situação.

Um silêncio se seguiu à vitória de Chevie, diferente de tudo o que já havia sido ouvido naquele salão em vinte anos desde que Gunther Kelly Sem Nariz ganhara o apelido durante um campeonato de comer ratos.

— Espere um pouco — disse Malarkey com o canto da boca.

Quando os Aríetes reunidos perceberam que o dinheiro investido estava correndo o sério perigo de desaparecer para sempre de suas mãos imundas, o silêncio curto foi despedaçado por um gemido coletivo que subiu como uma onda ululante e trovejou num mar de objeções.

— Aguenta aí!

— Não foi justo! Não foi justo!

— Você bate num homem com o próprio porrete dele?

— Ela não é mulher. É uma bruxa.

Malarkey silenciou o clamor com um berro através do megafone, depois se dirigiu à plateia atordoada:

— Vocês parecem um tiquinho surpresos com minha pequena dervixe rodopiante aqui. Eu avisei, mas não, vocês, finos cavalheiros, sabem mais do que seu amado regente.

Malarkey esfregou a cabeça de Chevie como se ela fosse um cachorrinho predileto, e até instruiu Riley que relaxasse em seu trono.

— Aqui — disse, jogando uma bolsa de ouro para Riley. — Uma parte para a princesa índia, apesar de isso não estar no trato; sou um monarca justo e benevolente.

Malarkey encarou seus súditos.

— Escutem, meus condenados, existe outra reviravolta nessa história. Vocês testemunharam o que a minha campeã é capaz de fazer, então talvez estejam ficando arrependidos pelo dinheiro apostado. Ofereço a vocês uma chance de recuperar suas apostas sem quaisquer penalidades. Mas se deixarem seus ganhos ilícitos na mesa, dentre os benefícios que obterão está uma vantagem menor, uma birita grátis e a admiração de seus colegas. E vocês é que decidem quem sobe para derramar o sangue. Vocês, patifes, estão livres para escolher o valentão mais sanguinário dentre suas fileiras para lutar contra minha pequena mocinha. Escolham quem quiser, desde que ele tenha a marca da irmandade.

Riley sentia o desconforto crescendo a cada segundo. Aquilo era um belo espetáculo para os Aríetes, mas Chevie e ele eram alvos fáceis. Se Garrick tivesse conseguido enfiar sua carcaça no túnel do tempo, não demoraria muito até que alguns detalhes sobre uma lutadora pele-vermelha alcançassem seus ouvidos.

Então os ratos d'água do Tâmisa vão fisgar mais dois corpos flutuando nas correntes do alvorecer.

Riley se empoleirou na almofada do trono

— Chevie — sussurrou ele. — Faça o negócio o mais depressa que conseguir, depois podemos dar o fora. Minha pele está se arrepiando com a sensação de que Garrick está vindo por aí.

— Confirmado e câmbio. Precisamos dar no pé — respondeu ela. Todas as intuições do tipo *Garrick está vindo* haviam se confirmado sem falhas até então.

Malarkey entreouviu a conversa. Puxou Riley do trono, depositando-o aos seus pés como um cachorrinho real, ou um bobo da corte.

— Não se preocupe com Albert Garrick. Minha melhor equipe de patifes assassinos está à espreita na moradia dele, com o tempo deles pago pelo mesmo ricaço que ordenou a morte de vocês. Quanto a vocês dois *darem no pé*, acho que não estão se lembrando direito do nosso acordo.

Chevie bateu o punho na palma da mão e vários homens grandes saltaram para trás.

— Que acordo? — perguntou ela.

O queixo de Riley caiu até o esterno e ele respondeu à pergunta por Malarkey:

— Nós estamos lutando para entrar para os Aríetes, e a alternativa é um caso súbito de morte violenta, sua e minha. Assim que estivermos dentro, seremos propriedade de Malarkey pelo restante de nossas vidas.

Malarkey apontou para Riley.

— Um xelim para o garoto, pela inteligência. Você luta pelo ar nos seus pulmões, mocinha. E se arrancar sua morte da minha mão, eu ainda continuo com sua vida. Lembre-se muito bem disso.

Ele girou como um espadachim treinado até que seu chicote de montaria ficasse virado para Riley.

— Peguem esse aí e marquem. Agora ele é nosso.

Mãos da multidão baixaram sobre Riley, tantas que ele parecia estar sendo engolido por uma anêmona marinha. Riley lutou, derrubando vários captores com golpes bem colocados, mas sempre que um caía, outro saltava para tomar seu lugar. Os Aríetes levantaram-no bem alto e o carregaram pela turba até um canto distante onde um velho decrépito estava sentado, cercado por livros, caixas de agulhas e vidrinhos de tinta densa de cores vivas. Os dedos do sujeito eram pequenos como os de uma criança, porém nodosos e sujos de tinta nas rugas, de modo que cada nó de dedo era um arco-íris. Riley se viu sendo jogado numa cadeira e preso por dedos que pareciam tornos apertando cada ombro.

— Um jovem recruta, é? — perguntou o homem.

— Isso mesmo, Farley — respondeu o sujeito que segurava Riley.

Farley fez seu estoque de agulhas tilintar enquanto escolhia.

— Não é um aríete de verdade — murmurou ele. — É mais um cordeiro do que um carneiro. Mesmo assim, não serei eu a perguntar por quê... — Escolheu uma agulha fina para fazer a marca.

— Moço, o senhor não vai esboçar primeiro? — perguntou Riley, nervoso.

A tosse de Farley rolou em sua garganta.

— Esboçar, é? Garoto, eu venho tatuando os Aríetes há anos, poderia fazer isso dormindo. Agora fique quietinho ou vai ganhar uma tatuagem de bode, em vez de um carneiro.

— A agulha está limpa, não está? Não quero perder o braço.

— Não se preocupe, o instrumento é mais esterilizado do que qualquer aço no hospital de St. Bart's. Ninguém jamais viu uma bolha de pus causada pelas agulhas de Anton Farley. A tatuagem será pequena, feita rapidamente, e o tempo vai passar. E depois vou escolher uma segunda agulha, embebida em álcool, para colocar o carneiro na sua amiga.

Ao ouvir a menção à amiga, Riley esticou o pescoço, tentando olhar para trás em direção ao círculo da luta sem mexer o ombro. De onde estava, não conseguia enxergar muito mais do que o topo da cabeça de Chevie, só uma turba de Aríetes que haviam começado a entoar:

— Golgoth, Golgoth.

— Ah, pois é — disse Farley. — Só vou precisar de uma agulha, então.

Chevie ainda não estava acostumada ao fedor pungente da Londres Vitoriana. Até o ar parecia ter um tom sépia, e flocos misteriosos pousavam em sua cabeça e em seus ombros, sarapintando sua pele.

Isso não pode ser bom, pensou. *Nem quero pensar em de onde vêm esses flocos.*

Os Aríetes haviam formado um cordão humano ao redor e pareciam ter desenvolvido uma certa prudência ao se aproximar da donzela índia, provavelmente por causa do grande porrete que pendia de sua mão elegante e do sangue que pingava da extremidade.

E agora os homens entoavam a palavra *Golgoth*, que, Chevie suspeitava, seria alguma encarnação particularmente maligna de aríete.

Aríetes. Se esses caras ficassem um pouquinho mais machões, poderiam ter seu próprio programa num canal a cabo, consertando motos e puxando ferro.

O oceano de homens se dividiu e um grandalhão malévolo entrou no círculo como se fosse a melhor tentativa do universo de criar algo violento.

Então esse é o Golgoth, pensou Chevie. *Provavelmente vão ser necessárias duas bofetadas para nocautear esse cara.*

Golgoth estendeu um dedo indicador e um polegar delicados, pinçando o cocuruto e retirando o cabelo, que aparentemente era algum tipo de peruca.

— Segure o Marvin para mim, está bem, Pooley? — pediu Golgoth, largando a peruca na mão de seu amigo muito menor, que atendeu ao pedido do grandalhão, e provavelmente era nisso que o relacionamento dos dois se baseava.

Duas coisas sobre Golgoth e seu amigo surpreenderam Chevie.

Um: a peruca sinistra tinha nome.

E dois: ninguém além dela pareceu achar a palavra *Pooley* hilária. Parecia uma coisa meio grosseira, mas ela não sabia direito por quê.

— Certo, Golgoth — disse ela, estalando os dedos. — Vou tentar machucar você de um jeito humano.

— Eu não sou o Golgoth — respondeu o gigante. — Eu sou o irmãozinho dele.

E essa foi a última coisa que ela ouviu antes que algo do tamanho de um bloco de concreto a acertasse diretamente no peito com a força de um trem de carga.

Chevie podia ser forte e ágil, mas também era pequena e leve. O golpe do atacante misterioso derrubou a agente do FBI e a jogou longe, fazendo-a deslizar pelas tábuas do assoalho e pegar uma dúzia de farpas nesse processo.

A dor foi tão imensa que Chevie se perguntou se seus pulmões tinham sido esmagados e sentiu alívio quando a respiração voltou.

— Uuuh — gemeu ela, com um fio de sangue balançando entre o lábio e os cacos arruinados de sua Chave Temporal no chão.

Estou presa aqui.

— Não é justo.

— Golgoth! Golgoth! — entoavam os Aríetes, batendo as botas e fazendo as tábuas do piso saltarem.

Chevie ficou de quatro, imaginando se seu crânio estaria fraturado e pensando: onde está esse tal de Golgoth? Os vitorianos podem ser invisíveis?

Esforçou-se para ficar de pé, balançando a cabeça para apagar as estrelas da visão e procurando o atacante ao redor. Não havia ninguém na arena de luta a não ser Otto Malarkey.

— Onde ele está? — perguntou Chevie, a voz embolada. — Aponte Golgoth.

Malarkey encostou dois dedos nos lábios em um gesto de culpa.

— Devo dizer, princesa, que eu sou Golgoth. É o meu antigo nome de homem forte do circo.

Ah, desgraçado, pensou Chevie.

— Mas eu estou lutando *para* você!

Malarkey afastou os dedos dos lábios, balançando-os em direção aos Aríetes reunidos.

— Eu disse que eles poderiam escolher qualquer aríete, e os patifes espertos me escolheram. Afinal de contas, quem seria melhor? Agora devo escolher entre o erário e o orgulho.

Deixe-me adivinhar, pensou Chevie. *O orgulho vence.*

— E, nessa disputa, o orgulho vence sempre. Devo sacrificar meus ganhos para salvar minha posição.

Chevie adotou uma postura de boxeador, baixando o queixo por trás dos punhos erguidos.

Não que isso faça muita diferença. Com aquelas mãos, Malarkey poderia socar minha guarda diretamente. Terei de contar com a velocidade.

A atitude da turba mudou de um incentivo rouco para uma expectativa silenciosa, feroz. Havia muito em risco.

Os dois combatentes estavam sendo testados, no entanto, enquanto Chevron estava lutando por sua vida, Malarkey lutava para provar que era leal aos seus homens, e sabia que haveria mais de um aríete pagando para vê-lo cair, deixando assim a posição no topo vaga.

Os combatentes circulavam um ao redor do outro com um respeito cauteloso. O ouvido de Chevie estava zumbindo, um ruído que ela não conseguia evitar comparar ao tema de *Jornada nas estrelas*, o que era uma distração enorme. Malarkey girava os ombros e dançava levemente para a frente e para trás, numa sarabanda complicada quase tão incômoda quanto o zumbido.

Depois de cerca de um minuto avaliando-se mutuamente, os dois lutadores atacaram no mesmo instante, sob um rugido agitado dos Aríetes. A agilidade de Malarkey era limitada por seu volume, e só os globos oculares conseguiram se movimentar com velocidade suficiente para capturar Chevie dardejando por baixo de seu punho de presunto para dar dois socos no plexo solar. O que surtiu mais ou menos o mesmo efeito de jogar uma bola de neve contra o monte Everest.

Socos não funcionam, percebeu Chevie, esticando os dedos e acertando-os no rim de Malarkey. Não importa se um homem for do tamanho de uma casa feita de tijolos vermelhos: se receber uma cutucada sólida nos rins, isso vai doer.

Malarkey rugiu e sacudiu o tronco num reflexo, o que lançou Chevie contra o cordão humano ao redor da arena de luta.

Mãos ásperas desgrenharam seu cabelo e um fulano metido a besta até lhe deu um tapinha no traseiro.

— Viu aquilo? Viu o que ela fez com os dedos ali? — disse um aríete atrás dela.

— Dedos? Eu podia jurar que ela usou o polegar — respondeu o colega.

— Não, seu pateta. Foram os quatro dedos, rígidos, assim. — E o aríete demonstrou o golpe em Chevie, provocando um espasmo em suas costas e dando a Malarkey tempo suficiente para agarrar o pescoço dela.

Fim de jogo, pensou Chevie quando seus pés saíram do chão.

Ela deu uma cotovelada no antebraço de Malarkey e pinçou os nervos da parte interna do cotovelo, o que segundo Cord Vallicose faria *o maior filho da mãe desse planeta* soltar o que estava segurando. Aparentemente ele não havia levado em conta os chefões do crime vitorianos.

Malarkey riu na cara dela, mas Chevie pensou ter detectado uma fagulha de alívio nos olhos dele.

— Você teve ajuda, Otto. Lembre-se disso quando estiver cantando vantagem no seu trono.

Malarkey apertou a traqueia de Chevie, sufocando a acusação no ar. Ela se agarrou ao braço dele, aliviando a força no pescoço e procurando evitar danos na coluna, mas a falta de oxigênio já estava turvando sua visão e drenando a força dos membros.

— Riley — grasnou ela, embora soubesse que o garoto estava sendo vigiado do outro lado da multidão. Ele não teria como vê-la nem como ajudar, mesmo que conseguisse um vislumbre.

Malarkey recuou a mão livre.

— Isso me dói tremendamente, donzelinha. Sim, estou provando de novo minha supremacia física, mas vai me custar uma boas libras pagar todas as apostas contra você, isso sem mencionar o fato de que perco o que eu mesmo apostei. Apostei em você, garota, e você me deixou na mão.

Malarkey fechou o punho, os nós dos dedos estalando.

— Não vou matar você — prometeu ele. — E deve acordar com a maioria dos dentes e dos parafusos da cabeça.

Chevie tentou se afastar, mas estava presa com força. O zumbido em seus ouvidos mudou de *Jornada nas estrelas* para algo mais estridente. Uma campainha simples. Será que seu subconsciente estava tentando lhe dizer alguma coisa?

Malarkey inclinou o ouvido e, por um segundo, Chevie achou que ele estivesse ouvindo o que havia dentro da cabeça dela, então o rei dos Aríetes gritou:

— Calem a boca! Fechem essas matracas! Não estão vendo que estou tentando escutar?

O silêncio baixou instantaneamente, a não ser pelo Sr. Skelp, que estava acordando naquele momento.

— O que está acontecendo, pessoal? Eu me lembro de que tomei o mingau hoje de manhã e depois... nada.

Malarkey deu três passos para a turba e silenciou Skelp com uma bota no queixo.

— Eu disse quietos, seus patetas!

Houve um silêncio mortal, a não ser pelo tilintar curioso.

Malarkey arregalou os olhos quando sua mente conectou o ruído a um objeto.

— O Telefônicus! É o Telefônicus Falalonge!

Um *ah* em coro brotou no salão de baile da Toca dos Carneiros, e todas as cabeças giraram simultaneamente para o trono de Malarkey. Sobre uma mesa de nogueira havia um dispositivo, esculpido em marfim, composto de duas partes: uma base e um cilindro, ligados por fios retorcidos. O dispositivo chacoalhava a cada toque.

Malarkey jogou Chevie sumariamente nos braços da turba.

— Segurem-na. Não com muita força, rapazes. Ninguém machuca a donzela, só eu.

Em seguida correu até o Telefônicus Falalonge e atendeu delicadamente, o dedinho levantado como o de uma duquesa tomando chá.

— Alôôôôô — disse, com o sotaque um pouco mais refinado do que o usual. — Aqui é o Sr. Otto Malarkey, falando da Toca dos Carneiros. Quem está na outra ponta?

Malarkey ouviu um instante, depois apertou o fone contra o peito e sibilou para os Aríetes.

— É Charismo. Posso ouvir com tanta clareza que ele parece uma fada no buraco do meu ouvido.

Ninguém ficou particularmente surpreso ao saber que era a voz de Charismo que emergia do fone, já que fora o Sr. Charismo quem instalara o Falalonge na Toca dos Carneiros. Mesmo assim, à menção de seu nome, vários vilões se benzeram e uns dois católicos fizeram genuflexões. Mais alguns Aríetes formaram triângulos com os polegares e os indicadores, um gesto antigo para afastar o mal.

— Ora, irmãos, o Sr. Charismo é amigo dos Aríetes — disse Malarkey, mas suas palavras soaram forçadas e ocas.

Malarkey ouviu mais um pouco, o rosto ficando consternado. Quando Charismo parou de falar, Malarkey assentiu como se isso pudesse ser transmitido pela linha telefônica, depois recolocou o fone de marfim em seu suporte.

— Bom, Aríetes — disse ele. — Tem uma coisa boa e uma coisa ruim. *De algum modo* o Sr. Charismo ouviu falar sobre a índia e o garoto. Ele instruiu para que entregássemos os dois diretamente na residência dele. Disse que não deve haver marca alguma em nenhum dos dois.

— E a boa notícia? — perguntou um aríete na primeira fila da turba.

— A boa? A boa é que a luta não pode ser tecnicamente concluída, de modo que todas as apostas estão desfeitas. — Malarkey deu um sorriso largo. — E isso *é* uma notícia boa. Para o rei de vocês, que sou eu.

Alguns Aríetes resmungaram, mas não muito alto, e Malarkey soube que sua sorte não seria questionada. Em geral, era o melhor resultado possível para o rei dos Aríetes: sua reputação estava intacta, a bolsa de dinheiro não estava mais leve e, pensando bem, o Sr. Charismo estava com o humor muito melhor do que o esperado. Era um bom lucro para o dia, no total.

Farley terminou o símbolo simples dos Aríetes no ombro de Riley e passou álcool medicinal.

— Não tire a casca — aconselhou. — Ou vai acabar tendo uma cicatriz, o que vai enfear minha tatuagem.

Riley não conseguia entender o que havia acontecido.

— Minha amiga está em segurança? A luta acabou?

Farley amarrava um trapo limpo ao redor da tatuagem.

— A luta foi suspensa. Um cliente expressou interesse em conhecer vocês, como achei que aconteceria.

Riley franziu a testa. Havia política acontecendo ali.

— Então o senhor mandou avisar a essa pessoa? Foi o senhor que nos salvou, Sr. Farley?

Farley apertou o nó.

— Quieto agora, garoto. Eu ganhei um troco para mandar um recado, só isso.

Riley tocou o curativo com cuidado.

— Quem é essa figura? O que ele iria querer com a gente?

Farley tampou meticulosamente os vidros de tinta e recolocou-os numa caixa de madeira.

— Essa *figura* é um indivíduo tremendamente peculiar. Um gênio em muitos aspectos, é sim, e generoso benfeitor dos que o mantêm informado. Quanto ao que ele quer com vocês, bem, essa é uma pergunta que ele vai responder pessoalmente.

— Algum conselho para mim, Sr. Farley? Com relação a essa figura misteriosa e sobre como mantê-lo adoçado?

Farley sorriu, e seus dentes se mostraram notavelmente brancos sob os lábios enrugados.

— Você é esperto, garoto. Essa é possivelmente a melhor pergunta que poderia ser feita, se houvesse tempo para só fazer uma. — Farley pensava enquanto limpava a agulha. — Eu aconselharia você a se manter interessante. Ser divertido em sua conversa. Há poucas chances de o Sr. Charismo mandar você de volta para cá enquanto achar sua companhia cintilante.

Riley se levantou no banquinho e viu Chevie, que aterrorizava os Aríetes que tentavam segurá-la.

Cintilante, pensou ele. *Não deve ser muito difícil.*

Então o nome mencionado por Farley penetrou seu cérebro.

Sr. Charismo? Certamente não era. Tibor Charismo, o homem mais famoso de toda a Inglaterra? Qual seria o envolvimento dele em todo aquele caso?

Quaisquer que fossem as intenções do Sr. Charismo para com os dois, certamente seriam menos mortais do que as de Albert Garrick ou Otto Malarkey.

Talvez a gente tenha um momento de alívio. Talvez até alguma coisa para comer.

Riley acenou para Chevie e deu um sorriso encorajador.

Nossa situação está prestes a melhorar, queria dizer a ela. *Anime-se.*

Mas Chevie não estava animada e não estaria durante um bom tempo, porque na palma de sua mão estavam os restos da Chave Temporal, totalmente despedaçada pelo golpe surpresa dado por Otto Malarkey.

Teatro Orient. Holborn. Londres. 1898.

Antes de sair do Orient em busca dos Aríetes, Garrick verificou que sua caixa de dinheiro continuava escondida num cofre de aço abaixo do pódio do maestro, no fosso da orquestra. Seria uma vergonha abominável retornar, depois de jogar os corpos de Percival e seus camaradas no Tâmisa, e perceber que eles haviam atacado o cofre antes de sua chegada.

Garrick colocou os três corpos numa carroça no pátio e fez uma viagem rápida até os pântanos da Ilha dos Cães, na maré baixa, para liberar a carga.

Mais comida para os peixes, pensou enquanto os pacotes macabros deslizavam abaixo das águas escuras.

E agora, com o trabalho braçal do dia terminado, podia cuidar de negócios mais importantes. Especificamente, descobrir quem havia contratado os Aríetes para acabar com ele. Havia um homem que certamente poderia responder a essa pergunta, e Garrick sabia exatamente onde esse homem estaria.

Na Toca dos Carneiros. Não era assim que os Aríetes se referiam ao seu clube infame?

Como se fosse um lugar escondido. Como se cada policial de Londres não soubesse perfeitamente o endereço. Como se os guardas não estendessem suas rotas por quilômetros simplesmente para não chegar nas proximidades do quartel-general dos Aríetes.

É, o esconderijo que não esconde nada. A próximo parada do Luva Rubra.

O sol já havia passado muito do ponto mais alto quando Garrick comprou uma caneca de café com o sujeito de sempre, na esquina da Oxford Street, mas seu palato fora educado pelo café do século XXI, e aquela caneca lhe pareceu cheia de água de esgoto, coisa que não serviria nem para os irlandeses. Jogou o café nas pedras do calçamento e prometeu que no futuro beberia o de sempre em outro lugar.

O café azedou seu humor brevemente, mas a lembrança do modo artístico como havia se livrado dos três Aríetes que tinham violado seu teatro querido animou-o um pouco.

Eu me comportei muito bem, percebeu. *Meus inimigos vieram me assassinar e eu os derrotei.*

A legítima defesa era incomum para Garrick, e ele permitiu que uma raiva intensa e indignada crescesse em seu peito.

Olho por olho, dizem as escrituras, pensou o mágico, optando por ignorar o Novo Testamento por enquanto, afinal *dar a outra face* não servia à sua argumentação.

Durante o dia, o Haymarket era pouco mais do que uma rua barulhenta, com um número incomumente alto de casas de gim; mas o nascer da lua tinha um efeito mais alarmante sobre o bairro minúsculo do que teria em alguém amaldiçoado pela licantropia.

Primeiro vinham os braseiros, colocados diretamente no pavimento, e nem bem eram acesos já ficavam cercados por meia dúzia de rufiões, bebericando garrafas de gim e passando charutos de cheiro forte. Então, talvez atraídos pelos sinais de fumaça dos braseiros, vinham os dândis, os jogadores, e uma verdadeira brigada de imprestáveis, todos destinados a se dedicar à bebida em excesso, apostas ilegais e jogos de baralho antes que a noite acabasse.

Geralmente Garrick se considerava um cavalheiro fino demais para frequentar o Haymarket depois do crepúsculo, porém a necessidade o obrigava, e se quisesse suspender o prêmio oferecido por sua cabeça, teria de visitar o rei em seu palácio arruinado.

Quando chegou à Alameda dos Patifes, a esquina já estava atulhada de seres noturnos, com uma fartura de leões de chácara do lado de fora da porta dupla da Toca dos Carneiros enquanto os apostadores faziam fila para ver de perto o infame ringue de lutas dos Aríetes, que numa noite poderia apresentar guerreiros exóticos, cães, galos e até mesmo, numa ocasião famosa, um anão e um urso australiano em miniatura.

Não é hora de falar com Otto Malarkey, percebeu Garrick. *Nem mesmo um homem com meus talentos poderia ter esperanças de penetrar um exército desses. Mas meu momento virá.*

Garrick foi distraído de sua tarefa pela visão de uma antiga conhecida cambaleando em direção aos braseiros, depois implorando por goles de gim aos vagabundos que esquentavam as mãos.

Lacey Boggs. Minha ave canora do West End.

O trambique de Lacey Boggs era cantar para os ricos que davam gorjetas depois do teatro ao passo que seu cúmplice enfiava as mãos nos bolsos deles. O ardil não vinha rendendo os lucros de sempre desde que Lacey passara um verão aos auspícios de Sua Majestade e saíra da cadeia sem os dentes e com uma dentadura de madeira.

Garrick pegou Lacey pelo cotovelo e a empurrou para baixo de um lampião a gás da rua, de modo que a cabeça dela bateu no poste.

— Ei, por que essa violência? — questionou ela. — Vou usar sua mão como uma escarradeira, meu chapa.

A bravata foi substituída pelo terror quando Lacey percebeu exatamente de quem era a mão que a estava ameaçando.

— Ah, você não, Garrick. Não quis dizer você. Seja violento o quanto quiser, sei que não existe mal em você.

Garrick apertou mais ainda o cotovelo de Lacey.

— Existe mal em mim, Lacey. Litros e litros de mal e dor esperando para serem derramados sobre alguma pobre infeliz.

Lacey sorriu, e Garrick notou que ela havia passado a pintar os dentes de madeira com cal.

— Eu, não, Sr. Garrick. Eu não fiz sempre o que foi mandado? Quem foi que localizou aquele conde francês para o senhor? Aquele que foi brutalmente assassinado... — Lacey arregalou os olhos e cobriu a boca com a mão. — Eu não quis dizer que *o senhor* teve algo a ver com isso. Um cavalheiro fino como o senhor... Foi coincidência, sem dúvida.

Garrick não tinha paciência para aquela mulher resmungona.

— Acalme-se, Lacey. O mal que há em mim não será destinado a você. Eu tenho um trabalho, só isso. Você se lembra do meu garoto, Riley?

Os músculos de Lacey relaxaram.

— Ahhh. Eu lembro. Um sujeitinho bonito com olhos esquisitos. Sofre um pouco de nervosismo, eu diria.

— O próprio. Preciso encontrá-lo. Use quem você precisar. Fale com o velho Ernest para mandar um otário ao teatro se eu não puder ser achado.

Lacey fungou, como se pudesse farejar um soberano.

— Londres é um lugar grande, Sr. Garrick. Três milhões de almas. Poderia dar uma dica para essa garota?

— Vou ser generoso. Tenho duas dicas para você. Primeiro, Riley pode fugir para a Old Nichol, porque sabe muito bem como abomino aquele poço de doenças do fundo do coração.

— E a segunda?

— É possível que ele esteja com uma donzela índia. Uma mocinha bonita, mas perigosa.

Lacey Boggs bateu os dentes de madeira, ruminando.

— Uma índia na Old Nichols. Essa raposa vai caçar, vai sim.

Garrick tirou meio soberano do suprimento de moedas.

— Há mais dez xelins para acompanhar isso, se você tiver sucesso. Se não, vou pegar este de volta de sua mão morta. Está entendendo, sua bruxa?

Lacey Boggs estremeceu como se sentisse um frio súbito, mas uma das mãos saiu de baixo do xale para pegar a moeda.

— Entendi. Encontrar o garoto e mandar avisar.

Garrick segurou o queixo dela com os dedos ossudos.

— E nada de gim até terminar o serviço.

— Nada de gim. Nem um golinho.

— Muito bem, Lacey — disse Garrick, soltando a mulher. — Vá para Old Nichols. Tenho negócios a tratar por aqui.

Lacey esfregou as marcas de dedos no queixo.

— Vai fazer uma aposta, Sr. Garrick? Se for, pense duas vezes. Otto Malarkey sempre determina as probabilidades de modo a não perder.

Garrick deu tapinhas no casaco e nas pernas da calça, verificando as facas escondidas em bolsos secretos por todo o corpo.

— Nem mesmo o grande rei Otto pode determinar essas probabilidades. Ele começou uma briga que não pode vencer. Portanto, se eu fosse você, sairia desse lugar para o caso de o sangue correr para a rua.

Lacey Boggs ergueu as saias como se o sangue já estivesse empoçando em volta dos pés.

— Estou indo, senhor. Sou uma mulher empregada, com um serviço a fazer.

Garrick a observou se afastando, e soube que a notícia de uma recompensa em troca de Riley correria a cidade mais depressa do que a cólera num cortiço.

Se eu conheço meu garoto, ele vai seguir o padrão de suas tentativas de fuga anteriores. Riley vai encontrar uma toca, com a intenção de correr para lá quando sua pista tiver esfriado. Nesse caso vai fugir para o futuro, e só há duas portas levando para lá. Uma é o porão na Half Moon Street, mas eu poderia estar lá aguardando por ele, ou poderia simplesmente desmantelar o aparato, por isso ele vai se dar alguns dias de prazo, depois irá para a Bedford Square. E é lá que estarei, assim que tiver tido minha conversinha com Otto Malarkey.

Dentro da Toca dos Carneiros, as diversões continuaram até altas horas, quando Otto Malarkey mandou parar, perdendo as estribeiras abruptamente do mesmo jeito que fazia sempre, pontual feito um relógio, logo antes de o nascer do sol, mandando qualquer um que não quisesse ficar com um lanho de seu chicote encontrar uma rede longe de suas vistas.

— Menos você, Sr. Farley — gritou para o idoso tatuador. — Quero que atualize minha lista enquanto cochilo. — Era uma prova da tolerância do sujeito à dor, o fato de pretender dormir enquanto Farley trabalhava em uma tatuagem no seu peito.

O salão enorme se esvaziava lentamente enquanto os cansados arrastavam os pés para os locais de descanso. Malarkey pendurou o chapéu no trono e pôs a pele de carneiro sobre a cabeça. Arrancou uma garrafa de conhaque das mãos de um marinheiro inconsciente no chão e cambaleou até o canto de Farley.

— E agora, meu fiel artista — disse ele, deixando-se cair na poltrona do tatuador, que estalou de modo alarmante sob seu volume prodigioso. — Preciso que você atualize minha lista de preços. Acrescente meio soberano a cada serviço. Afinal de contas, agora sou rei.

Farley estava cansado e com cãibra nos dedos, mas tinha consciência de que não podia reclamar. Prestava um serviço valioso para os Aríetes, mas o humor de Malarkey era imprevisível, e era aconselhável não visitar seu lado negro.

— Meio soberano, então — disse ele, colocando os frascos de tinta numa linha reta. — Alguns serão bem fáceis. *Os mesmos preços acima*, por exemplo, não precisarão ser tocados. Mas será que posso sugerir humildemente deixar a denominação como *xelins*, assim só vou precisar mexer um pouco nos números? Para economizar um pouco da tinta e das agulhas.

O que não foi dito era que o método de Farley diminuiria o tempo de trabalho.

Malarkey desatarraxou a garrafa com os dentes e bebeu um longo gole.

— Como queira, Farley. Para mim pouco importa, sou resistente. Sua agulha é igual a um alfinete se comparada aos muitos furos de rapieira que sofri na ilha-prisão de Little Saltee.

Isso é porque ela é *um alfinete*, quis dizer Farley, mas pensou melhor e ficou calado.

— Chega de conversa mole e ande logo com isso — disse Malarkey. — Preciso dormir. O descanso é vital para ter cabelos brilhantes. O descanso e o toque da pele de carneiro que, por acaso, sei que é vital para manter minha juba reluzente.

Malarkey era vaidoso com seu cabelo. Esse era seu ponto fraco, e um número alto demais de pessoas sabia disso, na opinião de Farley.

— Descanso e pele de carneiro, chefe. O senhor cuida do cabelo e me deixe trabalhar em seu peito. Quando acordar, o serviço estará pronto.

Malarkey arrotou quase com contentamento, arrumou o velocino de modo a cobrir os olhos e permitiu que os músculos relaxassem, depois deu um pulo quando a agulha de

Farley fez o primeiro furo. Fazia muito tempo que ele não era tatuado, e era um pouquinho mais doloroso do que se lembrava.

— Desculpe, chefe. A ardência vai passar logo.

Malarkey relaxou de novo. Pular e se remexer não era boa ideia quando a pessoa estava sendo tatuada.

O T do sujeito pode acabar como um J.

Farley tinha dito a verdade, e logo as picadas da agulha se reduziram a um zumbido fraco. Malarkey sentiu todo o peito assumir o entorpecimento que costumava acompanhar a bebedeira extrema. Em minutos, sentia-se em paz com o mundo.

O burburinho ao redor se esvaiu, substituído por um ronco alto e os ocasionais guinchos de pavor vindos dos andares de cima.

Adoro essa hora do dia, pensou Malarkey.

Estava a ponto de dormir quando sentiu a agulha do tatuador penetrar mais do que o normal, como uma estalactite perigosamente perto de seu coração. Os olhos do rei dos Aríetes se abriram bruscamente e uma das mãos se levantou para dar um cascudo no cocuruto de Farley pelo descuido, mas quando arrancou o velocino de cima da cabeça, Malarkey viu que não era mais o decrépito Farley curvado sobre ele, e sim o assassino Albert Garrick, com traje de noite completo, inclusive uma pesada capa de veludo que ondulava à luz fraca, como a pele de uma pantera satisfeita.

— Ficou maluco? — gritou Malarkey.

— Mantenha a voz baixa, Malarkey — disse Garrick, torcendo a agulha um pouquinho. — Ou você pode me assustar, me levando a furar seu coração como se fosse um saco de pus rançoso.

De sua posição, Malarkey não conseguia ver o tatuador.

— Onde está Farley? Você assassinou o velho? — perguntou baixinho.

— Não assassinei. Só o apaguei com éter e o rolei para debaixo da escada. Não sou um animal.

— Você é um homem morto, isso sim, Garrick — sibilou o rei dos Aríetes.

Garrick sorriu, mostrando os dentes que pareciam palha de milho.

— Eu já seria um homem morto se você tivesse conseguido o que queria. Não é, majestade?

Malarkey empalideceu ligeiramente quando lhe ocorreu que, se Garrick estava ali, seus garotos assassinos estavam mais do que provavelmente tendo os olhos examinados pelos caranguejos da lama no Tâmisa.

— Foi um contrato com um cliente valioso. Apenas negócios.

— Aprecio isso — disse Garrick, que já havia deduzido o fato. — Mas preciso saber o nome desse cliente cujo valor supera os riscos de cruzar espadas com este seu criado.

— Esse é um nome que você não vai extrair de mim — respondeu Malarkey, que já havia suportado torturas terríveis.

Garrick suspirou, como se o modo como as pessoas o levavam a cometer atos que iam contra sua natureza fosse uma verdadeira tragédia.

— Deixe-me contar uma história antes de você se decidir. É a história de Sansão e Dalila. Sansão era um grande guerreiro israelita que suplantava todos, um pouco como você, Otto. Mas então a traiçoeira Dalila cortou os preciosos cabelos dele e drenou seu poder. É uma história curta, mas acho que você entendeu. — A cada frase, Garrick enfiava a agulha fria um pouquinho mais em direção ao coração de Malarkey.

O rosto do grande homem estava encharcado de suor, mas ele se manteve firme.

— Raspe minha cabeça, então, seu demônio. Não vai arrancar nome nenhum de mim.

Garrick esperava essa resistência por parte de um homem com a reputação de Malarkey, mas tinha outra carta na manga.

— Pessoalmente acho esse negócio de raspar a cabeça um eufemismo para roubar o poder do homem, mas sei como você gosta de seus lindos cabelos, por isso minha ameaça é que, se você não me contar quem pôs o alvo em minha cabeça, eu vou...

— Vai raspar minha cabeça. Isso é história velha, Garrick.

Garrick emitiu um som que poderia ser descrito como um risinho sufocado.

— Não. Vou queimar seu couro cabeludo com meu frasquinho de ácido, de modo que nenhum cabelo nunca mais vai crescer no seu cocuruto. E daqui a um mês, quando os homens já tiverem com dor de barriga de tanto rir, vou retornar na calada da noite e matar você.

Malarkey contorceu os lábios.

— É uma ameaça poderosa. Um homem teria de ser mole para ignorar uma ameaça como essa.

— Faz você pensar, não faz?

Malarkey franziu os olhos, tentando enxergar além da aba da cartola de Garrick, procurando os olhos do mágico.

— Estou pensando: talvez Garrick não tenha trazido seu ácido, e esse negócio todo seja um blefe.

— Muito bem, então — respondeu Garrick com um brilho doentio emanando de seus dentes. — Pelo menos você vai morrer nesta cadeira e eu vou tatuar alguma coisa de mau gosto em seu peito gordo.

Malarkey estava dobrado, mas não quebrado, e Garrick percebeu, a partir de seu novo conhecimento sobre psicologia e técnicas de interrogatório captados dos estudos de Félix Smart, que um homem orgulhoso deveria receber uma possibilidade de *sair*: um modo de fornecer a informação necessária retendo alguma dignidade.

— Eu respeito você, Otto. Por isso tenho uma proposta. Vou fazer um contrato com você, simples assim. Cinquenta soberanos no seu bolso neste segundo, e aposto que isso é mais do que você recebeu desse instigador. Cinquenta soberanos e você suspende todas as operações baseadas na palavra desse homem que o contratou. Uma bela quantia em troca do nome de quem apontou os Aríetes contra mim. E vou pôr a cereja no bolo. Só quero um dia de anistia. Se eu não tiver cuidado do problema até o pôr do sol, você está livre para me caçar de novo.

Era de fato uma oferta tentadora.

— Podemos assassinar você amanhã?

Os dentes brilharam de novo.

— Podem tentar, mas três dos seus principais assassinos já tentaram, e lamento dizer que o Sr. Percival e companhia não comparecerão à *soirée* desta noite.

Malarkey pensou.

— Aqui vai minha contraproposta, Garrick. Estou planejando fechar os olhos e dormir. Enquanto durmo, costumo dizer coisas que nunca digo quando estou acordado. Quando eu me levantar, espero que você tenha ido embora e espero encontrar uma bolsa com moedas em minha mão. O que acha desse plano?

Garrick tirou a agulha do peito de Malarkey.

— Feche os olhos e descubra.

10

O SR. CHARISMO

Grosvenor Square. Mayfair. Londres. 1898.

A princípio, Chevie pensou que Riley estivesse ansioso na carruagem, mas percebeu rapidamente que o garoto estava empolgado, na verdade.

— Ei, moleque. Você está bem?

Riley estava se sacudindo no assento da berlinda, batendo os ombros nos de Jeeves e Noble, que tinham sido encarregados de escoltá-los.

— Estou, Chevie. Estou ótimo. Você não sabe para onde estamos indo?

Para lugar nenhum, pensou Chevie, carrancuda. *Vamos ficar aqui na Londres Vitoriana. Posso acabar me tornando minha própria tataravó.*

Mas olhou pela janela da carruagem.

Verifique o ambiente ao redor, agente especial.

Estavam em algum lugar de Piccadilly Circus, talvez indo para Mayfair, a julgar pelo ambiente melhorado. Os bandos de moleques de rua haviam parado de se apinhar em volta das rodas traseiras da carruagem logo depois que eles saíram de Haymarket, e o número de mendigos na rua diminuía à medida que a quantidade de policiais em ronda aumentava.

Riley respondeu à própria pergunta:

— Estamos sendo mandados à casa do Sr. Charismo. O Sr. Charismo. Certamente você ouviu falar dele.

Chevie deu uma cotovelada em Noble, sentado à sua esquerda, para ter um pouco mais de espaço.

— Não. Não ouvi falar desse tal de Charismo.

— Não ouviu falar de Tibor Charismo? — indagou Jeeves, gargalhando. — Onde você tem morado? Numa tenda de índios?

— Numa tenda de índios — repetiu Noble, dando um tapa no joelho. — De vez em quando você faz uns bons comentários, Jeeves.

Chevie fez um muxoxo de desdém.

— E quem é esse tal de Charismo? Alguém famoso?

Os três ficaram momentaneamente chocados com a ignorância de Chevie. Riley foi o primeiro a se recuperar.

— Alguém famoso? O Sr. Charismo é igual a Arthur Conan Doyle, H. G. Wells e Robert-Houdin, tudo compactado num indivíduo só. É o nosso mais ilustre romancista, compositor e, claro, espiritualista.

— Parece que eu deveria ter visto esse cara no History Channel.

— A própria rainha Vitória se consulta com o Sr. Charismo — disse Noble, tocando a aba de seu chapéu coco ao mencionar Sua Majestade.

— E Gladstone também, antes de bater as botas — acrescentou Jeeves.

— Você é familiarizada com a série de James Bond? — perguntou Riley.

Chevie deu um pulo no banco.

— Ah... é, na verdade, sim.

— Os romances com o Comandante James Bond, da marinha de Sua Majestade. Ele só fica atrás do próprio Holmes no que diz respeito a derrotar vilões, apesar de os métodos dele serem um pouco mais diretos.

— Meu nome é Bond. James Bond — entoaram Noble e Jeeves em coro, dando tiros no ar com os dedos.

— E claro, as sinfonias de Charismo são mundialmente famosas — continuou Riley. *Another brick in yonder wall* é minha predileta, onde aparece o enlouquecido tocador de alaúde Pinkus Floyd.

Chevie franziu a testa.

— *Yonder Wall?*

— É. E quem não adora a peça de teatro *O Batman de Gotham City?*

Jeeves pareceu genuinamente apavorado.

— Aquele tal de Coringa me deu arrepios de verdade!

James Bond. Pink Floyd. Batman?

Chevie tinha bastante certeza de que tais coisas só deveriam existir dali a muitas décadas. Quem quer que fosse esse tal de Charismo, parecia saber um bocado sobre o futuro.

E por que o futuro não sabe sobre ele?

A carruagem transportou-os a um terreno mais elevado, e o ruído das ruas sumiu quase completamente, exceto pelo chacoalhar distante de uma diligência e o clic-clac suave de cavalos nobres puxando carruagens chiques. Se aquela não era a área mais rica de Londres, certamente estava pertinho de sê-lo. Chevie seria capaz de apostar que ela e Riley eram as únicas pessoas usando algemas naquela rua. A carruagem parou, rangendo diante de uma casa de seis andares que no século XXI custaria incontáveis milhões.

— Cá estamos — gritou a voz trovejante do cocheiro, vinda de cima. — Grosvenor Square. Lado norte, desembarquem todos que devem desembarcar.

Antes que os passageiros pudessem sair, um homem pequeno e rotundo desceu rapidamente a escada da casa e atravessou a calçada batendo palmas, deliciado. Estava impecavelmente vestido com um colete de brocado de ouro e calça azul-marinho. Mas o que realmente atraiu a atenção foi o turbante púrpura com joias empoleirado em sua cabeça.

— Visitas — cantarolou ele. — Visitas hoje para Tibor.

O homem saltou agilmente no degrau da carruagem e escancarou a porta de madeira laqueada.

— Bem-vindas, crianças — disse, enfiando a cabeça pela porta. Seu sorriso largo mudou para uma pantomima de horror quando viu as algemas. — Mas não! Isso é indescritível! Removam essas correntes dos membros delicados dos meus hóspedes. *Tout de suite!*

Jeeves estava a meio caminho entre o fascínio de fã e o dever.

— Não sei, Sr. Charismo. O rei Otto mandou que eu não tirasse as pulseiras até estarmos dentro da casa. Adoro seu trabalho completamente. *Vejam o violinista no telhado* é a peça predileta de minha esposa.

Os olhos de Tibor Charismo relampejaram, e Chevie pensou ter visto delineador.

— Dentro da casa? Vocês jamais porão os pés em minha moradia. Os tapetes são da Arábia, pelo amor de Deus.

Doía em Jeeves discutir com o herói de sua esposa, mas ele sabia que Otto era rígido em relação ao cumprimento de suas ordens.

— Seja como for, mas ordens é ordens, seguro morreu de velho, e coisa e tal.

Chevie notou que o Sr. Charismo estava usando uma máscara teatral moldada que lhe cobria todo o lado esquerdo do rosto, desde o início dos cabelos até o queixo. Era muito bem pintada para se igualar ao restante e só podia ser notada de perto. Chevie imaginou se seria algum tipo de afetação de artista, como o turbante, ou se escondia alguma coisa.

O bigode enrolado de Charismo chegou a tremer de fúria.

— Não entendo, senhor. Diga seu nome a Charismo.

Jeeves se encostou na parede da carruagem.

— Não precisa perguntar o nome de um homem que só está fazendo seu serviço.

— Não diga a ele, Ben — aconselhou Noble. — Ele vai pôr olho grande em você.

Jeeves soltou um guincho.

— Seu pateta!

— Arrá! — disse Charismo. — Benjamin!

Noble revirou os olhos.

— Calma, deve haver dezenas de homens chamados "Ben" em Londres. Ele não conhece Jeeves, conhece?

Chevie suspirou. Criminosos idiotas eram criminosos idiotas em qualquer século.

Charismo pôs o polegar da mão direita num grande rubi preso ao turbante, depois apontou o indicador para Jeeves, que nesse ponto estava encolhido no canto.

— Benjamin Jeeves — entoou ele, e por algum truque da luz seus olhos pareceram reluzir. — Beeenjamin Jeeeeeeves.

E não foi preciso mais nada.

— Olha, Sr. Charismo, veja bem — disse Jeeves, pegando uma chave na faixa de seu chapéu puído e abrindo as algemas de Chevie. — Estou removendo as pulseiras. Não precisa olhar meu futuro.

Charismo rompeu o contato com seu rubi.

— Muito bem, seu palerma inculto. Agora liberte o garoto.

— Não precisa — disse Riley, jogando as algemas para Noble. — Eu as tirei lá atrás, em Piccadilly Circus, enquanto esses dois estavam espiando um grupo de damas orientais.

— Eu nunca tinha visto uma — murmurou Noble, cheio de culpa.

Charismo desceu à calçada.

— Vou receber os *prisioneiros* e assumir a responsabilidade por eles. Por favor, informem ao Sr. Malarkey que estou deliciado com seu serviço, e para esperar meu chamado pelo Falalonge.

A simples menção do milagroso Falalonge fez os capangas tocarem a aba do chapéu, como se a máquina fosse algo da realeza.

— Faremos isso, Sr. Charismo, e obrigado.

De repente Tibor Charismo se enrijeceu e apertou os dois indicadores contra as têmporas.

— Estou captando algo de um ano à frente. Vejo multidões aplaudindo e ouço cascos galopando. *Manifesto*, a palavra *Manifesto*. Isso tem algum significado para os cavalheiros?

Noble e Jeeves se agarraram um ao outro numa onda de empolgação. As dicas de Charismo eram famosas. Ele nunca errava. Era possível fazer fortuna com uma dica do Sr. Charismo.

— Manifesto — disse Jeeves em voz baixa. — Eu apostei nessa beldade no ano passado em Aintree. Ela venceu por vinte corpos. Comi carne durante uma semana.

— Ela vai vencer de novo — disse Noble. — Não diga uma palavra sobre isso a ninguém. Não precisamos diminuir o valor do pagamento.

— Não. Não precisamos mesmo. Só você e eu, Noble.

Charismo bateu palmas rapidamente.

— Cavalheiros, nosso negócio está feito, e eu gostaria de alimentar meus hóspedes.

Jeeves meio que chutou Chevie para fora da carruagem, seguida por Riley.

Charismo levantou o rosto para o cocheiro gigante, que mantinha um porrete ao seu lado, no banco, para o caso de um assalto. O cocheiro dava a impressão de ser alguém que havia visto cada horror que Londres tinha a oferecer, e provavelmente fora responsável por infligir boa parte deles. Sua cabeça era completamente raspada, com uma cicatriz em forma de estrela acima da orelha direita.

— Barnum, leve esses dois senhores aonde quer que eles desejem ir e volte diretamente para cá.

— Sim, mestre — respondeu o cocheiro, e assobiou para os cavalos andarem.

— Eu sei — disse Charismo, enquanto a carruagem trovejava pela avenida. — *Mestre.* É tão melodramático, mas sinto um tremor cada vez que ouço. Tive um começo humilde, vejam bem.

Chevie esfregou as marcas de algemas nos pulsos e se perguntou quando seu mundo faria sentido de novo.

O que eu deveria fazer aqui?, pensou ela. *O que o manual do FBI diz sobre lidar com espiritualistas no passado?*

O pavimento parecia duro e áspero sob seus pés, e ela sentia o cheiro das flores das jardineiras sob as janelas no ar noturno.

Nós fomos espancados, drogados, arrastados e espancados mais um pouco, pensou. *Precisamos descansar.*

— Talvez vocês estejam pensando em fugir — disse Charismo, de braços dados com os dois. — Afinal de contas, quem é esse benfeitor misterioso que os tirou da frigideira? Talvez só para jogá-los no fogo, hein? Se essa for vossa decisão, partam agora. Charismo ficará arrasado, já que fiz preparativos para vossa chegada. Um banho quente, lençóis limpos, travesseiros macios, aves assadas e cerveja para o garoto, mas como quiserem. Eu vi os dois em minha visão e senti que, de algum modo, vocês eram especiais. Simplesmente gostaria de conversar com vocês, e talvez documentar algo de sua história para meu próximo romance. Eu estava trabalhando numa comédia de erros para o palco intitulada *A pantera que era rosa*, mas isso pode esperar; tenho a sensação de que a história de vocês é muito mais interessante. Portanto podem ficar comigo o quanto quiserem, e em troca de algumas horas de seu tempo diário vou tratá-los como pessoas da realeza, e talvez apresentá-los a algumas. O que dizem?

O que dizemos?, pensou Chevie. *Não faço ideia de quem seja esse cara, nem do que está acontecendo aqui. A Pantera que era rosa? Riley e eu precisamos conversar por alguns minutos.*

Ela se virou para consultar o jovem amigo, mas ele já estava na metade da escada da casa espetacular.

— Parece que vamos ficar — disse ela a Charismo.

O cavalheiro miúdo apertou seu braço.

— Fantástico. Você não faz ideia de como isso me deixa feliz. Vamos limpar você e encontrar algumas roupas de dama, em vez dessa vestimenta de menino que seus abdutores obviamente a obrigaram a usar.

Chevie olhou duas jovens que desciam de uma carruagem ali perto, usando toucados enormes e um milhão de camadas de saias.

Roupas de damas?, pensou. *Não nesta vida.*

Chevie foi acordada por um facho vertical de luz do sol que atravessava uma fresta na cortina. Ignorou-o pelo maior tempo possível, mas para qualquer lado que virasse a cabeça, o facho parecia segui-la, iluminando o interior da pálpebra. Por fim, reuniu forças para puxar um travesseiro sobre a cabeça, e teria caído no sono de novo se não fossem as ovelhas.

Ovelhas? As ovelhas não deveriam ajudar a gente a dormir?

Seu subconsciente vomitou a ideia de que ela deveria tentar contar as ovelhas.

Não, pensou Chevie. *Não vou contar ovelhas.*

Mas a mente é dona de si, e logo estava tentando descobrir quantas ovelhas havia no rebanho, baseada no som dos balidos.

É incrível como cada ovelha tem personalidade própria, se você ouvir de fato.

E esse pensamento finalmente obrigou Chevie a abrir os olhos. Um pensamento assim bastaria para fazer a pessoa ser chutada do FBI, se ela por acaso o verbalizasse para o psiquiatra da agência.

— Ovelhas! — gemeu ela. — Por que há ovelhas na Bedford Square a essa hora da manhã?

Então sentou-se e viu que a cama era um negócio espalhafatoso, de latão e cheio de babados, fitas e almofadas de crochê, e se lembrou de que não estava mais na Bedford Square.

Suspirou.

— Então não era sonho. Que pena.

Abriu as cortinas de gaze, saiu da cama e caminhou sobre um tapete felpudo até uma cortina roxa de veludo com cordas e borlas douradas.

Parou junto à alta janela de caixilhos e olhou para uma perfeita área de estábulos vitorianos apinhada de empregados e comerciantes, cujo trabalho ficava escondido da vista das pessoas importantes.

Lembrou-se de algo que Charismo havia dito a eles no jantar da noite anterior:

O duque de Westminster, um de meus clientes da sociedade, mora aqui perto, na Grosvenor Street, e eu tenho uma linha de Falalonge ligada diretamente ao escritório dele. Só preciso pegar este fone e um dos homens mais poderosos da Grã-Bretanha ouve com atenção tudo o que tenho a dizer.

Quem quer que fosse esse tal de Charismo, ele possuía todo tipo de influência. Era engraçado que o mesmo sujeito tivesse uma linha para o duque de Westminster e outra para Otto Malarkey.

Algo atraiu o olhar de Chevie. Um senhor idoso andava pela rua dos fundos, puxando quatro ovelhas amarradas numa corda.

Quatro, pensou Chevie. *Eu sabia.*

Charismo havia ordenado que uma serviçal levasse as roupas de Chevie para serem queimadas, prometendo que haveria no guarda-roupa uma seleção de vestimentas adequadas a uma jovem dama. Chevie olhou no armário de madeira e descobriu que na metade destinada às damas havia espaço para dois vestidos com suas anquinhas volumosas, enquanto no lado destinado aos homens havia vários ternos e trajes de caça. Chevie escolheu um par de culotes, provavelmente cortados para um adolescente, enfiou-os em botas de montaria de cano alto e completou com uma camisa branca engomada.

Precisamos sair daqui, pensou. *Não confio nesse cara: ele está sendo legal demais com a gente. E, para alguém do passado, ele sabe demais sobre o futuro. Não engulo essa história de espiritualista nem por um minuto.*

Ela encostou o ouvido na porta e ouviu sons de conversa no andar de baixo.

Sem dúvida é Riley, o típico fã adolescente, fazendo todo tipo de pergunta na qual consegue pensar.

A conversa chegou até ela junto ao aroma de café e pão fresco. Chevie percebeu que estava morrendo de fome, apesar do banquete que Tibor Charismo havia servido na noite anterior.

Frango, galinha d'angola, peru, faisão. Quantas aves uma pessoa pode comer de uma vez só?

Girou a maçaneta pintada e descobriu que a porta estava trancada.

Estranho. Por que nosso suposto benfeitor iria me trancar?

Para Chevie, isso era simplesmente outra confirmação na lista de provas contra Charismo.

Esse cara tem alguma ligação com o futuro. Ele está ligado a este caso e, com alguma sorte, pode nos mostrar o caminho de casa.

Mas antes de confrontá-lo com suas suspeitas, Chevie concluiu que seria sensato bisbilhotar e conseguir algumas provas.

Sou uma agente federal, pensou. *Bisbilhotar é o que fazemos de melhor.*

A janela também estava trancada, o que atrasou Chevie um pouco. Descobriu uma almofada bordada com o rosto de Charismo e pensou em dar uma cotovelada no nariz do sujeito para quebrar o vidro do outro lado.

Mas quebrar o vidro não era boa ideia. O barulho seria ouvido nos estábulos, e havia pessoas no pátio. Assim que quebrasse a janela, haveria cem olhos voltados em sua direção.

Deve haver alguma saída além da janela.

Passou um minuto batendo nas paredes em busca da passagem secreta que toda casa vitoriana tinha nos filmes, mas não ouviu-se nenhum som oco, só o ruído chapado dos tijolos sólidos. Então notou uma tela de seda, também bordada com o rosto de Charismo. Com certa irritação, chocou o bico da bota direita contra a tela e sentiu uma corrente de ar. Era uma lareira com um arranjo de flores secas na grade.

A chaminé. Garrick desceu pela chaminé no hotel Garden. Nunca pensei que eu roubaria um dos truques dele.

Chevie se ajoelhou e enfiou a cabeça na lareira. O buraco dava numa chaminé de tijolos. Ela notou que os tijolos eram vermelhos, mesmo através de uma camada escamosa de fuligem, pois um facho de luz caía sobre eles, vindo de cima.

Luz, pensou Chevie. *Isso significa que há outra lareira um andar acima.*

Espremeu os ombros para dentro da chaminé; apesar de haver espaço suficiente para espremê-los, certamente não havia para dar de ombros.

É melhor não dar de ombros, então, pensou a agente Savano, e se contorceu, entrando completamente no espaço.

Enquanto Chevie raspava o nariz ao longo dos tijolos vermelhos de uma chaminé, Riley estava sendo entrevistado na sala de escrita pelo queridinho da sociedade, Tibor Charismo. Riley era um fã que adorava a obra de Charismo, e este pareceu extremamente satisfeito em aceitar isso como ponto de partida para o relacionamento dos dois.

Estavam sentados junto a uma extraordinária escrivaninha de mogno esculpida na forma de um grifo estilizado, o corpo de leão e cabeça de águia folhada em ouro projetando-se de um dos lados. As costas do leão eram forradas em couro laranja-claro, com escaninhos para tinteiros, penas e mata-borrão.

E, apesar de ter visitado o século XXI, Riley acreditava que aquela mesa era o objeto mais fantástico que já vira.

— Vejo que está admirando minha escrivaninha — disse Charismo. Naquela manhã ele estava usando uma peruca empoada antiquada sobre os cachos escuros. A máscara era pintada em laranja e vermelho espalhafatosos, dando-lhe uma aparência ligeiramente demoníaca, e seu roupão era de seda acolchoada, com uma exuberante gola de pele.

— Sim, senhor — disse Riley. — É a coisa mais linda que já vi.

Charismo tamborilou com os dedos na mesa.

— Presente do czar da Rússia. Preparei um emplastro para um furúnculo no nariz dele, se é que você consegue acreditar. A marca ofensiva se reduziu em mais de sessenta por cento de circunferência. Alexandre ficou extremamente grato.

O queixo de Riley caiu.

— O senhor é médico também?

— Não tenho qualificações formais — respondeu Charismo, de modo a sugerir que *qualificações formais* eram um desperdício do tempo de um cavalheiro. — Eu me conecto ao mundo espiritual, que é composto da soma de toda a experiência humana; passado, presente e futuro. Os espíritos se comunicam comigo nos sonhos. Sussurram para mim palavras e música, mas também acontecimentos futuros. Guerras, catástrofes. Peste e fome. É um fardo terrível. — Charismo pousou a testa cansada, torturada, nos dedos. — Ninguém é capaz de compreender a cruz que carrego.

Riley ousou dar um tapinha reconfortante no braço de seu herói.

— Sherlock Holmes disse o seguinte: "talento é uma capacidade infinita de aceitar a dor." E sem dúvida, o senhor é o maior talentoso que já viveu.

Charismo sorriu com alguma tristeza.

— Caro garoto. Sim, talvez eu seja. E como é agradável ter esse fato reconhecido. Você é mesmo um jovem perceptivo. — Charismo passou um lenço rendado perto do olho direito. — Perceptivo e de boas maneiras. Sem dúvida você notou minhas várias máscaras e não fez qualquer comentário.

— Tibor Charismo bateu no gesso liso da máscara moldada no lado esquerdo do rosto. — Este modelo em particular é uma máscara de teatro Nô japonês, representando o demônio. — Ele riu. — Eu a uso nas sessões espíritas; é um pouco melodramático, eu sei, mas causa uma tremenda empolgação maliciosa nas damas. — Ele fez uma pausa, a boca assumindo uma expressão de tristeza há muito cultivada. — Sei o que dizem esses supostos cavalheiros da imprensa. Charismo esconde suas verrugas. Ou: Tibor Charismo cultiva o mistério porque é uma fraude. Mas a verdade é que uso essas máscaras para esconder uma desfiguração terrível. Uma marca de nascença que foi motivo de tanta ridicularização na infância que não suporto expô-la agora. Mesmo à noite uso um véu de seda. — Tibor bateu o punho na mesa. — Por que Tibor deve suportar essa maldição? — gritou para os céus, e depois: — Ah, veja. Chá!

Barnum, o cocheiro imenso, também era mordomo. Agora ele adentrava o recinto, espremido num uniforme e empurrando um carrinho atulhado de bolos e bebidas quentes.

— Sei como vocês, jovens patifes, adoram petiscos — disse Tibor, enchendo um prato para Riley.

— Ah, não, senhor — objetou Riley, com o estômago já cheio até quase explodir depois de um desjejum de glutão. — Não estou acostumado a comida tão rica.

— Bobagem — proclamou Charismo. — Você precisa provar *les macarons*. Meu cozinheiro é francês e esses bolinhos são especialidade dele. Mas eu tive o crédito de inventar os diferentes sabores. Uma dica dos espíritos.

— Talvez só um — disse Riley, escolhendo um bolinho.

Charismo encheu seu prato de porcelana e comeu durante vários minutos com concentração e prazer, gorgolejando baixinho a cada bocado. Por fim se recostou na cadeira e arrotou no lenço com tamanha força que o tecido estremeceu.

— Bom, qual era nosso assunto? Ah, sim, os sofrimentos de Tibor, mas basta disso. Você vai achar que sou terrivelmente tedioso. Estamos aqui para falar de você. Os espíritos me asseguram que você tem uma vida fascinante. Comecemos com esses olhos fascinantes. — Charismo pôs um dedo na têmpora. — Os espíritos me informam que esta condição é chamada de anisocoria, e geralmente é resultado de trauma, mas pode ser herdada. — Tibor se inclinou adiante, prestando muita atenção de repente. — Você se lembra, garoto? — perguntou, com flocos de açúcar nos lábios. — Você se lembra dos seus pais? Eles tinham anisocoria?

Riley bebeu um gole de chá.

— Não tenho certeza, senhor. Às vezes tenho sonhos, ou visões. Eu era pequeno quando meus pais morreram... na verdade, foram assassinados. Por um homem chamado Garrick. Que agora está me perseguindo.

Charismo colocou o lenço na boca.

— *Quelle horreur!* Assassinados, você disse. Mas isso é terrível, medonho. — Ele deu um tapinha no joelho de Riley. — Aqui você está em segurança, meu garoto.

Riley pôs a xícara no pires, acompanhando o desenho das moças dançando na porcelana com o dedo indicador.

— Não posso ficar muito tempo, senhor. O senhor foi maravilhoso em nos abrigar, mas Garrick me encontrará, e então o senhor estaria em perigo. Minha consciência não suportaria tal responsabilidade.

Charismo fez um muxoxo.

— Com sua licença, Riley. Deixe que eu me preocupo com esse tal de Garrick.

Riley coçou a casca da ferida no ombro, apesar de o tatuador Farley ter alertado para não fazê-lo.

— Todo mundo diz isso, senhor. E depois Garrick os mata.

— Vamos fazer um acordo de cavalheiros? Nós teremos nossa conversinha e eu farei minhas tolas anotações, então colocarei os recursos à minha disposição, que são consideráveis e incluem Otto Malarkey e seus capangas procurando o seu Garrick. Que tal?

Riley forçou um sorriso.

— Fantástico — disse, concluindo que ele e Chevie deveriam estar longe dali antes do anoitecer.

O primeiro pensamento de Chevie ao emergir da lareira no cômodo acima de seu quarto foi que talvez não devesse ter vestido uma camisa branca.

Não estou com muita sorte esses dias, pensou, e depois: *esses dias? O que isso ao menos quer dizer agora?*

A subida fora difícil, mas nem um pouco impossível para alguém cujo primeiro mês de treinamento havia incluído se arrastar por oitocentos metros por uma vala de esgoto desativada, com arame farpado em cima e um instrutor do FBI permanentemente mal-humorado no topo. Sua única preocupação na chaminé fora perder o apoio para os pés na argamassa entre os tijolos e deslizar até o porão.

Ela passou por cima do corrimão de latão da lareira, depois ficou de pé, grata pelo espaço de todos os lados — estivera a dois minutos de desenvolver claustrofobia.

Olhou o redor. Aquele quarto era três vezes maior do que o dela e infinitamente mais luxuoso. A cama era do tamanho de uma cama elástica profissional e parecia construída com um tema náutico, com colunas que lembraram mastros e cortinas em formato de velas. Almofadas listradas de azul e branco formavam uma montanha no centro, e o que parecia um véu estava amarrado a um gancho de latão na cabeceira. Chevie contou mais de uma dúzia de lampiões a gás nas paredes, além de quatro lâmpadas elétricas. Um dos dispositivos Falalonge de Charismo estava numa mesinha de cabeceira com tampo de mármore, e outro na escrivaninha de tampo corrediço. Pinturas com molduras douradas cobriam as paredes, e todas mostravam Charismo. Algumas eram retratos posados, outras documentavam sua carreira extraordinária. Ali estava no palco com Robert Louis Stevenson em Covent Garden, acolá estava apresentando um livro encadernado em ouro à rainha Vitória em pessoa. Junto à janela havia uma capa emoldurada da *Harper's Magazine*, dividida em duas metades por uma fita da bandeira britânica, a metade da esquerda mostrando Charismo falando em seu dispositivo Falalonge e a da direita mostrando uma mãe espantada enquanto suas filhas, vestidas com saias fartas, ouviam no fone do aparelho, fascinadas.

Chevie olhou ao redor, procurando algo que justificasse sua desconfiança incômoda em relação a Tibor Charismo. Sabia, bem no fundo, que havia algo errado. Seus instintos haviam sido úteis quando era agente sob disfarce em Los Angeles.

Eu sabia que aqueles caras estavam limpos, e simplesmente sei que Tibor é sujo. Preciso achar a conexão. Só havia dois homens do futuro escondidos aqui. Um era o pai de Riley, agente do FBI, e o outro era o homem que ele estava vigiando.

A coleção de meias máscaras de Charismo estava à mostra num quadro na parede, cada uma pendurada num gancho de latão.

Esse cara sem dúvida gosta de máscaras, pensou Chevie, batendo numa máscara que parecia de ouro maciço, mas na verdade era gesso pintado.

Nada é o que parece.

Quase inconscientemente começou a cantarolar a introdução de uma música que seu pai ouvia repetidamente no velho toca-discos: Eric Clapton, "Behind the Mask".

Isso é que é música de verdade, garota atrevida, dizia seu pai sempre que baixava a agulha sobre o disco.

"Por Trás da Máscara." O que será que há por trás da máscara?

Havia uma fenda de cima a baixo no quadro, riscando o centro. Não, não era uma fenda, era uma fresta, porque o quadro era na verdade uma porta dupla.

Onde está a maçaneta?

Não existia maçaneta, por isso Chevie encostou um dedo em cada lado da porta e empurrou. Ela cedeu ligeiramente e depois se abriu, revelando um armário e um quadro de avisos. Havia desenhos pregados no quadro de avisos e uma variedade de objetos na prateleira.

Muita calma, alertou-se. *E não deixe de verificar nada.*

— Ai, meu Deus — disse em voz alta, surpresa ao perceber que suas suspeitas tinham sido provadas imediatamente. — Agora saquei você, *Tibor.*

Que nome chique ele deu a si mesmo!, pensou Chevie. *Muito mais chique do que Terry.*

De repente ouviu os passos rápidos de uma pessoa grande subindo uma escada ali perto.

Preciso de uma prova para Riley.

Pegou dois objetos pequenos: um anel brilhante numa almofada de veludo e uma Chave Temporal para levá-la de volta para casa.

Não sei por que Tibor Charismo teria uma Chave Temporal, pensou. *Mas fico feliz porque ele tem. Ou melhor, tinha.*

Estava de volta à chaminé antes que as máscaras parassem de balançar nos ganchos.

Dentro da Chaminé, Chevie planejava seu próximo passo.

Preciso encontrar Riley a sós e mostrar a ele o que encontrei. Odeio destruir seu herói, mas Charismo não é tão dotado quanto finge ser.

Desceu lentamente a chaminé em direção à luz abaixo.

A luz. Meu quarto.

Ninguém entrou no aposento de cima. Os passos que tinha ouvido eram um alarme falso. Mesmo assim, seria burrice voltar para lá. Deveria se considerar sortuda por ter escapado sem ser flagrada dessa vez.

Imaginou o instrutor em Quantico gritando ofensas ao seu ouvido, e isso a motivou a deslizar para baixo um pouco mais depressa. Em três minutos suas botas de salto baixo estavam se projetando para fora da lareira do quarto.

Contorceu-se e impulsionou-se para retornar ao quarto, voltando a sentir o alívio imenso por estar livre do confinamento.

Consegui, pensou.

Então uma voz acima dela disse:

— Ora, ora, ora. O que temos aqui, algo que caiu pela chaminé? Será um dos anões do Papai Noel?

Se essa voz pertencer a Barnum, o cocheiro gigante, estou encrencada, pensou Chevie.

Pertencia, e ela de fato estava encrencada.

Albert Garrick sempre sentia-se meio nervoso quando passava por Mayfair. Apesar de seu traje de dândi e dos cabelos compridos, um estilo usado por muitos jovens nobres, tinha a ideia incômoda de que suas origens humildes reluziam de algum modo em seus olhos, visíveis a todos.

Apesar de tudo o que sei, de tudo o que vi, não consigo ficar confortável nessas ruas.

Tentou aumentar a confiança com uma conversa interna: *Tome tino, Alby. Você não é mais um moleque faminto revirando o calçamento da rua para pegar os restos da mesa de alguém rico. É hora de raspar essa vergonha de sua alma como se fosse imundície de cachorro na sola da bota.*

Uma florista até fez reverência enquanto ele se aproximava.

— Um cravo para sua lapela, meu lorde.

A frase simples levantou o ânimo de Garrick, mais até do que as próprias ordens jamais conseguiriam, e ele sorriu com uma sinceridade que não sentia havia muito tempo. Levou a mão atrás da orelha da jovem e encontrou um brilhante soberano.

— Isso é para você, querida. Compre alguma coisa tão bonita quanto a sua pessoa.

A donzela gaguejou um obrigado e depois ficou olhando a moeda na mão, chocada, como se esta fosse derreter.

Garrick continuou pelo lado norte da Grosvenor Square em direção à residência de Tibor Charismo, o homem que havia contratado Otto Malarkey para matá-lo.

Havia um parque particular muito bem cuidado diante da famosa residência de Charismo, reservado apenas aos moradores e acessível através de um portão pesado e trancado. Com suas ferramentas de mágico, o portão não incomodava Garrick mais do que uma placa de NÃO PISE NA GRAMA incomodaria um cachorro. Em segundos estava sentado em um banco limpo e envernizado, admirando os elegantes rododendros do Himalaia e observando atentamente a fabulosa residência de Charismo acima das copas oscilantes.

Então agora Tibor Charismo me quer morto, como um dia fez com a família de Riley.

Porque tinha sido Tibor quem havia contratado Albert Garrick, mais de uma década atrás, para se livrar de toda a família de Riley em sua residência de Brighton. E agora, todo esse tempo depois, obviamente descobrira a mentira de Garrick e tinha decidido resolver o caso um tanto definitivamente.

Seria apenas isso? Charismo iria se colocar contra mim por causa da vida de um garoto?

Garrick pensou que, se a situação permitisse, faria essa pergunta a Charismo antes de matá-lo.

Houve algum movimento numa janela. Os olhos rejuvenescidos de Garrick não tiveram dificuldade para reconhecer a figura, mesmo daquela enorme distância.

Charismo.

Garrick se empertigou como se o banco tivesse sido eletrificado.

Então minha nêmese está em casa hoje. Isso torna meu serviço mais fácil.

De repente ficou feliz por ter dado tanto dinheiro à jovem florista.

Veja bem, Albert. É como a mãe de Félix Smart sempre dizia: se você fizer coisas boas, coisas boas vão acontecer com você.

Dentro da casa na Grosvenor Square, Tibor Charismo estava comendo outro *macaron* enquanto os barbitúricos que havia misturado ao chá de Riley cuidavam do cérebro do garoto. Os doces deleites da barriga sempre haviam sido seu ponto fraco.

Assim que os olhos do garoto estavam vítreos e os braços pendiam frouxos ao lado do corpo, Charismo começou o interrogatório a sério, revelando os verdadeiros motivos de sua gentileza.

— Agora, Riley, deixe-me explicar o que está acontecendo. Eu lhe dei uma mistura de barbitúricos que eu mesmo preparei. Um soro da verdade. Você pode tentar lutar contra ele, mas isso simplesmente danificaria o cérebro, de modo que seria muito melhor para sua saúde mental se você respondesse com sinceridade a todas as minhas perguntas. Entendeu?

— Sim — disse Riley com a língua pesada. Sentia-se bêbado e comprimido pelo peso do ar.

Charismo bateu palmas.

— Excelente. Agora, primeira pergunta: vocês vieram pela fenda espacial ou só estavam se escondendo na casa da Half Moon Street?

Para Riley, não pareceu estranho Charismo saber sobre a fenda espacial. Talvez os espíritos tivessem contado a ele, não é mesmo?

— Fenda espacial — disse com a voz pastosa. — Do futuro.

Charismo franziu a testa.

— Imagino que de algum modo você tenha sido empurrado para o túnel na Bedford Square, depois retornado pela Half Moon Street, correto?

— É. Empurrado e trazido de volta. O futuro tem um cheiro ótimo.

— E a Srta. Savano. Qual é o papel daquela doce jovem nisso tudo?

Riley fechou os olhos e sorriu.

— Ela é do FBI. Agente especial bonita.

Charismo se levantou, torcendo seu lenço como se fosse um pescoço de peru.

— FBI? A porcaria do F... B... I.

— Igual ao meu velho pai. FBI. Eu vi o distintivo dele.

— Igual ao seu velho pai? — perguntou Charismo lentamente, permitindo que as palavras se assentassem, confirmando as suspeitas. — Claro. Ouvi dizer que Garrick tinha um garoto. Mas não sabia que você era *aquele* garoto. — Ele guiou a mente de volta para Chevie.

— Ela veio atrás de mim?

— Do senhor? Ah, não. Nós simplesmente fugimos de Garrick. Ele quer a Chave Temporal. É a última para essa fenda espacial. Ou *era* a última, até Otto Malarkey a pulverizar.

— A última — ofegou Charismo, relaxando consideravelmente. — Bem, então estou seguro. Garrick já deve estar morto, e, mesmo que não esteja, não terá ideia de que possuo outra chave.

— Está errado, senhor.

Charismo sacudiu o lenço, irritado.

— O que está errado, garoto?

— Garrick não morreu. Todo mundo comete esse erro.

— Não Tibor Charismo — disse o próprio. — Eu cuidei de Albert Garrick. Ele me atrapalhou uma vez, mas nunca mais.

Tibor enfiou o último *macaron* na boca e cantarolou enquanto mastigava.

— Esse é o refrão de uma nova música que estou compondo, intitulada "We All Live in a Yellow Submarine", que não poderei lançar até que os submarinos sejam comuns.

A porta se abriu com estrondo e o serviçal Barnum entrou, arrastando Chevie. Ela estava amarrada com cordas, mas continuava a se debater.

— Ora! — disse Charismo. — Isso é inesperado.

— Encontrei-a na chaminé — disse Barnum, jogando Chevie no chão aos pés de Charismo.

— Inesperado? — perguntou Chevie, a bochecha queimada pelo tapete. — Os espíritos não avisaram?

Charismo cutucou o ombro de Chevie com o chinelo pontudo de modo que ela ficasse deitada de barriga pra cima.

— Não é assim que a coisa funciona — ele pôs um dedo na têmpora —, Agente Savano, do FBI.

Chevie deu um riso de desprezo.

— Ei, por que não pergunta a esses espíritos se eles podem dizer alguma coisa sobre Terry Carter, um contador corrupto da cidade de Nova York?

Charismo soltou um berro ao ouvir o nome Carter, depois deu um chute na barriga de Chevie, expulsando o ar dos seus pulmões

— Coloque-a na cadeira — ordenou a Barnum, sentando-se para esfregar o dedão do pé. — Depois deixe-nos a sós.

As mãos de Barnum foram rápidas no serviço, mas seu rosto estava com uma expressão perplexa.

— Deixá-lo, senhor? Mas essa senhorita tem manobras estranhas, e o senhor não está totalmente ciente de suas atitudes, dando chutes e coisas do tipo.

— Ela está amarrada, não está? — disse Charismo, irritado. — Faça o que mandei, mas espere do lado de fora da porta. Haverá algum serviço daqui a pouco.

Barnum lançou um olhar ameaçador para Chevie e saiu da sala, murmurando que um homem jamais sabia onde estava e que um pouco de bons modos nunca fazia mal.

— Desculpe — disse Charismo. — Às vezes Barnum esquece qual é o lugar dele.

Chevie se empertigou com força na cadeira.

— Bela mesa. Quem lhe deu? Os espíritos *barato* e *vulgar*?

— Não serei manipulado pela raiva. O grande Charismo está acima das emoções inferiores.

— E o Terry Carter? O que ele faz?

Charismo brincava com um abridor de cartas que tinha o formato de uma adaga. Ou talvez fosse uma adaga com o formato de uma adaga.

— Terry Carter está morto. Morreu há quase trinta anos, quando cheguei aqui.

Chevie notou que Riley não estava reagindo a nada daquilo, e parecia cantarolar uma música dos Beatles.

— O que você fez com o garoto?

— Ah, ele. Dei-lhe algumas gotas de tiopentato de sódio e um pouco de beladona mortal — respondeu Charismo em tom afável. — Gosto dessa mistura. Você fala a verdade e depois morre. Não se preocupe com o garoto. Riley vai cair no sono e nunca mais vai acordar, o que pode ser considerado praticamente o melhor modo de partir na Londres Vitoriana. Você vai adorar.

Chevie lutava contra as amarras, mas elas haviam sido feitas por um homem que tinha a função de amarrar coisas dentre suas obrigações profissionais.

— O grande Tibor Charismo. Você não passa de um assassino comum.

Charismo pareceu genuinamente ofendido.

— Não. Absolutamente não. Sou o maior ser humano desde Leonardo da Vinci, que suspeito também ter sido um veterano do PRATA. Eu escrevo, componho, *vejo*. No século XX eu era um nada, um contador da máfia. Aqui sou o queridinho da alta sociedade. Por que raios, nesta terra de Deus, eu voltaria?

— Entendo como isso poderia acontecer. Você sabia que a máfia acabaria descobrindo onde estava o pequenino Terry independente de quantos deles o seu testemunho mandasse para a cadeia, sempre haveria mais mafiosos. Mas na Londres Vitoriana você poderia de fato ser alguém.

— Exatamente — disse Charismo. — E sabe como? Eu tenho memória fotográfica. Tudo que já li, vi ou mesmo ouvi fica na minha cabeça para sempre. É simples.

— Genial — disse Chevie, meio a sério.

Charismo se levantou.

— A rainha Vitória em pessoa ouve meus conselhos. Assim que os federais disseram que eu iria me mudar para a Londres Vitoriana, li tudo o que pude sobre qualquer assunto que eu achasse que seria útil. Sei coisas sobre a política mundial, acontecimentos esportivos, invenções simples, tendências da moda. Minha mente é uma mina de ouro.

Chevie respirou algumas vezes para se acalmar.

— Certo, Terry, ouça. Deixe a gente ir embora. Dê um antídoto ao garoto. Não se torne um assassino, além de todo o resto.

— Tornar-me um assassino? — repetiu Charismo, gargalhando. — Isso aqui é a Londres Vitoriana. Mesmo com meus dons, é preciso esculpir seu caminho até o topo, ou contratar um brutamontes como Barnum para fazê-lo. Quando o encontrei, ele estava sangrando até a morte na prisão de Newgate; agora ele será leal a mim até a sepultura.

— Verdade?

— Não. Eu o contratei num pub, mas planejo usar a história de Newgate nas minhas memórias.

— Você não precisa matar o garoto, Charismo. Eu sou a lei aqui. Ele é só um garoto.

Charismo sorriu, empoleirando-se na beira da mesa.

— Ah, mas é dele que preciso, acima de tudo. Você ainda não juntou todas as peças, agente, juntou?

— Hum, acho que entendo a maior parte. É uma história de cobiça humana bastante básica. O pequeno Terry Carter decide que gosta da era vitoriana, por isso contrata Albert Garrick para matar qualquer ligação com o futuro, especificamente o agente Riley e sua família.

Charismo não demonstrou remorso.

— Não foi minha culpa. Eu deveria ser a prioridade dele, mas não; o agente Riley decidiu se apaixonar. Então não tive muita alternativa, senão ordenar que Garrick matasse Bill Riley e sua preciosa família. Sem pontas soltas.

Chevie olhou para ele.

— Mas você precisava da Chave Temporal de Bill Riley?

— É, precisava. Garrick a entregou a mim sem suspeitar do que era. Como poderia? Toda programada e pronta para sugá-lo de volta para o século XX; agora XXI, suponho. Estou com ela guardada em segurança para o caso de precisar escapar desta zona temporal. Sempre haverá procedimentos médicos, quimioterapia, por exemplo, dos quais eu talvez precise usufruir. Este é o único motivo para eu não ter desmontado os portais. Claro que só recentemente descobri onde ficavam os portais.

— Bom, o pobre contador Terry não seria informado dos locais. Informações assim são estritamente restritas.

— Exato. Na noite em que cheguei eles me tiraram de lá com um saco em cima da cabeça. Dá para acreditar? Na minha condição?

Quando disse a palavra *condição*, Charismo tocou a máscara levemente, e Chevie se perguntou de novo o que exatamente estaria ali embaixo.

— Então, mesmo com o agente Riley fora do caminho, você ainda precisava encontrar Charles Smart e os portais que pudessem existir, caso contrário jamais teria certeza de que eles não viriam atrás de você.

— A alternativa era me manter discreto — explicou Charismo. — E qual seria o sentido de fazer isso?

— É. Por que ser um joão-ninguém em dois séculos?

— Você está se saindo terrivelmente bem até agora — disse Charismo com frieza, ajustando sua máscara de demônio. — Gostaria de continuar? Ou devo matá-la agora?

— Demorou um tempo para você amealhar a fortuna, mas assim que pôde se dar ao luxo, cultivou um relacionamento com Otto Malarkey, porque só os Aríetes têm a rede de contatos de que você precisava para encontrar Charles Smart e os portais.

— Eu só precisava de um desenho de Smart, que rabisquei de memória, e de uma descrição de um porão com uma cama sobre uma placa de metal. Não era uma pista muito grande.

Chevie assumiu a narrativa.

— Demorou anos, mas finalmente os Aríetes descobriram que Smart estava morando neste século, na Bedford Square. E eles o acompanharam até a Half Moon Street.

— Eu o mantive sob *vigilância*, como vocês federais diriam, até ficar convicto de que Smart era o único que usava os portais. Ninguém estava à procura dele, nem vindo atrás de mim.

— E você queria manter a coisa desse modo. Queria o total controle sobre a fenda espacial, por isso Charles Smart precisava morrer. E foi então que contratou Garrick de novo, para terminar o serviço começado há uma década.

— Isso. Afinal de contas, minha liberdade de evoluir estava em risco.

Charismo se inclinou adiante e dividiu o cabelo de Chevie com seu abridor de cartas.

— Eu tinha me esquecido de como é um esforço imenso conversar com meus amigos americanos. Há confronto demais.

— Você cometeu um erro, Terry.

— Ah, acredito que não. Afinal de contas, você está prostrada diante de mim, assim como toda a cidade.

— Garrick. Você jamais deveria tê-lo contratado. Ele não pode ser controlado.

Charismo cobriu seu sorriso presunçoso com um lenço.

— Acredite, Garrick foi *controlado* para entrar numa sepultura precoce. Otto Malarkey cuidou disso. Ele era a última conexão direta entre mim e o futuro.

— Até nós chegarmos.

— Otto deveria matar qualquer um que aparecesse em qualquer dos portais, mas faz parte da natureza dele tentar espremer alguns xelins extras de qualquer situação. Por sorte tenho um homem nos Aríetes que é leal ao meu ouro, e ele me informou que houve atividade na casa da Half Moon Street. Dá para imaginar minha surpresa quando me contaram que um dos fugitivos da Half Moon tinha uma semelhança impressionante com William Riley? Devia ser coincidência, falei para mim mesmo, e quase acreditei até que o próprio garoto me revelou que seu pai era agente do FBI. Desse modo, o jovem Riley aqui é o único curinga desse baralho e, como você pode ver, não está jogando mais.

Charismo bateu palmas, gesto que parecia uma espécie de marca registrada.

— E assim o jogo terminou e Charismo triunfou.

Riley gemeu e teve um espasmo na cadeira.

— Ora, Carter! — disse Chevie. — Cure o garoto! Solte-o. Que mal ele pode lhe fazer?

— Absolutamente nenhum. O pequeno Riley é inofensivo. E logo essa será uma condição permanente.

A pulsação de Chevie latejava na testa.

— Esse garoto idolatrava você, e você o matou.

Charismo balançou o lenço.

— Bem, sabe como dizem? Nunca deveríamos encontrar nossos heróis. E eu ainda não o matei, ele está simplesmente sonhando. O veneno ainda está no estômago. Ele vai demorar horas para morrer.

Riley *estava* mesmo meio sonhando, e teria adorado se perder totalmente no sono, mas algo brilhava em seu olho. O garoto semicerrou os olhos, tentando focalizar, mas não conseguia ver nada a não ser o pequeno objeto no dedo de Chevie. Estava turvo e cercado por um halo dourado, até que Charismo se pôs diante da janela e bloqueou a luz solar, colocando o objeto dourado em destaque.

Era um anel com uma ferradura.

Um anel de ferradura. Havia um homem com um anel de ferradura. O Sr. Carter.

Em seu estado onírico, Riley se aproximava cada vez mais de suas visões; lembrou-se de que seu pai havia protegido o homem que usava aquele anel, e isso bastou para acordá-lo ligeiramente, bem a tempo de ouvir Charismo dizendo:

— Não foi minha culpa. Eu deveria ser a prioridade dele, mas não, o agente Riley decidiu se apaixonar. Então não tive muita alternativa senão ordenar que Garrick matasse Bill Riley e sua preciosa família. Sem pontas soltas.

Bill Riley, pensou Riley, grogue. *Meu pai.*

Riley não conseguia compreender as circunstâncias, mas tinha ouvido uma confissão, e o anel o fez acreditar que era verdade.

Com um esforço sobre-humano inspirou fundo para voltar à superfície da consciência. Demorou vários instantes, mas por fim teve energia para agir. Levantou-se com dificuldade da cadeira e se lançou contra Charismo, golpeando-o desajeitadamente.

— Ah, por favor — disse Charismo sem dar importância. — Isso é constrangedor. Na verdade, estou constrangido por vocês dois.

Ele pôs a mão na testa de Riley e derrubou-o de costas. O garoto caiu todo torto, derrubando uma mesa de tampo de mármore e fazendo o Falalonge deslizar até a extremidade do fio.

— Agora veja o que você fez! — disse Charismo, levemente irritado.

— Seu animal! — gritou Chevie, tentando escapar da cadeira, mas estava bem amarrada e tudo o que conseguiu foi se derrubar no chão, batendo a cabeça numa asa do grifo.

Charismo revirou os olhos.

— Ai, veja só, agora há sangue na mesa especial de Tibor. Ficarei extremamente feliz quando você estiver morta, Srta. Savano. Eu tinha esperanças de interrogá-la como fiz com o garoto, talvez para saber o que aconteceu com o mundo desde a minha época, mas agora acho que vou abrir mão desse prazer e ir diretamente para o fim do jogo.

Chevie cuspiu sangue no tapete.

— E a sua rainha? O que ela acharia de todos esses assassinatos?

— A velha Victoria? Não ligo a mínima para sua majestade reumática, além do fato de que o patronato dela garante meu status. De qualquer modo, ela vai morrer confusa no alvorecer do novo século, e a filha dela no ano seguinte, o que fará tocar o dobre de finados na casa de Hanover.

— E quanto ao seu precioso duque de Westminster?

Charismo deu um riso amargo.

— Aquele velho pateta vai partir dessa para a melhor antes do Natal. Eu até gostaria que ele sobrevivesse mais vinte anos, já que é extremamente conveniente ser conselheiro do homem mais rico da Grã-Bretanha, mas não; a vida ao ar livre plantará as sementes da bronquite, e isso vai acabar com aquele incompetente.

Charismo se ajoelhou junto ao cabelo desgrenhado de Chevie.

— Sabe, eu preferiria manter você viva. Nós poderíamos falar do futuro. Eu tenho tantos planos! Um, por exemplo, é que eu poderia mudar o curso das guerras. Imagine como a Primeira Guerra Mundial seria se os alemães fossem alertados para não torpedear o *Lusitania*. Os Estados Unidos jamais entrariam na guerra e, em 1918, a Inglaterra seria uma colônia alemã, com Tibor Charismo aboletado em sua corte. Essa é apenas uma das minhas muitas ideias.

— Você é louco — disse Chevie, esforçando-se ao máximo para manter a atenção de Charismo nela. Suspeitava de que Riley tivesse se recuperado depressa, apesar de drogado. E mesmo que seus gestos fossem acidentais, poderiam atuar a favor de Chevie, desde que Terry Carter não se virasse.

Terry Carter não se virou.

— Louco, delirante, comatoso. Quem se importa? Eu estou feliz, e pretendo permanecer assim pelo maior tempo possível.

Charismo tocou uma sineta em sua mesa e Barnum entrou, ainda um pouco carrancudo por ter sido dispensado recentemente.

— Ah, o senhor me quer de volta na sala, é, mestre?

— Não seja petulante, Barnum. Sua postura de boxeador não combina com essa expressão.

— Muito bem, mestre. Qual é o serviço para esses dois? Eu estava pensando numa facada rápida em cima da pia da cozinha, para aparar o sangue, depois enfiar num saco e rolar pela margem do rio.

Charismo batucou com o abridor de cartas, pensando no assunto.

— Não, Barnum. Quero que esses dois desapareçam completamente. Que não reste sequer um fio de cabelo.

— Então há duas rotas que podemos tomar. Uma é meu velho amigo do exército e sua fazenda de porcos perto de Newport. Os porcos vão comer do cocuruto até os pés. Para os porcos não faz diferença, como sabemos por causa daqueles dois ciganos no ano passado, mestre.

— Acho que não — disse Charismo. — Da última vez você pisoteou meus tapetes com cocô de porco. Qual é sua segunda opção?

— Queimar — respondeu Barnum simplesmente. — Eu corto os dois na cozinha e coloco aos poucos na fornalha. Demora alguns dias e é um serviço nojento, mas quando estiver feito, nem todas as tropas do rei seriam capazes de remendar esses dois ovos podres.

Charismo deu um risinho.

— Muito bem colocado, Sr. Barnum. Você realmente me faz sorrir. Será a fornalha. Mas faça seu serviço com a faca na cozinha.

— Muito bem, mestre. — Barnum pendurou Chevie num dos ombros. — O senhor ficará bem sozinho enquanto começo o trabalho de açougueiro?

— Vá em frente — disse Charismo em tom magnânimo. — Estarei perfeitamente bem... Ah, talvez você pudesse trazer mais uns bolinhos quando terminar de cortar. Tibor está faminto.

— Mais bolos. Claro, mestre.

Charismo piscou para Chevie.

— *Mestre*. Fico arrepiado toda vez.

Para surpresa absoluta de Tibor, Chevie tinha espírito suficiente para um último comentário. Ela olhou diretamente nos olhos da testemunha do PRATA e disse:

— Você fala demais.

E aquilo não era apenas uma opinião, mas a declaração de um fato.

Barnum girou Riley pelo cinto, lançando-o num arco em direção ao outro ombro. Mas assim que a mão do serviçal ficou livre, de algum modo o garoto arranjou forças para rolar e cair sobre o peito de Charismo.

— Assassino! — disse com voz pastosa. — Você matou minha família.

— Eca! — reagiu Charismo. — Tire-o de cima de mim, Barnum. Ele pode ter piolhos.

Se Riley estivesse mais alerta, poderia ter dado um golpe doloroso ou até mesmo fatal, mas como estava drogado, só conseguiu se remexer um pouco e dar tapinhas no peito de Charismo, como um bebê.

— Venha aqui, garoto — disse Barnum, e pegou o prisioneiro de volta com os dedos fortes, jogando-o sobre o ombro livre outra vez.

— Cuidado, Barnum — disse Charismo, trêmulo, verificando a máscara. — Até um cão agonizante pode ser perigoso.

— Desculpe, mestre — respondeu Barnum, enfiando o bico da bota numa fresta da porta e abrindo-a. — Eu deveria ter sido mais cuidadoso para o senhor não ser dominado pela criança que acabou de envenenar.

Charismo olhou de maneira irritada para o serviçal, imaginando se talvez devesse começar a cobrar multas pela insolência.

Barnum enfiou os condenados no elevador de cargas da sala ao lado e baixou-os na direção da cozinha. Enquanto o elevador descia, Chevie escutou a voz de Charismo, fraca:

— Você é um preguiçoso, Barnum. O elevador de cargas, honestamente!

O pequeno compartimento rangia lentamente, descendo para o porão, e Riley gemia enquanto tentava se esticar, o que era impossível naquele espaço confinado. O ar estava aquecido, as paredes fediam a carne, e a caixa parecia incapaz de sustentar o peso dos dois. Mesmo não conseguindo enxergar, Chevie sentia o poço se escancarar abaixo deles, esperando o cabo arrebentar e a caixa cair e cair.

— Ei, Riley — disse Chevie, acotovelando a perna do garoto. — Você está bem?

Riley não estava suficientemente alerta para responder.

Será que o veneno começou a atuar? Não. Charismo disse que ele tinha horas. Ainda há tempo.

O transportador parou abruptamente, e os dois não puderam fazer nada além de respirar o ar reciclado e esperar até que Barnum os tirasse de lá. Chevie foi a primeira.

Ele a jogou na bancada de madeira como se fosse uma peça de carne, depois colocou um avental e passou os dedos sobre uma fileira de facas.

É engraçado, pensou Chevie. *Não estou com medo. Ainda acredito que vamos sair dessa vivos, apesar de todas as provas do contrário.*

Barnum escolheu a maior faca, com cabo de osso manchado e lâmina serrilhada.

— Ah, Julia — disse para a faca. — Você sabia que eu iria escolhê-la.

Ele fala com as facas, pensou Chevie. *Aposto que Garrick adoraria esse cara.*

De repente, Barnum congelou, como um cervo escutando um som que não deveria estar na floresta.

O que ele ouviu?

Então Chevie escutou também: um chacoalhar de carruagens, mas também de pés marchando.

— E agora? — perguntou Barnum, depois inclinou a cabeça, esperando que a agitação passasse direto. Mas não passou. Em vez disso, a cavalgada parou abruptamente diante da residência de Charismo.

— É para o vizinho — murmurou Barnum. — Certamente a milícia tem algo a fazer na casa vizinha.

Mas não era no vizinho, como ficou abundantemente claro por uma ordem gritada do lado de fora.

— Alto! Residência Charismo, porta azul. Preparem o canhão.

— Canhão? — disse Barnum, numa voz certamente duas oitavas acima do normal.

O empregado largou sua querida faca, sacou um revólver de dentro do casaco e atravessou a cozinha correndo, saindo pela porta de serviço.

A porta ainda não havia terminado de abrir quando uma explosão trovejante chacoalhou os alicerces, canalizando ar comprimido pelos poços de escadas e corredores da casa. A explosão jogou Barnum e sua arma de volta pela porta. O revólver voou pela cozinha, despedaçando um azulejo com o cabo e depois caindo numa pia.

O próprio Barnum não estava em bom estado. Seu colete fora rasgado e uma centena de pequenos ferimentos no peito fazia seu sangue escorrer para o piso de madeira.

Barnum tinha visto mortes suficientes para saber que sua hora havia chegado. Virou o olhar com dificuldade para onde Chevie estava, sobre a bancada.

Ele tentou falar, mas antes que conseguisse, uma última respiração entrecortada sinalizou sua partida para o outro mundo.

Chevie rolou da bancada, pousando violentamente sobre o ombro, mas sem quebrá-lo.

Golpe de sorte; ou tombo de sorte.

O rosto ferido de Barnum estava a cinco centímetros do dela no chão frio, e o olhar vazio dele a motivou a continuar se movendo, apesar da dor no ombro.

Encontre a faca, instigou a si. *Encontre Julia.*

A faca não estava muito longe; projetava-se entre as tábuas do piso, como a espada Excalibur emergindo da pedra. Cravada onde Barnum a havia derrubado.

Mais um golpe de sorte, pensou Chevie.

Retorceu-se feito uma cobra até a faca.

Vamos lá, Julia. Espero que você seja afiada.

E era. Assim que Chevie pôs cada mão de um lado da faca, demorou apenas alguns segundos para que a corda que prendia os pulsos fosse cortada. E, com as mãos livres, o restante das amarras foi fácil.

Acima acontecia o próprio caos regimentado. Chevie ouvia o rugido de batalha de uma dúzia de soldados correndo pela casa, procurando Charismo. Os passos deles derrubavam poeira do teto rachado e um bico a gás na parede pareceu entrar em combustão espontânea, lançando um jato de chamas azuis pela cozinha.

Precisamos sair daqui, pensou Chevie.

Ouviu passos se separando dos outros e descendo a escada para a cozinha.

Chevie pegou a arma de Barnum na pia e se espremeu, ao lado de Riley, dentro do elevador de cargas, de volta ao calor opressivo e ao fedor de comida rançosa, fechando a portinhola.

Através da fresta, viu as botas pretas e a calça de um soldado passando pela porta. Ele andou com objetividade pelo cômodo, virando-se rapidamente enquanto verificava atrás da mesa e das cadeiras. Parou junto ao cadáver de Barnum, checando se o gigante havia morrido de fato.

Riley gemeu em seu estado semiconsciente, e Chevie enfiou o joelho na boca do garoto, sufocando qualquer som que ele pudesse emitir em seguida.

Para a sorte dos dois o soldado ainda estava meio surdo por causa do estrondo do canhão e não ouviu o som abafado.

— Grande — disse ele em voz alta, cutucando o cadáver de Barnum com o bico da bota. — Grande, grande. — Depois voltou a si e saiu do cômodo.

Chevie esperou até que o som dos passos do soldado sumisse, depois puxou a tira de couro, abrindo a portinhola, e voltou para a cozinha.

Riley estava gemendo quando ela o puxou daquele espaço minúsculo, mas também estava sorrindo.

— Agente Bonita — disse ele. — Um beijo da beldade Annie Birch.

Os garotos são todos iguais em todas as épocas, pensou Chevie, depois deu um soco na barriga de Riley.

— Desculpe, moleque — disse enquanto Riley se dobrava ao meio com ânsias de vômito. — Mais um deve bastar.

Deu outro soco e ficou longe enquanto o garoto vomitava um jato de *macarons* meio digeridos e, ela esperava, beladona sobre as tábuas do piso.

— Certo — disse Chevie, principalmente para si. — Ele deve conseguir, agora. Espero.

Limpou o rosto de Riley do melhor modo possível usando um pano úmido apanhado da pia, depois ajudou o garoto a cambalear até a porta da cozinha, que convenientemente levava aos fundos da casa.

Precisamos sair daqui, pensou de novo, pegando um sobretudo grosso num gancho junto à porta. Mas eu gostaria de ficar o suficiente para ver a cara de Charismo. Aposto que os espíritos não o alertaram sobre isso.

A expressão de Charismo era uma mistura de incredulidade e terror petulante, um coquetel incomum de emoções para um rosto demonstrar. O resultado foi que Tibor parecia estar sugando de uma garrafa invisível quando o coronel Jeffers, do Alojamento de Knightsbridge, entrou em seu escritório, flanqueado por dois soldados e um médico.

Assim que tiveram certeza de que Charismo estava desarmado e sozinho, os soldados relaxaram um pouco, porém os canos dos fuzis de repetição Lee-Enfield nas mãos dos soldados estavam firmes como rochas e apontados diretamente para o tronco de Charismo.

Ele agitou o lenço, como se pudesse desviar as balas.

— Estou em perigo, Coronel? — perguntou lamuriosamente. — O duque mandou-o para me proteger? Há alguma ameaça digna de crédito?

— Há uma ameaça, senhor — respondeu Jeffers. — De fato, há, e tenho o infortúnio de estar olhando diretamente para ela.

O lenço de Charismo adejou como as asas de um beija-flor.

— Diretamente para ela? Eu sou a ameaça? Tibor Charismo ameaça? E quem ele ameaça, Coronel? Responda.

Jeffers não respondeu. Em vez disso acompanhou o fio pelo chão até que seus olhos pousaram no Falalonge, que estava onde Riley o havia derrubado.

— Alguém deseja falar com o senhor — disse ele, pegando o instrumento e estendendo para Charismo.

Nesse momento Charismo entendeu, e seu bigode enrolado estremeceu.

— Não desejo conversar nesse momento — disse, num tom quase infantil.

— Aconselho-o a pegá-lo — insistiu Jeffers com firmeza, e Charismo deduziu corretamente que, se recusasse de novo, sofreria sérias consequências. Aceitou o Falalonge com mãos trêmulas e encostou o transmissor perto da boca.

— Alô? Sua Graça?

Do outro lado soou a respiração chacoalhante de um fumador de cachimbo, e depois:

— Estou terrivelmente decepcionado, Tibor. Terrivelmente.

Charismo tentou sair da encrenca.

— Sua Graça, só posso imaginar o que o senhor pode ter pensado. Às vezes, quando estou sob o domínio dos espíritos, minhas palavras não são as que escolho.

— Silêncio! — trovejou o duque de Westminster. — Eu vou morrer! A rainha vai morrer. A rainha reumática, para quem você não liga a mínima! O fim da casa de Hanover.

— Talvez eu tenha passado dos limites — admitiu Charismo.

— Passado dos limites? Você planeja ajudar os alemães numa guerra contra a Grã-Bretanha! A Alemanha é nossa amiga. É alta traição, nada menos do que isso.

— Era apenas conversa fiada. Uma ideia passageira.

— Imagine o escândalo. Imagine o sofrimento que isso causaria a Sua Majestade, na idade dela. Seu próprio guia espiritual conspirando contra ela. *Meu* guia espiritual desgraçado. Nós confiávamos em você, Tibor. Seu maldito.

Charismo pensou rápido:

— Um julgamento provocaria escândalo considerável.

O duque deu um risinho, o riso de um homem duro.

— Não haverá julgamento, senhor. Eu o declarei insano e, enquanto o senhor estiver definhando no manicômio Bethlem, eu irei apagá-lo sistematicamente da história. Suas obras serão banidas extraoficialmente, seus livros serão queimados, suas canções nunca mais serão ouvidas nos palcos. Veremos quem de nós sobreviverá para ver o novo século. — Um estalo alto no fone sinalizou o fim da conversa.

— Não! — protestou Charismo a Jeffers. — Não. Não aceitarei isso. Eu sou Tibor Charismo.

Jeffers ficou em posição de sentido.

— O senhor é um traidor, possivelmente estrangeiro. A casa de loucos é boa demais para o senhor.

— Isso tudo é um equívoco, coronel. Se procurar lá embaixo na cozinha vai encontrar meu serviçal. Ele é o verdadeiro criminoso aqui.

— Nós encontramos seu serviçal. Ele, pelo menos, morreu com honra.

Finalmente a realidade baixou sobre Charismo como uma bigorna caindo do céu.

— Barnum está morto? Estou perdido.

Jeffers se aproximou.

— Há uma opção, senhor, mas eu ficaria surpreso se o senhor a usasse. Pode aceitar meu desafio e terminamos esse caso agora mesmo. — O coronel tirou a luva esquerda e bateu com ela no rosto de Charismo, fazendo sua máscara voar.

Jeffers recuou num horror momentâneo, mas seu rígido lábio superior se aquietou.

— Meu deus, homem. Você é um animal.

O lado esquerdo do rosto de Tibor era coberto por escamas reptilianas marrons e verdes, que pareciam mudar de cor quando ele se movimentava.

— Foi a fenda espacial! — uivou ele. — Mutação quântica. O professor jurou que isso não aconteceria comigo.

Jeffrey estalou os dedos.

— Levem-no. Não vou lutar contra um animal.

Tibor continuava seu discurso mesmo enquanto os soldados o arrastavam da sala até a ambulância do lado de fora.

— Certifiquem-se de que ele fique trancado longe dos outros internos — disse Jeffers, pisoteando o Falalonge até a caixa revelar as entranhas de fios e fusíveis. — E mande alguns soldados. Quero que tudo seja tirado desta casa e queimado.

Os gritos de Charismo ecoaram pelas ruínas de seu corredor devastado, fazendo os cavalos da ambulância relincharem, perturbados.

Albert Garrick assistiu aos acontecimentos se desenrolando, inclinado para a frente no banco do parque com uma atenção fascinada. Num minuto tudo estava calmo na Grosvenor Square e no outro um esquadrão dos melhores homens de sua majestade havia chegado rapidamente à porta da frente, arrastando um canhão de verdade, seguido por uma carruagem preta.

— Co's diabos — disse ele, esquecendo por um momento seu sotaque cuidadosamente cultivado. — Essa é uma verdadeira reviravolta régia.

Qualquer manobra que estivesse para ser empregada certamente não seria discreta. Ali havia soldados suficientes para lutar contra os afegãos.

Os soldados viraram o canhão habilmente e explodiram a porta, fazendo um bando de pássaros voarem para o céu.

Uma batalha na cidade de Londres. Que extraordinário!

Ocorreu a Garrick que a presença de todos aqueles soldados atrapalharia seus esforços para cancelar o contrato de Charismo com os Arietes.

E tudo porque deixei de matar Riley em sua cama tantos anos atrás. Será que esse é o motivo? Será que Charismo iria se colocar contra um homem do meu calibre pela vida de uma criança?

De repente Garrick se lembrou da primeira vez em que vira uma Chave Temporal.

O pai de Riley tinha uma. Eu a tirei do cadáver e entreguei a Charismo. Ele pediu por aquela coisa especificamente.

Era de fato uma revelação, e por um instante Garrick prendeu o fôlego, acessando ao mesmo tempo suas memórias e as de Félix Smart para montar as peças daquele quebra-cabeça quântico.

O pai de Riley era do FBI. Por que o homem mais famoso da Inglaterra iria querer que um agente do FBI fosse assassinado?

Então Garrick entendeu que o Sr. Tibor Charismo tinha visto o futuro, e estava se beneficiando do conhecimento.

Mas não mais. Charismo tinha ido longe demais com alguém, e agora os militares estão envolvidos, o que sugeriria uma ligação com o governo, talvez até com a monarquia.

Tal fato agradou tremendamente a Garrick, já que sempre havia considerado o sujeito meio presunçoso e nunca gostara da música dele. *Another brick in yonder wall.* Honestamente.

De repente o espírito de Félix Smart fez a conexão, e Garrick se encolheu fisicamente ao perceber.

Ele conhecia aquela música, ou melhor, o agente Smart conhecia, porque ela era do futuro. Tibor Charismo não somente fora ao futuro, mas pertencera a ele.

Garrick fechou os olhos, focalizando o fluxo de pensamentos. Visualizou o rosto de Charismo, depois permitiu que sua memória o tornasse mais jovem, e desenhou uma barba rala.

Tibor Charismo era Terry Carter, a testemunha desaparecida. O agente Smart tinha o dossiê dele na mesa. William Riley era o controlador dele.

Isso conferia um caráter completamente novo à história toda. Charismo não iria receber permissão para falar com ninguém mais. Se ele tivesse uma Chave Temporal, poderia demonstrar como ela funcionava, e aí Garrick poderia virar fugitivo de novo.

Preciso agir agora, pensou. *Carpe diem. As circunstâncias estão longe das ideais, mas o risco é aceitável.*

O plano de última hora de Garrick implicava dominar o cocheiro da carruagem e depois, ele esperava, evadir-se com Charismo.

Ele pode até mesmo acreditar que o estou salvando.

Garrick deu um sorriso sinistro. Esse equívoco não duraria muito.

A trama que ia brotando secou e encolheu quando dois soldados emergiram da casa com Charismo suspenso entre eles, as pernas curtas pedalando no ar.

Não há tempo. Não há tempo.

Garrick sabia que, mesmo com sua velocidade, não seria capaz de pular a cerca e dominar o cocheiro a tempo.

Mas nem tudo estava perdido. Garrick era no mínimo adaptável. Posicionou-se atrás do tronco de um arbusto grande e pegou sua pistola com mira a laser. Era uma pena gastar uma bala em alguém como Charismo, mas pelo menos seria apenas uma.

Mirou ao longo do cano e posicionou um ponto vermelho no coração de Charismo.

Nunca saberei completamente o motivo para você querer me matar, pensou. *É uma pena não podermos conversar, mas é melhor um mistério incômodo do que uma ponta perigosamente solta.*

O dedo de Garrick já ia apertar o gatilho quando ele notou que, na verdade, a carruagem era uma ambulância, com o símbolo do manicômio Bethlem pintado na lateral.

Eles vão levá-lo para o manicômio, percebeu.

Ficou olhando, perplexo, enquanto Charismo era despido e enfiado grosseiramente numa camisa de força do asilo. As roupas foram jogadas numa pilha crescente de suas posses na escada do porão, que foi encharcada com óleo de lampião e incendiada.

A Chave Temporal de Charismo não existe mais, se é que ele tinha ficado com ela, percebeu Garrick com alguma satisfação. *Tibor pode falar sobre as fendas espaciais até se fartar, e tudo o que isso vai lhe garantir é uma surra da equipe do hospício.*

Garrick guardou a arma e caminhou em um passo casual rumo ao outro lado do parque.

Vou encontrar você, Tibor, pensou. *Em pouco tempo vou conhecer todos os seus segredos. Afinal de contas, você não precisa mais deles.*

Em segundos a mente de Garrick estava concentrada outra vez em sua missão principal de encontrar Chevie e Riley, sem fazer a mínima ideia se estivera a centímetros da chance de agarrá-los pela segunda vez.

Nesse momento meus espiões estarão revirando a cidade, pensou. *Todos loucos para ganhar a recompensa pela informação sobre o garoto de olhos esquisitos e sua companheira índia.*

Ainda que ligeiramente incomodado por não ter tido a oportunidade de interrogar Charismo, Garrick considerou a manhã bem rentável, no fim das contas.

Mais um inimigo removido do caminho de maneira segura, pensou, assobiando os primeiros compassos de *Another brick in yonder wall.*

Só restam dois.

11

A OLD NICHOL

Cortiço da rua Old Nichol. Bethnal Green. Londres. 1898.

Chevie tentou pegar uma carruagem de aluguel, mas estava imunda devido aos passeios para cima e para baixo pela chaminé de Charismo, portanto nenhum cocheiro quis parar até que ela parou no meio da rua, sacudindo a bolsa de dinheiro dada por Malarkey.

Quando o cabriolé partiu, chacoalhando, Chevie relaxou o corpo no assento ao lado de Riley e imaginou aonde, no universo, poderiam ir para ganhar um minuto de descanso. Suas costelas doíam das várias surras infligidas pela Londres Vitoriana, e percebeu que em algum ponto no meio daquela desventura tinha desenvolvido um zumbido constante no ouvido esquerdo.

Riley estava se recuperando, mas sem condições de viajar para muito longe. Eles precisavam de um local para se esconder até que ela conseguisse pensar no próximo passo.

Seria irresponsabilidade permitir que Garrick ficasse solto em Londres com todo o conhecimento que tinha na cabeça, o qual ele definitivamente não usaria para dar fim à guerra e à fome. Colocado de modo simples: Garrick precisava ser detido. Mas como? Ela não tinha ideia. Este era o mundo de Riley, e eles teriam de juntar as cabeças para resolver um problema grande como Garrick. E para isso precisariam ficar escondidos em algum local até estarem em forma suficiente para lutar.

Chevie deu um tapinha no rosto de Riley.

— Ande, Riley. Acorde, parceiro. Deve haver algum lugar aonde esse lunático não vai nos seguir. Aonde Garrick tem medo de ir?

Foi obrigada a fazer a pergunta várias vezes até que ela penetrasse o crânio alterado de Riley, mas assim que ele entendeu a pergunta, soube a resposta: a Old Nichol. Seu rosto empalideceu e as mãos tremeram diante da simples ideia.

— Há um lugar — disse, depois tossiu longa e asperamente. — Um lugar aonde Garrick jurou que jamais iria. Ele dizia que preferiria esmagar suas mãos de artista com uma marreta a voltar aos cortiços da Old Nichol.

Chevie sentou-se empertigada no banco do cabriolé, espanando a fuligem da camisa.

— Então vamos para lá. Para a Old Nichol.

Riley não estava tão ansioso, afinal ver o demônio com medo de um lugar é um estímulo poderoso para jamais ir até lá. Olhou a rua adiante, lembrando-se de como Garrick havia descrito a Old Nichol.

— Garrick me disse que o ar na Old Nichol é carregado de enxofre, o bastante para fazer os ratos e cachorros pequenos ficarem brancos feito neve e se asfixiarem.

Chevie se recostou ao lado do companheiro de viagem.

— Ratos ficando brancos nunca é coisa boa — admitiu.

— E nos fundos de cada casa ou cortiço há uma pilha de esgoto que é alimentada pelo prédio inteiro. As únicas criaturas que prosperam na Old Nichol são as que se alimentam de vísceras; você sabe, de tripas de animais.

Chevie sentiu o estômago embrulhar. Prosperar com vísceras não parecia um modo bom de sobreviver.

Riley se lembrou de outra coisa.

— A Old Nichol é a morte lenta para todos. Garrick me falou sobre um homem forte do circo que começou a passar dificuldade e foi morar lá. Em seis meses tinha se reduzido a nada e morreu de intoxicação sanguínea por causa das escaras. Ele foi enterrado num saco de farinha.

— Ah, qual é — questionou Chevie. — Nós não vamos nos casar e criar filhos lá. Você só precisa de algumas horas de sono para eliminar o veneno do organismo, depois podemos bolar um modo de derrotar Garrick.

— É preciso apenas de um instante para se contrair coqueluche.

Aquela era uma declaração grave, e quase afastou Chevie de seu propósito, mas ela se ateve à argumentação. Garrick não poria os pés no buraco do inferno que era a Old Nichol, por isso eles precisavam ir para lá, nem que fosse por apenas uma noite.

Ela bateu no teto da carruagem.

— Ei, meu chapa. Leve a gente à Old Nichol.

O cocheiro deslizou uma portinhola e enfiou a cabeça no buraco.

— Desculpe, moça. Esse calor me deixou meio tonto Eu poderia jurar que a senhorita disse *Old Nichol.*

— Você entendeu direito, amigo.

As sobrancelhas reluzentes do cocheiro se arquearam feito peixinhos.

— Old Nichol? O West End da Old Nichol? A turista está zombando de mim, jovem senhor?

— Não — respondeu Riley, carrancudo. — Não está.

O cocheiro cuspiu na rua.

— Bem, peço perdão, mas não vou levar vocês até aquele fedor. Os desgraçados arrancariam as ferraduras de minha égua. Deixo os dois no Bethnal Green e a partir de lá vocês podem arriscar a própria pele.

Pobreza e crime nunca estão muito distantes um do outro em Londres. Mesmo na metrópole moderna, basta lançar um olhar para um beco e haverá algum infeliz tentando ficar o mais confortável que o pavimento permitir. Mas no século XIX a favela da Old Nichol era tão saturada pela privação e pelo abandono que não restava uma área do tamanho de um cartão-postal livre disso. Cada prédio era um cortiço, cada cidadão estava dobrado pela doença e cada ocupação se destinava à preservação imediata da vida. Até o clima parecia pior ali, criando um bairro frio e úmido dentro dos limites de Londres.

Quando Chevie Savano e Riley caminharam ao longo da rua Boundary, toda a esperança de um futuro brilhante escorreu por suas botas, derramando-se nas pedras irregulares do calçamento. Não havia um cortiço no mundo moderno que pudesse se comparar ao puro desespero sinistro da Old Nichol.

Paredes de tijolos gordurosas erguiam-se das pedras rachadas do pavimento, andares empilhados grosseiramente um sobre o outro. Janelas, aparentemente colocadas ao acaso, raramente tinham vidros e eram fechadas por caixotes arrebentados ou trapos esvoaçantes. As barracas de rua tinham pilhas de objetos apodrecidos que, em qualquer outra feira, estariam nas pilhas de lixo. As frutas eram cinzentas e moles, o pão, tingido de verde e duro feito pedra.

Até o povo daquele lugar parecia a prole de um deus diferente, mais maligno. Não havia o espírito londrino irreprimível, e em seu lugar era encontrada a tosse áspera ou a expressão ameaçadora. Os habitantes moviam-se com um passo peculiar e arrastado, os ombros encolhidos e os cotovelos apertados ao lado do corpo, protegendo-se o máximo possível.

Chevie não conseguiu afastar o choque da voz.

— Isso é... é como o inferno na Terra.

Riley se agarrava ao cotovelo dela.

— Precisamos entrar em algum lugar. Colocar algumas tábuas sólidas entre nós e a Old Nichol antes do anoitecer. Eu preciso descansar.

Havia uma mulher suja e maltrapilha de pé, com os cotovelos apoiados numa meia-porta, olhando a rua com ar vazio.

Riley se aproximou dela, ignorando os moleques imundos que cutucavam seus joelhos como peixes limpadores.

— Tem algum quarto livre, moça? A gente está precisando de um lugar para passar a noite.

A mulher olhou-os com desconfiança por sob os cachos revoltos.

— Tem gaita?

Riley assentiu, tenso, escondendo a náusea.

— Na mão. Também temos armas de fogo, mas balas só para cuidar da polícia.

Armas de fogo era um certo exagero. Eles tinham o revólver de Barnum e apenas seis balas.

A mulher soltou uma gargalhada, e havia cheiro de gim azedo em seu hálito.

— Polícia? Eu não vejo um policial aqui desde 1892, quando tentaram pegar o traidor Giles. Que manhã foi aquela! Havia sangue azul nas sarjetas suficiente para lavar a cólera.

— A senhora tem um quarto ou não? — insistiu Riley.

— Tenho o sótão livre. Um sujeito entregou o fantasma na quarta-feira. Alguém levou ele para o monte de lixo, acho.

— Quanto?

Uma luz matreira brilhou no olho da mulher fedorenta.

— Eu aceitaria um florim.

— Aposto que aceitaria, se eu fosse otário a ponto de entregar um. Tenho seis centavos aqui, que a senhora pode aceitar ou não. Se não, vamos continuar procurando na rua.

A mulher esfregou um dedo na gengiva inferior escassamente povoada.

— Vou aceitar esses seis centavos, jovem cavalheiro.

Riley entregou a moeda.

— E avise a esses moleques sobre as armas de fogo — disse ele. — Odeio desperdiçar balas nos colegas gatunos, mas se alguém tentar entrar no nosso canto, abrirei uma exceção. Além disso, minha companheira aqui é uma feiticeira de magia negra, e vai colocar formigas de fogo no seu cérebro.

A mulher deu um peteleco na moeda com a unha amarelada do polegar e a ouviu tinir.

— Formigas de fogo — disse, sem se impressionar. — Eu tenho essas porcarias dentro da cabeça há anos.

Riley e Chevie seguiram por um corredor, cujo piso podia ter sido retirado de um navio naufragado: as tábuas brigavam umas contra as outras por espaço e subiam ou desciam como as extremidades de uma gangorra, dependendo do ponto de pressão. A passagem estava ladeada por jovens criminosos — uma coleção de ladrões de residências, passadores de dinheiro falso, batedores de carteira, ladrões de lojas e vagabundos do tipo que raramente seria visto do lado de fora da torre de vigia da prisão de Newgate. Esses rapazes fumavam o que conseguissem encontrar, o que parecia ser principalmente tiras de papel de parede enroladas que queimavam depois de um ou dois tragos e cobriam os pulmões com uma pasta, o que dificultava muito fugir da polícia, mais do que deveria, considerando que era um grupo de sujeitos tão jovens.

Cada um daqueles garotos olhou Riley com ar maldoso quando ele passou, mas ficaram confusos em relação a Chevie, com seus cabelos brilhantes e dentes brancos.

— Para esses pobres, você parece um anjo — sussurrou Riley para ela na escada. — Já que não conhecem você como eu.

Um dos moleques tomou um gole de bebida para limpar a garganta, gritando do patamar superior:

— Aqui, moça. Você é a princesa índia que humilhou os Ariêtes?

Riley avançou, tentando parecer mais enérgico e agressivo do que se sentia.

— É, ela mesma. Ela não é nenhuma inglesa da rainha, por isso eu falo por ela. E é bem nervosa também, por isso você tem que se aproximar com cuidado e sempre pela frente.

— Meu nome é Bob Winkle — disse o garoto, que poderia ser de qualquer cor por baixo da sujeira que incrustava a pele e que possuía quase tanta gordura nos ossos quanto uma sovela de sapateiro. Não era mais alto do que um menino de dez anos, mas a voz e o rosto eram mais velhos. — Precisam de alguma coisa? Birita, pão ou contrabando? Bob faz um serviço limpo. E rouba por encomenda também, o que vocês quiserem.

Riley achou que o serviço do jovem Winkle seria tão limpo quanto seu rosto.

— Se precisarmos, damos uma batidinha no chão. Mas se você subir, nada de gesticular demais, ou a princesa índia vai rasgar sua garganta.

Os garotos cobriram os pescoços e abriram caminho, fazendo reverências como se Chevie fosse da realeza.

Os dois subiram a escada em direção ao sótão alugado, endurecendo o coração contra os olhos vidrados dos moradores que encontravam no caminho. Meninas brigavam, arrancando tufos de cabelos embolados umas das outras. Avôs sentavam-se enfiados em cantos, fumando cachimbos vazios e xingando para o nada, e em toda parte o clamor do desespero subia pela casa, afunilado para o alto, pelo poço da escadaria, como um rogo para os céus.

Depois de três lances, chegaram a uma porta no fim de uma escada espantosamente precária. Riley girou a maçaneta de madeira e não ficou surpreso ao descobrir que o cômodo estava destrancado. Havia um tijolo pesado encostado na porta por dentro, para ser usado caso os ocupantes exigissem alguma privacidade; mas de que isso adiantaria se as paredes do sótão eram cheias de buracos feitos com marreta?

Chevie entrou rapidamente e avaliou o peso do tijolo.

— Para dentro — disse a Riley com urgência. — Vamos deixar isso aqui mais seguro.

Riley obedeceu com alguma relutância.

— Nunca sonhei que esses pobres poderiam afundar tanto.

O tijolo raspou o chão quando Chevie o empurrou contra a porta.

— Você nunca esteve aqui?

— Nunca. Uma vez fugi para Saint Giles e achei que aquilo era um cortiço de verdade, mas nunca vi nada assim. Agora entendo por que Garrick jurou que nunca voltaria.

Chevie rasgou um papel pardo do canto da janela pequenina para permitir que um pouco de ar entrasse no aposento fétido, mas nem valia o esforço.

Riley envolveu-se com os braços, sentando-se no chão de madeira apodrecida.

— Aqui estamos entre o asilo e a sepultura — disse baixinho. — Os londrinos temem a Old Nichol porque ela espera por nós, por cada um de nós. — Ele estremeceu. — Eu não devia ter trazido você para cá, Chevie, ainda por cima porque você é uma dama.

Chevie passou o braço pelo ombro dele, chegando mais perto, em busca de calor.

— Não. A gente precisava vir. — Chevie se lembrou da pergunta que desejara fazer a Riley durante as últimas horas. — Diga uma coisa, Riley. Você derrubou o Falalonge de propósito?

Riley parou de tremer por tempo suficiente para responder:

— Foi. Charismo entregou a corda para se enforcar.

— É — concordou Chevie. — Aquele cara falava demais.

— Ele mandou matar minha pobre mãe — disse Riley, fungando. — E meu pai... meu pai era do seu pessoal.

— Eu sei. Agente especial William Riley. Eu li o dossiê dele. Era um tremendo boxeador. Antes de desaparecer, era conhecido por ter mãos rápidas.

— Eu tenho mãos rápidas. Garrick disse que nunca viu mãos tão rápidas.

— Vamos precisar de suas mãos, e de sua inteligência, se quisermos derrotar Garrick.

Riley se encolheu perto dela para se esquentar e para registrar os odores saudáveis de Chevie, em vez de o ambiente fétido.

— Mas o que a gente tem para trabalhar? Não tem mais nada. Nem a Chave Temporal.

— A chave de Smart não existe mais — admitiu Chevie. — Mas eu tenho outra.

Ela enfiou a mão no cano da bota de montaria e puxou uma Chave Temporal pelo cordão.

— A Chave de Charismo — supôs Riley. — Você a pegou quando afanou o anel?

— Peguei, mas não era de Charismo.

Riley arregalou os olhos.

— Era do meu pai. A chave de Bill Riley.

— Isso mesmo. — Chevie entregou a chave a Riley. — Seu pai ainda está cuidando de você.

Tal ideia pareceu dar conforto e determinação a Riley.

— Precisamos usar o tempo nesse lugar pavoroso para planejar. Não podemos enfrentar Garrick numa luta direta.

Chevie grunhiu, olhando para a frente.

— Talvez não, mas há mais de um modo de se esfolar um gato.

— Fale baixo — alertou Riley. — Senão as pessoas vão achar que tem um gato aqui, e aí a gente vai ter convidados para o jantar.

Chevie gemeu.

— Gatos? As pessoas daqui comem gatos?

Riley assentiu.

— Se você deixar, elas comem as suas botas.

— Precisamos mesmo sair daqui.

— E vamos. Você me salvou no seu mundo. Agora vou salvar você no meu.

Aquilo não era simplesmente conversa fiada. Riley apertou a Chave Temporal de seu pai contra o peito e considerou-a um bom presságio. Agora tinham esperança. Agora tinham um ponto de partida para um plano.

Você me ensinou bem, Albert Garrick, pensou Riley, vendo o rosto do assassino na mente. *Agora vamos ver se suas lições podem se voltar contra você.*

Apesar da aparência abominável do ambiente e do ataque constante aos sentidos, de algum modo Chevie e Riley conseguiram dormir durante algumas horas.

Acordaram simultaneamente, sentindo-se famintos e enojados pela ideia de comer algo que tivesse sido preparado naquele lugar. Especialmente carne, já que Chevie havia notado uma ausência suspeita de ratos. O ar cheio de enxofre deixara a cabeça dos dois latejando, e tirara a umidade de suas gargantas.

— Precisamos comprar um pouco d'água — disse Chevie.

— Aqui, não — aconselhou Riley. — Uma barriga delicada feito a sua não suportaria a água da Old Nichol. Ela seria logo expelida, por cima ou por baixo.

Chevie não pediu detalhes, e sabia que não poderia se dar ao luxo de ficar doente naquele momento.

— Certo. Nada de água, seu estraga prazeres. Volte a dormir e me deixe pensar.

Riley se retorceu, chegando mais perto.

— Também estou pensando. Garrick me deu dons que talvez não espere que eu use.

— Se tiver alguma ideia, por favor, conte.

— Tenho uma semente de ideia. Ela precisa... de água.

Chevie pode ter dado um risinho ou tido um tremor.

Ficaram sentados durante algum tempo, calados.

— Posso fazer uma pergunta? — disse Riley, minutos depois de Chevie ter certeza de que ele havia adormecido.

— Diga.

— Antes de qualquer coisa, peço que não se sinta insultada, porque eu respeito você.

— Ah, adoro esse tipo de pergunta. Manda.

Riley pensou em como verbalizaria.

— Chevie, eu ouvi como aqueles agentes do futuro falaram com você. Por que você quer ficar no FBI quando eles parecem não querer você? E como alguém com sua idade, e ainda por cima mulher, consegue um cargo na polícia?

— É mais de uma pergunta. O que você está pedindo é mais ou menos a história da minha vida.

Riley chegou mais perto, para o caso de haver calor equivalente à chama de uma vela.

— Você viu minha vida no túnel, Chevron. Acho que você poderia falar da sua. Agora nós somos chegados, não somos?

— Somos chegados. — Chevie nunca fora mais próxima de ninguém. Estava ligada àquele garoto pelo trauma. — Certo, vou falar de mim.

Riley não falou mais nada, mas deu-lhe uma leve cotovelada na cintura, o que Chevie decidiu interpretar como *vá em frente.*

— Você sabe que sou órfã, assim como você. Depois que meus pais morreram, fui cadastrada no sistema de adoção, porém nunca fui adotada; diziam que eu era velha demais e agitada demais. Parece que isso me tornava perfeita para outra família, uma família muito maior: o FBI. O FBI estava montando um programa juntamente ao departamento de segurança interna para impedir que células terroristas se fixassem na mente da garotada do colegial. E que modo melhor de vigiar nossas escolas do que usando agentes juvenis disfarçados? Parece maluco, não é? Maluco tipo filme de Hollywood. Mas eles conseguiram verba de um caixa dois da CIA, se é que dá para acreditar, e pegaram meia dúzia de órfãos da Califórnia para um plano piloto. Fomos treinados num lugar chamado Quantico, e depois inseridos numa escola. — Chevie parou para ver se Riley ainda estava acordado, meio que esperando que não estivesse. — Alguma pergunta até agora, garoto?

Riley se remexeu.

— Só uma. O que é *maluco tipo filme de Hollywood?*

Boa pergunta.

— Você gosta de livros de aventura, Riley. Bom, *maluco tipo filme de Hollywood* é uma coisa tão maluca que não pareceria deslocada numa história de H. G. Wells.

— Entendi. Continue.

Chevie se remexeu um pouco nas tábuas do piso, tentando obter ao menos um pouquinho de conforto.

— Meu alvo era uma família iraniana com quatro filhos na escola. Eu deveria ficar amiga dos garotos, entrar no círculo deles e ligar para o escritório caso eles tivessem algum plano terrorista. Uma missão simples, de observação e informação. Sem armas para adolescentes, você sabe. Por isso fiz o que foi mandado: fui amistosa, me aproximei. E percebi que aqueles garotos não estavam interessados em aterrorizar ninguém, só queriam terminar os estudos, como o restante de nós. Se muito, *eles* é que estavam sendo aterrorizados. Na escola, havia um grupo de caras populares que não sabiam a diferença entre sauditas, iraquianos e iranianos, e não ligavam a mínima. Numa noite, um jipe cheio desses caras encurralou meus iranianos na porta de um cinema. A coisa ficou feia bem depressa. Um deles sacou uma arma e começou a dar tiros no asfalto.

— Acho que consigo adivinhar o que aconteceu — disse Riley. — Você não gostou desse comportamento.

Chevie fez uma careta.

— É, não gostei. Arranquei a arma da mão dele, mas não antes de ele conseguir dar um tiro na própria perna.

— Parece que você foi uma espécie de heroína.

— É, você acharia isso, só que eu me empolguei um pouco e dei um tiro de alerta, para o alto.

— Isso não parece tão sério.

— Não, só que o garoto disse que eu atirei nele. E eu tinha resíduos de pólvora na mão, e um idiota com um celular filmou tudo, mas de um ângulo ruim que me mostra fazendo todas as minhas artes marciais, mas não o garoto atirando em si mesmo.

— Ah. Resíduos de pólvora parecem o tipo de prova que Sherlock Holmes procuraria.

— Exatamente; ou devo dizer: elementar, meu caro. Concluindo: saiu em todos os noticiários que havia uma garota com uma arma e um distintivo numa escola do ensino médio. A coisa chegou até o senado. O FBI percebeu que seu esquema de agentes adolescentes era inconstitucional, na melhor das hipóteses, e ilegal, na pior. Por isso aposentou todos os outros garotos rápida e discretamente.

— Mas a agente Chevron Savano havia encontrado sua família e não quis se afastar.

— Isso mesmo. Eu não queria ir embora, e eles não podiam me obrigar a sair por enquanto, pois havia uma comissão examinando a coisa toda, e eu não deveria nem mesmo existir. Por isso me mandaram para Londres, e acho que você já conhece o restante da história.

Riley não comentou nada imediatamente, e mais uma vez Chevie achou que ele tivesse caído no sono, até que ele disse:

— Se quisermos cuidar de Garrick, você vai precisar conter esse temperamento.

Chevie sentiu um peso de responsabilidade apertar sua mente como um torno. Aquele era um momento importante para os dois. Riley jamais havia verbalizado a opinião de que era ao menos possível escaparem do demônio Garrick.

— Mas — continuou Riley — esse é um plano que a gente deveria executar em conjunto. Afinal de contas, nós lutamos por nossas vidas. Somos irmãos nisso.

— Concordo. Então me fale dessa semente que a gente precisa regar.

Riley falou, e Chevie percebeu que o garoto era mais esperto ainda do que ela imaginara.

Quando ele terminou, Chevie comentou:

— É meio temerário, Riley, e não vejo como podemos fazer isso sozinhos.

Riley bateu o salto da bota no chão, provocando ecos pelo prédio.

— Conheço um garoto que tem uma operação limpa e trabalha em troca de moedas.

Quando o plano estava estruturado do melhor modo possível, Riley mandou Bob Winkle e sua turma pegarem o material e se juntou a Chevie no canto do cômodo, onde a parede suava um calor doce e enjoativo que esquentava os dedos quando estes eram enfiados entre os tijolos.

— No inverno seria pior — disse Riley. — Não iríamos durar uma noite.

— E ainda por cima não tem TV em HD — disse Chevie, e começou a rir. Depois de um momento de perplexidade, Riley a acompanhou, ainda sem saber o que era TV em HD, mas feliz por ter um pretexto para o riso.

Quando o ar tóxico os obrigou a parar de inspirar com tanta intensidade, o riso foi sumindo e o burburinho externo preencheu o cômodo novamente.

Chevie segurou as mãos de Riley dentro do aquecedor improvisado.

— Você sabe que nós podemos morrer a qualquer hora? — perguntou Riley. — Mesmo que Garrick não venha aqui, ele pode pagar a alguém que venha.

— Vamos sair assim que Bob voltar. Não se preocupe. É um plano bom. Vai dar certo.

— Tem que dar — disse Riley apertando os dedos dela com força. — Com Garrick, não vai haver segunda chance.

Houve uma batida na porta.

— Recado pra princesa índia — disse uma voz esganiçada.

Chevie abriu a porta e viu um menino tísico com sangue nas gengivas e a traqueia fazendo vibratos por causa do catarro.

Puxou o garoto para dentro e grudou-o contra a parede, para uma revista rápida. Garrick não se oporia a ideia de colocar uma bomba numa criança. Provavelmente consideraria isso engraçado.

— Não rasga minha garganta, moça. Eu só fiz por causa do doce.

O garoto não tinha onde esconder nada, e não havia nada escondido de fato. Segurava um quadrado de papel pardo, de embrulho, no qual havia uma janela cuidadosamente desenhada.

A mensagem era clara: *Vá à janela.*

Claro, pensou Chevie. *Até parece que vou à janela.*

Mas foi, abaixando-se sob o parapeito, posicionando um olho pelo canto do papel de parede rasgado e espiando o sol que nascia através da névoa perolada, examinando os telhados.

Não conseguiu ver nada estranho. Isto é, nada mais estranho do que uma vista do século XIX.

Tetos abaulados pelo próprio peso e chaminés. Um pináculo de igreja distante.

Não, não é um pináculo distante. É um homem em cima do telhado, uma luz vermelha piscando na mão dele.

A estranha luz vermelha cortava a névoa, cem anos à frente de seu tempo, e terminava num ponto sobre o papel que cobria a janela do cortiço.

— Abaixados — gritou Chevie, mergulhando para os dois garotos e arrastando-os para o chão bem a tempo. Seis tiros furaram o papel e arrancaram nacos do tamanho de punhos da parede de tijolos. Nuvens de poeira rodopiavam nos fachos de luz que entravam pelos buracos de bala.

Chevie manteve os garotos deitados até sentir que o ataque havia terminado.

— Ele encontrou a gente — ofegou Riley.

As tábuas rangeram sob o peso deles como se o colapso fosse iminente. O fedor de tripas fervidas era mais forte com os narizes grudados à madeira, e através de uma fenda no piso Chevie viu uma dúzia de figuras acordando na escuridão apinhada embaixo.

— Se você estiver suficientemente bem para ir embora — disse a Riley —, eu já estou meio farta da Old Nichol.

— Tente me acompanhar — disse Riley, e começou a se arrastar para a porta.

12

AO PÓ

Cortiço da rua Old Nichol. Bethnal Green. Londres. 1898.

Albert Garrick havia passado a maior parte da noite anterior observando discretamente a casa da Bedford Square, até que um de seus informantes forneceu notícia do paradeiro da princesa índia. Um aríete também ficara de olho no lugar, mas o sujeito recebeu notícias de um mensageiro às doze badaladas e abandonou a tocaia.

Sem dúvida Otto soube do destino de Tibor Charismo.

De modo que agora Garrick estava nos limites da Old Nichols com suas armas maravilhosas.

Alguns tiros de alerta, pensara ele, *para tirar minha vítima da toca.*

Garrick viu o movimento na janela do sótão, depois utilizou o laser lindo e mortal para dar alguns tiros no cômodo. A eficácia da mira o deixou bastante emocionado.

É uma invenção perfeita em sua mistura de forma e função.

Para Garrick, era simples dar dois passos para o leste no telhado e assim ter uma visão livre da porta de entrada do cortiço.

Riley sabe que eu jamais entraria naquele prédio, percebeu. *O garoto tem um lado cruel. Seria um bom assistente, se não tivesse me traído.*

O pardieiro tinha apenas uma saída, e era por essa porta que Riley e Chevie deveriam emergir, a não ser que planejassem se afogar nos excrementos dos fundos da casa ou abrir caminho através dos barracos encostados neles.

E com meu excelente armamento do FBI, vou pegá-los quando saírem.

Sorriu. *O fim está próximo, Chevron Savano.*

Houve uma agitação junto à porta, precipitada por alguns vira-latas que saíram para a rua brigando e latindo.

Aí vêm eles, pensou Garrick, ativando a mira laser. *Só dois tiros, guardando balas para o armeiro copiar.*

Mas em vez de dois fugitivos amedrontados, nada menos do que uma dúzia de jovens irrompeu da porta do pardieiro, emergindo do meio do lixo largado no corredor da frente, todos com chapéus de abas largas, espalhando-se como criminosos em fuga. Era impossível dizer se Riley e Chevie estavam entre eles.

Garrick deu um riso tenso em seu poleiro. *Um grupo para distrair a atenção. Esperto.*

O assassino supôs que poderia derrubar meia dúzia, mas seria um desperdício chocante de munição, e os policiais seriam atraídos pelo assassinato em massa, mesmo na Old Nichol.

Enfiou a arma no bolso e correu para a escada.

Então agora vamos disputar corrida, meu filho. Só os velozes sobreviverão. O futuro de todos nós está na Bedford Square.

Chevie atravessou a rua, evitando os buracos enquanto corria. Bem em frente da porta do cortiço havia um beco abandonado que media apenas a largura dos ombros de um homem, por onde Chevie e Riley foram em alta velocidade, evitando a água túrgida que corria no meio. A passagem escura estava ladeada por uma guarda dos garotos de Bob Winkle, batendo palmas e gritando com todo o entusiasmo que seus pulmões cheios de alcatrão permitiam.

Bob Winkle aguardava na névoa branca do fim do beco, como um anjo, mantendo aberta uma porta empenada de madeira.

— Entre, alteza — gritou Winkle. — Eu dei um pouco de pimenta à égua e ela está empinando para sair.

Chevie mergulhou dentro do cabriolé de aluguel enquanto Riley subia no banco do cocheiro e Winkley pousava ao lado dele com agilidade notável para alguém tão desnutrido.

— Você se movimenta como um duende — comentou Riley.

— Engoli umas cervejas — admitiu Winkle. — Só para me animar.

— Esse carro de aluguel é seu? — gritou Chevie para o garoto.

— Por enquanto é sua carruagem, madame — respondeu Winkle, piscando através do buraco no teto.

Riley pegou o chicote de cabo comprido no suporte e estalou-o habilmente entre as orelhas do cavalo. Parte de seu treinamento de mágico/assassino era trabalhar com o chicote, e Riley era capaz de partir uma carta de baralho nas mãos de um ajudante, mesmo com os olhos vendados. A égua empinou uma vez, com medo, tentou morder seu atormentador com os dentes fortes e partiu pelas pedras do calçamento em direção a Bloomsbury e à Bedford Square.

Garrick optou por ir correndo para a casa na Bedford Square. Um cabriolé seria mais rápido, mas não havia nenhum à vista.

Estava irritado, mesmo com os pulmões ardendo, por ele, o grande Albert Garrick, ser obrigado a correr para pegar um moleque e uma garota.

Agora não havia questionamentos sobre deixá-los vivos.

Eles conhecem meus segredos e suspeito que em pouco tempo a agente Savano vai se voltar para a tarefa de tramar minha queda.

Garrick sabia que aqueles dois elos com o futuro precisavam ser totalmente cortados antes que eles usassem a Chave Temporal para se conectar de novo à época de Chevron e trazer a justiça para ele.

O mágico sentiu seu chapéu voar da cabeça e deixou para lá, permitindo que o cabelo comprido balançasse atrás. O vento nas madeixas o fazia sentir-se primal e impossível de ser parado.

Riley guiava o cabriolé como se o diabo estivesse atrás, o que não estava longe de ser verdade. A viagem seria de pouco mais de quatro quilômetros, e Riley cortava cada caminho possível, sacudindo Bob Winkle e Chevie como bolas de gude contra um vidro. Mas eles não reclamavam nem pediam que ele parasse; estavam dispostos a ganhar alguns hematomas se o prêmio fosse escapar de Albert Garrick.

Riley, não contente em simplesmente raspar nos becos, parecia decidido a levar o cabriolé à destruição. Trovejou, ultrapassando a carruagem de um lorde, e o cabriolé só se salvou de tombar porque foi firmado por um poste de luz, que se dobrou sob seu peso.

O progresso pela Gower Street foi marcado por dois apitos de um policial, por uma bandeja de padeiro jogada no ar, provocando uma chuva de pãezinhos quentes sobre os garotos que vinham atrás, e por um mar de batatas assadas rolando de um braseiro virado.

Chevie tentou se firmar o suficiente para procurar Garrick, mas a cidade passava a toda velocidade e seus sentidos eram atrapalhados pelas sacudidas.

— Estamos quase chegando — disse a si, os dentes trincando enquanto falava. — Conheço essa região.

E conhecia, já que a arquitetura geral e o desenho das ruas não havia mudado substancialmente no decorrer do século seguinte.

Riley se levantou, puxando as rédeas, e reduziu a corrida louca a um trote. Inclinou-se sobre a abertura no teto.

— Saia, Chevie — ordenou. — Bob, leve esse cabriolé para Covent Garden para atrair a polícia para longe. A partir daqui, vá devagar; não precisa atrair nenhum olhar curioso.

Bob pegou as rédeas, o rosto iluminado pelo simples júbilo da fuga.

— Sim, Sr. Riley. E, se eles me pegarem, não vou abrir o bico. É a palavra de Winkle.

Riley lhe entregou a última moeda dada por Malarkey.

— A princesa agradece, Bob.

Winkle enfiou o dinheiro dentro do colete puído.

— Você sabe onde me escondo, se precisar. Informe à princesa que da próxima vez vou cobrar um beijo.

Chevie abriu a porta.

— Lave a cara — disse, saindo à rua — e talvez eu pense no assunto.

O que fez a dita cara se retorcer, consternada, e depois dar um riso largo enquanto Bob Winkle estalava as rédeas e partia rapidamente, prometendo lavar a cara na próxima oportunidade possível.

A porta da casa na Bayley Street era de madeira maciça, com dobradiças de latão e rebites de ferro, e obviamente não sucumbiria a um chute.

Chevie ficou incrédula ao ver que uma simples porta iria detê-los depois de chegarem tão longe. Começou a examinar a praça enlouquecidamente, em busca de alguma ferramenta que os ajudasse a invadir, mas não havia nada na rua exceto babás com carrinhos de bebê desfrutando do sol da manhã no pequeno parque, ou vários vendedores de rua oferecendo petiscos para o desjejum.

— Como vamos entrar? — perguntou. — Nosso plano só funciona se estivermos dentro da casa.

— Calma, Chevie. Eu já entrei nesse buraco, lembra?

O aprendiz de assassino subiu em cima do corrimão do andar térreo e saltou para agarrar, com as pontas dos dedos, o parapeito de uma janela de cima. Abriu a janela de guilhotina e se enfiou dentro, do mesmo jeito que tinha feito na fatídica visita anterior. Da última vez o fecho precisara ser forçado com um pé de cabra, mas nesse momento ele já estava partido em dois.

Meio minuto se passou, então Riley abriu uma fresta da porta.

— Entre depressa — disse a Chevie. — Sinto cheiro de Garrick se aproximando.

Chevie obedeceu, dizendo:

— Não sinto cheiro de nada. Acho que estraguei meu olfato na Old Nichol.

Riley fechou a porta, mas não colocou a corrente.

— Sinto que ele está perto, sinto nas dobras das tripas. É uma coisa que sempre consegui sentir.

Chevie pôs a palma da mão na barriga.

— Sabe de uma coisa, Riley? Acho que talvez você tenha algo aí. Vamos indo. Minhas tripas estão se dobrando para dizer alguma coisa medonha.

Albert Garrick pegou outra expressão do século XXI no depósito em sua mente: *estou sentindo a onda da corrida.*

Não estou nem um pouco tonto, pensava à medida que a adrenalina percorria seu organismo, maximizando o desempenho dos músculos. Isso está acontecendo porque minha glândula adrenal está liberando epinefrina. Fascinante.

Inclinou-se contra o vento, balançando os braços ao estilo Carl Lewis, um dos atletas prediletos de Félix Smart.

A sensação não durou, e a escuridão nublou seu humor matinal. Garrick não poderia descansar enquanto a Chave Temporal não fosse destruída e a base de pouso, desmantelada. Não ficaria completamente seguro naquela época até que isso acontecesse.

Riley deve saber que sou seu mestre, mesmo no pó.

Quando isso estiver resolvido, precisarei encontrar um novo aprendiz. Um menos relutante.

Eu bati pouco nele. Isso não vai acontecer de novo. Vou escolher um indigente da Old Nichol, alimentá-lo e ensinar a ter respeito. E se ele não aprender, vai para a sepultura, como está para acontecer com o predecessor.

Garrick atravessou o parque, pulando o corrimão de ferro para a Bayley Street bem a tempo de ver a aba do casaco de Riley desaparecendo no corredor sombreado da casa de Charles Smart.

A sede de sangue de Garrick subiu pela garganta feito bile.

Vou pegar os dois, pensou com selvageria crua. *Depois vou embora antes que o alarme seja soado.*

Garrick se empertigou para evitar olhares curiosos e caminhou pela rua, tranquilo como alguém que não tivesse em mente nada mais do que comprar café da manhã e bolinhos. A postura casual foi abandonada assim que encostou o ombro na porta de Charles Smart e descobriu que estava destrancada.

Eles são meus, pensou, mas então se instigou a ter cautela.

Chevron Savano tem um treinamento considerável. É jovem e impetuosa, mas ainda é capaz de surpresas.

Garrick trancou a porta depois de entrar, em seguida sacou a pistola com mira a laser e seguiu rapidamente para a escada. Houve um som adiante, de alguém descendo ao porão. Pelo peso dos passos e o chiado da respiração, Garrick soube que era Riley.

Será possível que o garoto esteja ligeiramente asmático? O período de desenvolvimento passado na poluição venenosa de Londres teria esse efeito, percebeu. *E em pouco tempo os problemas respiratórios de Riley ficarão mais severos.*

Seus próprios pulmões estavam limpíssimos graças à fenda espacial.

Garrick segurou o corrimão com a mão livre e pisou na escada, usando um ombro para se firmar contra a parede.

Riley estava à vista. *Dez passos abaixo! Um tiro facílimo.*

— Riley! — trovejou ele, adorando o melodrama. — Alto lá!

O garoto nem se virou, mas suas pernas bambearam e algo escorregou de sua mão.

A Chave Temporal! Riley deixou-a cair.

Garrick não conteve uma exclamação.

— Arrá!

A Chave Temporal escorregou dos dedos de Riley, e o garoto sabia que deveria obrigatoriamente ser visto voltando para pegá-la, caso contrário o plano não serviria para nada. Girou e encontrou Garrick já esmagando a Chave sob o calcanhar.

— Você me traiu, órfão — disse Garrick. — E seu castigo será uma morte lenta.

Você me deixou órfão, pensou Riley, com a fúria aumentando no coração como vapor numa locomotiva, e atacou, o que certamente não fazia parte do plano.

Riley fechou os punhos, conforme fora ensinado, e deu um soco nos nervos acima do joelho de Garrick. A perna do assassino não teve escolha a não ser se dobrar, fazendo-o tombar de lado na escada estreita. Riley conseguiu dar mais um soco na barriga antes que Garrick levantasse a guarda.

— Tremendo espírito de luta — disse, com a voz fraca devido ao golpe. — Mas tarde demais para isso, meu garoto. Estamos no finzinho dessa história.

Riley continuou golpeando, procurando as falhas na guarda de Garrick e encontrando-as embaixo, em volta dos quadris e dos rins. E ainda que a expressão de Garrick permanecesse imperturbável, ele se sentia relutantemente impressionado com a habilidade de Riley e surpreso ao notar como era difícil se defender do garoto.

Nunca lutei contra alguém que empregasse exatamente o meu estilo, percebeu.

Por fim Garrick ficou cansado do jogo. Girou o braço num arco rápido e acertou Riley diretamente num ouvido, desorientando-o completamente e fazendo-o rolar até a base da escada, para o corredor do porão e fora das vistas.

Nunca mais Riley vai se voltar contra seu senhor, pensou Garrick.

Tudo o que havia entre ele e a paz de espírito completa era uma adolescente americana que provavelmente estava desarmada. Mesmo assim, ele não se arriscaria.

Então tirou um momento para terminar de quebrar a Chave Temporal com a bota, esmagando as entranhas do dispositivo com grande prazer.

Eu poderia ir embora. Simplesmente subir a escada e ir embora. Destruí a Chave Temporal.

Reconheceu essa voz como os últimos fiapos da consciência de Félix Smart, tentando manipulá-lo. Ficou deliciado ao perceber que não seria afastado do caminho.

Riley conhece meu rosto. Sua voz deve ser silenciada.

A morte era a única resposta. *Ao pó*, era o que sempre dizia. E agora poderia ir para o quarto no porão sem medo. Sem a Chave Temporal para ativá-la, a estrutura de metal da cama era somente uma estrutura de cama. Na verdade, Garrick sabia que devia ter vindo à noite e desmantelado a cama, mas estivera cauteloso com a possibilidade de uma emboscada e tinha que garantir que o prêmio oferecido por sua cabeça fosse retirado. Agora não precisava se incomodar.

Quase desejou que houvesse câmeras de vigilância do século XX para registrar o que aconteceria a seguir. Era um episódio que ele gostaria de observar de modo crítico, para confirmar que sua presença era tão impressionante quanto supunha.

Sempre há espaço para melhorar um desempenho.

Em seguida baniu tais pensamentos e permitiu que um sentimento de objetividade frio e eficiente lhe envolvesse o cérebro, como o aço frio do elmo de um soldado do regimento dos dragões.

Agora devo ser o assassino. Amanhã meu mundo mudará — na verdade, o mundo inteiro pode mudar —, mas por enquanto estou realizando um trabalho. E Albert Garrick sempre se orgulha de seu trabalho.

Seguiu pelo corredor, os olhos se ajustando rapidamente à penumbra. Ouviu sons de raspagem em meio às sombras contra os quais um amador talvez tivesse desperdiçado munição, mas Garrick conhecia o som das garras dos ratos, portanto não disparou.

Riley se movimentava devagar à frente dele, atrapalhado por baús de viagem e manequins, encurvado e lançando olhares temerosos em direção ao mentor.

— Ela abandonou você, filho — gritou Garrick para ele. — Você está sozinho.

— Você assassinou meus pais! — disse Riley. — Não sou seu filho.

Garrick já ia negar — afinal de contas, como Riley podia saber o que havia acontecido tantos anos antes? — quando a verdade lhe ocorreu: *o garoto vira tudo na fenda espacial.*

— Foi só um trabalho — admitiu, atirando num manequim com rodas só por diversão. — Fiz o que fui contratado para fazer. Era questão de confiança. E eu não salvei você? Contra as ordens, devo observar.

— Assassino! — uivou Riley, correndo pela porta do quarto e entrando na penumbra do outro lado.

Garrick se posicionou prudentemente ao lado da porta, relutante em seguir Riley de imediato para o caso de a agente Savano tentar uma emboscada.

Lembre-se, vocês dois tiveram o mesmo treinamento. Qual é o procedimento padrão quando se defende um cômodo com uma única entrada?

Chevie podia estar esperando num ponto cego, apontando uma arma para a porta.

Se ela estiver aí.

Talvez a agente Savano nem estivesse no prédio. Mesmo assim, era melhor perder alguns segundos do que desperdiçar a oportunidade de fechar aquele capítulo sórdido do livro.

Garrick acessou suas lembranças do quarto. Tinha passado um bom tempo ali, esperando que Félix Smart aparecesse.

Um espaço retangular com uma pequena alcova na parede sul, um guarda-roupa e uma escrivaninha. Fileiras de cilindros do tamanho de barris... baterias grosseiras, suponho, que Smart estava construindo para alimentar visitas futuras a Victoria. A Agente Savano estará escondida atrás da escrivaninha. Quando eu entrar, ela terá uma linha de tiro direta.

Garrick verificou a carga da pistola.

Muito bem. Albert Garrick entrará, conforme é esperado.

Chevie estava ajoelhada atrás da escrivaninha, com o revólver de Barnum apontado para a porta. No instante em que Riley aparecesse, iria se levantar com o revólver engatilhado.

Venha, Garrick, instigou com o pensamento. *Mostre esse sorriso nojento.*

Garrick falava o tempo todo, o próprio falastrão londrino.

— Nós compartilhamos uma tremenda aventura. Mas para que eu exerça todo o meu potencial, preciso poder investir tempo em mim sem interferências constantes...

O discurso surpreendeu Chevie tremendamente, já que ela havia atirado três vezes em Garrick entre a primeira e a terceira sílabas da palavra *aventura*. A capa havia caído no chão e o mágico tombou rigidamente, mas mesmo assim *continuou* a falar. E apesar de ter sido avisada de que haveria algum truque, Chevie ficou um pouco exposta por uma fração de segundo, o que deu ao verdadeiro Garrick a chance de entrar calmamente junto ao portal e atirar bem no peito dela, ao mesmo tempo em que projetava a voz no manequim sobre rodas, caído no chão.

— ...de uma agente juvenil completamente incapaz de enfrentar essa situação.

Garrick permitiu que um pensamento relampejasse em sua mente, lhe dizendo que o tiro no meio do corpo, ao estilo do FBI, talvez fosse o mais satisfatório que já havia disparado, apesar das tentativas de interferência por parte de Félix Smart sobre sua consciência, ou talvez por causa disso.

Estou de novo no controle de mim mesmo.

O impacto lançou Chevie para trás nas pontas dos pés, e quase deu uma cambalhota sobre uma pilha de cobertores que estavam atrás de si.

Garrick, sempre profissional, resolveu que iria saborear o momento mais tarde, assim que estivesse em segurança no teatro Orient. Agora era o momento de colocar o último prego naquele caixão.

— Riley, garoto — disse ele, a voz cheia de doçura e melodia, o tom mais sedutor que já fora ouvido no palco do West End. — Pare de fugir, filho. Deixe-me acabar com sua dor.

Riley estava deitado na cama, de rosto para baixo, o corpo arfando com soluços.

No fim das contas, ele era só uma criança. Talvez seja melhor morrer inocente.

Garrick enfiou a arma no bolso, afinal era importante que aquela morte fosse mais pessoal.

Dois passos breves o levaram à cama.

Vou cortar o ar de sua traqueia e observar seus olhos ficarem vítreos, mas, por respeito ao nosso passado compartilhado, talvez eu fale com gentileza enquanto ele estiver partindo.

Garrick estendeu a mão para o pescoço de Riley.

Meus dedos são muito esguios, mas são fortes, pensou. *Eu poderia muito bem ter sido um pianista.*

Riley estava arrasado demais para tentar uma fuga, e simplesmente ficou deitado, esperando que os dedos de Garrick se enrolassem em seu pescoço.

— Não resta energia para a luta em você, filho? — sussurrou Garrick. — Talvez seja hora de dormir.

Garrick saltou no colchão feito um gato, mas as pontas de seus dedos não pousaram no pescoço macio de Riley, conforme esperado. Em vez disso, de algum modo, elas tilintaram contra um vidro frio, assim como a cabeça do assassino, chocando-se contra um espelho não visto, emitindo um estalo surdo e lançando rachaduras através do vidro.

— Mas... — disse ele, chocado, com sangue se derramando num olho. — Mas... eu vejo.

Riley se virou e olhou através das rachaduras em direção a Garrick, mas não para ele.

— O que você vê, poderoso ilusionista?

Os dedos de Garrick bateram no espelho e ele percebeu que tinha sido enganado pelo próprio aparato mágico, porém o latejar em sua cabeça estava mais alto do que os pensamentos.

— Luzes em ângulo. Uma série de espelhos. Desvio de atenção. Mas por quê?

— Para colocar você na cama — disse uma voz atrás dele.

Garrick se virou, atordoado, e ali, inacreditavelmente, estava Chevron Savano, sã e salva, com alguma forma de projétil já saltando de seus dedos e girando na direção dele.

Não vai ser tão fácil assim, pensou Garrick, e agarrou o objeto no ar. *Mesmo atordoado, não serei derrubado por gente como vocês.*

O mágico ficou irritado porque tinha sido ferido por um dos seus espelhos. Mas o que a ilusão havia conseguido, senão adiar o inevitável? Ele estava um pouco ensanguentado, nada mais.

Garrick sentiu sua mão pinicar, então viu fagulhas alaranjadas zumbindo em volta dos dedos que seguravam o projétil. Fagulhas zumbindo como abelhas quânticas em volta do mel A perplexidade se amontoava dentro dele.

Fagulhas alaranjadas? Como?

Garrick abriu os dedos e viu uma Chave Temporal, e por um instante pensou que fosse outra ilusão, até que a experiência de Félix Smart lhe garantiu ser real.

A equipe de limpeza que ataquei antes. Claro, eles tinham Chaves Temporais e coletes à prova de bala. Esta é uma das chaves deles, assim como a que eu esmaguei na escada.

Largada deliberadamente como um ardil. Riley permitiu que eu o visse entrar na casa. Chevron simplesmente vestiu um colete à prova de balas no minuto antes da minha chegada.

A leitura digital da Chave Temporal era dividida em quatro quadrantes, e os dois superiores estavam piscando.

Garrick esperou um nanossegundo até que a informação lhe atingisse.

A esquerda superior ativa a fenda espacial. A direita superior é a contagem regressiva, que já está no zero. Os quadrantes inferiores ativam o facho de reentrada. Não estão ativos.

— Isso mesmo — disse Chevie. — Você vai entrar, mas não vai sair.

Garrick apertou os controles da Chave Digital com os dedos, mas eles já haviam ficado quiméricos; ele era como um fantasma tentando fazer contato com o mundo real A Chave Temporal escorreu de sua mão e caiu no colchão de plumas de ganso, com um vórtice de luz se abrindo no centro.

— O quê? — perguntou Chevie. — Nenhuma palavra final? Que tal: *Não é a última vez que o mundo vê Albert Garrick?* Essa é boa.

Riley apareceu ao lado de Chevie, e seus olhos estavam molhados de lágrimas.

— Você assassinou minha família. Me sequestrou do meu berço. — Ele sacudiu a capa de Garrick. — Para que eu fosse sua plateia.

Garrick tinha coisas mais importantes em mente além de lidar com as acusações de um garoto. Sentiu-se escorregando para longe.

Não sou nada, percebeu. Para muitas pessoas poderia haver consolo nesse pensamento, mas para Albert Garrick ele continha apenas terror.

Não serei nada por toda a eternidade.

As fagulhas alaranjadas se espalharam feito gafanhotos mágicos ao longo de seus membros e tronco, deixando apenas uma silhueta. Entranhas fantasmagóricas bambolearam dentro da carne transparente, e Garrick viu tudo isso acontecer.

Abriu a boca para falar, mas nenhum som saiu, por isso Riley disse as palavras por ele:

— Ao pó — disse o garoto, e cuspiu no chão.

Por um instante, Garrick relampejou em prata, como se transformado em pó de cupim, depois foi sugado pela Chave Temporal, que estava de pé sobre a ponta, girando feito um pião.

Um raio de luz saltou da parte de cima, chamuscando o teto, depois também desapareceu.

— Certo — disse Chevie, segurando o ombro de Riley e empurrando-o para a escada. — Sei aonde isso vai dar.

Sem uma abertura para a extremidade da fenda espacial no século XXI, o túnel de tempo ansiava por energia para sustentar a conversão de matéria. As primeiras coisas a sumir seriam as baterias em forma de barril, que foram agarradas por dedos de relâmpagos, espremidas até secar e depois jogadas de lado como cascas secas. Então os raios se cravariam no fundo da própria terra, sugando energia geotérmica até o solo estalar e rachar.

Chevie empurrou Riley para o andar de cima, em direção à porta da frente, ouvindo a própria terra se abrir atrás dela com estrondos trovejantes e estalos agudos. Podia sentir a Chave Temporal de Bill Riley zumbindo em ressonância junto ao seu peito.

— Corre — gritou, de modo totalmente desnecessário. — A casa vai desmoronar.

Riley não precisou ser instigado. Correu para a porta, pensando que era a segunda vez que fugia daquela casa por medo de perder a vida.

A casa desmoronou ao redor enquanto eles corriam, afundando na bocarra do porão à medida que a própria estrutura alimentava a fenda espacial com energia cinética. Vidros se despedaçavam e pedras eram esmagadas feito areia. Chevie chutou o traseiro de Riley com força para lançá-lo para além de um lustre que caía.

Garrick havia trancado a porta depois de entrar, mas isso não os retardou, já que a maior parte da parede da frente havia desmoronado. Os dois fugitivos mergulharam por um buraco na parede, caíram na calçada e se afastaram depressa do turbilhão de destruição.

Pessoas saíam das portas das casas adjacentes e gritos soavam na praça enquanto a fenda espacial engolia todo o prédio, separando-o dos vizinhos com precisão cirúrgica. Quando finalmente a poeira baixou e a cacofonia se esvaiu, a casa havia sido removida como um dente podre tirado de uma gengiva, deixando as outras intocadas a não ser por umas vinte janelas quebradas e algumas rachaduras superficiais em formato de teia de aranha.

Riley e Chevie se recostaram no corrimão do parque, tão sujos de poeira quanto qualquer vítima do Vesúvio, porém intactos e sem ferimentos.

Riley cuspiu uma bola de pó de tijolo.

— Você sabia que a casa inteira seria consumida?

Chevie tocou o ponto dolorido no peito onde a bala de Garrick havia acertado o colete grande demais.

— Eu sabia que havia uma chance, mas valia a pena correr o risco.

O caos era completo na Bedford Square enquanto os apitos dos policiais enchiam o ar e os sinos de uma carroça de bombeiros badalava, vindo do West End. Algumas pessoas haviam desmaiado, e garotos subiam no monte de entulho, chamando por sobreviventes.

— É melhor a gente ir embora — disse Riley. — A polícia vai interrogar todo mundo, com uma casa tão chique assim.

Chevie tirou seu colete à prova de balas e respirou várias vezes.

— É, certo, Riley. Eu tomo as decisões estratégicas, lembra? De qualquer modo, deveríamos sair daqui antes que a polícia nos culpe por alguma coisa.

Riley enfiou a capa de mágico embaixo do braço.

— É uma boa estratégia. Vá na frente, agente Savano.

Os dois seguiram para a esquina da Bedford Square, indo contra o fluxo da multidão que se esforçava para ver os alicerces desmoronados do que o *London News* chamaria de Casa do Inferno.

Riley e Chevie deixavam uma trilha de poeira para trás.

Não falaram durante algum tempo, ambos concentrados em pensamentos sobre o futuro. Por fim perceberam que tinham entrelaçado os braços enquanto caminhavam.

— Nós estamos iguais a um casal indo à ópera — disse Riley.

Chevie riu, e um sopro de poeira escapou de sua garganta.

— É, um casal zumbi. — Seu riso se esvaiu. — Você poderia ter morrido lá, lutando contra Garrick. Aquilo não fazia parte do plano.

— Eu pensei nele parado perto de minha mãe, com a faca pronta para fazer o serviço, e não pude evitar.

Cascos ressoaram ao lado enquanto um cabriolé de aluguel diminuía a velocidade, o cocheiro farejando o dinheiro da corrida apesar da aparência dos dois.

— Estamos bem a pé — gritou Riley, sem olhar para cima. — Continue pela avenida.

— Talvez eu fique bem se puder andar ao lado dos meus chapas — disse uma voz familiar.

Era Bob Winkle, que de algum modo tinha ficado com a carruagem roubada.

Winkle estava no banco do cocheiro, olhando para a esquina da Bedford Square.

— Vocês fizeram um belo estardalhaço naquela casa — comentou ele. — Um sujeito pode esperar uma vida de grandes aventuras fazendo parceria com uma dupla assim. Vocês são como Holmes e Watson, mas com munições e explosões a mais.

Chevie se sacudiu feito um cachorro, e um arremedo de uma adolescente emergiu da poeira.

— É um belo rosto, princesa — disse Bob Winkle. — Se você passasse um pano molhado nele, eu até poderia me abaixar pra dar um beijo.

Tomaram um desjejum digno da realeza, pago com um dos soberanos encontrados dentro do forro da capa de Garrick. Pediram café com torrada, aveia com açúcar mascavo, ovos fritos e salsicha, frango com curry e batata, um prato de toucinho e manteiga extra para dar força. Tudo acompanhado por cerveja para os garotos, apesar dos avisos de Chevie sobre a saúde.

Sentaram-se a uma mesa de rua em Piccadilly Circus depois do desjejum, olhando a avenida se encher com as atividades do dia.

Bob Winkle jogou um vintém para o primeiro mendigo que se aproximou da mesa deles e o mandou vigiar o pequeno espaço, para que pudessem conversar sem ser interrompidos.

Riley suspirou e coçou a barriga distendida.

— Estou cheio como um príncipe no dia do aniversário — declarou.

Chevie estava menos estufada, tendo ignorado noventa por cento do que lhe foi oferecido.

Não posso ficar aqui, pensou. *Meu colesterol vai me matar em uma semana.*

— Certo, pessoal — disse, batendo na mesa com objetividade. — Temos de fazer nossos planos antes que vocês fiquem totalmente bêbados.

Bob Winkle fungou.

— Bêbados com cerveja? Eu não fico *bêbado com cerveja* desde que tinha 10 anos. — Ele pegou o resto do pão preto do prato e enfiou nos bolsos. — É melhor dar uma olhada na égua. Vocês dois podem fazer seus carinhos de despedida e eu volto para levar quem estiver indo para o Orient. Acho que não resta muito mais do que lascas daquele equipamento de magia que eu e os garotos transportamos mais cedo.

Winkle foi andando pela rua, com olhos e ouvidos abertos para a polícia.

— Esse cara vai colocar você em encrenca — alertou Chevie.

— Bem, ele não vai passar as horas acordado tentando assassinar ninguém, nem as horas de sono sonhando com a morte.

— Talvez. Mas ainda acho que você deveria voltar comigo. Parte de você pertence ao século XXI.

Riley suspirou.

— Mas parte de mim está aqui. Tenho um meio-irmão que ainda mora em algum lugar. Talvez em Brighton, não é? Com a ajuda de Bob Winkle, talvez eu possa encontrá-lo.

— Você pode pagar pela ajuda de Winkle?

Riley deu de ombros.

— Por enquanto. Sei onde Garrick guardava o dinheiro. E acho que o teatro também é meu.

— Então você vai procurar seu irmão?

Riley apertou a capa do mágico em volta dos ombros.

— Agora eu sou um mágico. Vou montar uma trupe e desfrutar da vida teatral até achar Tom Cenoura. Talvez ele saiba qual é meu nome de batismo.

Os olhos de Chevie estavam abaixados.

— É, aposto que sabe. — Ela enfiou a mão no bolso e pegou a última Chave Temporal deixada pela equipe de limpeza. — A equipe e os equipamentos deles sumiram junto com a casa, mas eu mandei os garotos de Bob recolherem as Chaves Temporais enquanto estavam montando a armadilha dos espelhos, de modo que, se você mudar de ideia...

Riley pendurou o cordão no pescoço.

— Obrigado, Chevie. Mas esta é a minha época e o meu lugar.

Chevie balançou um dedo.

— Nunca diga nunca, certo?

— É. Você está certa. Pode haver um momento em que eu precise escapar.

— Ela está pré-programada, de modo que você só precisa apertar o botão. Certifique-se de que os quatro quadrantes estejam acesos, caso contrário vai terminar preso na fenda espacial com você sabe quem.

— Sem dúvida vou verificar.

Chevie tomou um gole de seu café, que tinha a consistência de lama e gosto de xarope para tosse.

— Eu sinto que deveria haver mais coisas, sabe. Nós passamos pelo inferno e agora eu simplesmente vou embora?

— Nós sempre vamos estar próximos, Chevie. Eu conheço o segredo de sua tatuagem, lembra?

Chevie deu um tapinha no próprio ombro.

— Minha tatuagem? É, bem. Acho que nesse quesito eu contei um caô.

— Contou um caô? — perguntou Riley, franzindo a testa.

— Uma lorota. Um papo furado. Um monte de mentiras.

— Seu pai mentiu para você? E você mentiu para mim?

— Acho que sim, mas agora estou dizendo a verdade, por causa da ligação que estamos tendo. Papai adorava contar aquela história, mas a tatuagem das divisas aconteceu porque ele teve uma desavença com o dono do posto Texaco do bairro.

— Te-xa-co?

— É. Um posto de combustíveis. Então, só para chatear o cara, e por causa do problema que ele tinha com a cerveja, meu pai mandou fazer uma tatuagem e me deu o nome de Chevron, que é a marca de um posto de gasolina concorrente, que tem o símbolo das divisas.

Riley empurrou sua caneca com a ponta do dedo.

— Então nada de guerreiro nobre?

— Não. E eu baseei toda a minha vida naquela história; fiz a tatuagem, contava a todo mundo que quisesse ouvir, virei agente do FBI. No ano passado encontrei o cara do posto Texaco, que ficou abalado ao saber que meu pai tinha morrido e me contou a verdade. Meu nome é por causa de um posto de gasolina.

— Uau — disse Riley, que tinha ouvido tal exclamação ser usada no futuro, e gostava dela.

— Uau? Só isso, é? Nenhuma sabedoria mágica vinda do Grande Riley?

— Nós dois construímos nossa vida a partir de mentiras. Eu não fui abandonado para canibais do cortiço, e seus ancestrais não eram grandes guerreiros, mas as mentiras fizeram seu papel, e nós somos o que somos. Acho que você é a agente mais jovem na sua força policial por um bom motivo. Talvez, apesar do nome Chevron.

Chevie sorriu.

— É, certo, Riley. Isso não é ruim. Vou aceitar.

Abandonaram o cabriolé de aluguel e andaram até a casa na Half Moon Street. Bob Winkle estava se esforçando ao máximo para decifrar os fatos limitados que havia recebido.

— Bem, princesa. Você planeja entrar nessa casa e ficar lá durante cem anos?

Chevie deu um tapinha no ombro dele.

— Algo assim, Winkle. Eu diria *a gente se vê por aí*, mas provavelmente isso não vai acontecer.

— Então vamos nos beijar agora?

— Claro — disse Chevie, e lhe deu um beijinho no rosto, com o qual ele teria de se contentar.

— No ano que vem eu faço 15 anos — disse Bob Winkle, encorajado pelo beijo. — A gente podia se casar. Eu poderia ganhar uma bela gaita nas feiras com uma índia lutadora.

— Por mais que seja uma oferta tentadora, acho que vou dispensar.

— Muito bem, princesa. Mas agora que sou dono de uma parte do teatro, as damas vão cair em cima de Robert Winkle. Esperarei por você durante seis semanas, nem um minuto a mais.

— Entendo — disse Chevie, sorrindo. — É o máximo que você pode fazer.

Riley levou-a até o degrau da frente enquanto Bob se empoleirava numa escada vizinha, atento aos capacetes dos policiais.

— Tenha cuidado, Chevron Savano — disse ele. — O futuro é um lugar perigoso. É só uma questão de tempo até a chegada dos marcianos.

— É, vou ficar atenta para qualquer coisa que tenha tentáculos.

— Depressa, vocês aí — gritou Bob Winkle. — Essa é uma rua chique. Mais dois minutos e nossos cangotes vão ser beliscados.

O garoto estava certo. Seria uma pena se aquele caso terminasse numa cela de prisão.

Chevie abraçou Riley com força.

— Obrigada por tudo.

Riley retribuiu o abraço.

— Obrigado a você também, Chevron Savano, guerreira e posto de gasolina. Talvez um dia eu escreva nossa história. Iria rivalizar com as narrativas do próprio H. G. Wells.

— Talvez você já tenha feito isso — disse Chevie. — Vou procurar no Google quando chegar em casa.

— Procurar no Google parece um procedimento doloroso.

Bob assobiou alto.

— Estou vendo um capacete, Riley. Deixa ela agora.

Não havia mais como adiar. Chevie deu um beijo no rosto de Riley e apertou sua mão, depois entrou e fechou a porta.

O cômodo no porão estava escuro e úmido, exatamente como Chevie se lembrava daquele breve momento antes de o saco baixar sobre a cabeça deles. Viu ossos de frango no canto, com ratos amontoados em cima como mendigos em volta de um braseiro. Os ratos não pareceram preocupados com sua presença; pelo contrário, olharam-na por causa da carne em seus ossos.

Ser encarada por ratazanas era um bom modo de se concentrar em chegar a um lugar com ratos menores, por isso Chevie pegou a Chave Temporal de Bill Riley e foi rapidamente até a plataforma de metal.

Não existe época melhor que o presente.

Apertou o botão de controle da Chave Temporal e certificou-se de que os quatro quadrantes estivessem iluminados. Depois de um segundo de vibração seca, a chave começou a gerar fagulhas alaranjadas feito um bastão de fogos de artifício.

Lá vamos nós, pensou ela. *Espero que a casa de Victoria não desabe.*

E depois: *Espero que Riley fique bem. Aquele garoto merece uma folga.*

Franziu a testa. *Não que meu futuro vá ser um mar de rosas. Vou passar meses respondendo a perguntas. Graças a Deus Waldo viu a coisa toda. Espero que ele tenha gravado.*

Chevie levantou a Chave Temporal. Todos os quatro quadrantes estavam piscando.

Adeus, Riley. Fique bem.

Chevie sorriu, e fagulhas alaranjadas fluíram entre seus dentes.

Por favor, sem partes de macaco, pensou, e então sumiu.

Contra o tempo.

Bob Winkle se ofereceu para roubar uma bicicleta para irem até High Holborn, mas Riley disse que não.

— Sou seu sócio, você sabe — disse Winkle. — Por que você fica me dando ordens como se fosse um pequeno César?

Riley decidiu estabelecer as regras imediatamente. Winkle poderia aceitar ou não, como quisesse.

— Eu sou o Grande Savano, jovem senhor Winkle. Sou dono do teatro e do equipamento, e sei onde o ouro está enterrado. Se você quiser trabalhar comigo, bem-vindo, mas faça o que eu mandar. Se não, volte para a Old Nichol com seus ossos e fume um pouco de papel de parede.

Bob assobiou.

— Você foi duro, Riley. Duro e frio. Mas essas são coisas boas em um patrão, e vai impedir que os outros saiam da linha. E além disso, "Grande Savano"... soa muito bem.

— Obrigado, Bob. — Riley fez uma pausa. — Outros? Não posso alimentar o cortiço inteiro.

— Eu sei, mas tenho três irmãos que precisam ser cuidados. A gente é um grupo fechado, veja bem. É tudo ou nada.

— Quem poderia separar um sujeito dos irmãos? Seria cruel demais. Vá pegar todos agora mesmo e vamos nos encontrar no Orient para fazer os planos. Algum irmão seu sabe fazer malabarismo?

— Malabarismo? — perguntou Bob, já atravessando a rua. — Ora, Sr. Riley, eles fazem malabarismo *uns com os outros*.

E sumiu por um beco, indo diretamente para o cortiço dar a notícia de que os Winkle estavam salvos da Old Nichol.

Riley continuou andando sozinho, lançando olhares furtivos por cima do ombro sempre que uma brisa fria batia em sua testa.

Garrick se foi, disse a si. *Está perdido na fenda espacial.*

Perdido na fenda espacial? Será que isso poderia ser algo mais do que um sonho?

Chevie não foi sonho.

Uma linda donzela vinda de uma terra exótica para libertá-lo do tirano Garrick. Parecia um sonho, e daria um romance supimpa.

A única coisa que falta é um dinossauro voltando à vida.

Riley continuou andando, percebendo que iria se passar muito tempo antes que pudesse desfrutar totalmente do sol no rosto e ignorar o frio.

Cada pedra chutada num beco, cada madeira rangendo numa escada — vou ouvir e ver Garrick em todo lugar.

Mas haveria um amigo por perto, e os irmãos dele, e com o tempo talvez até seu próprio irmão.

Tom Cenoura, pensou. *Estou indo. E, ah, rapaz, tenho uma tremenda história para contar.*

Riley levantou a bainha da capa de veludo acima da lama da cidade e olhou para o vão triplo do Viaduto de Holborn, a obra mais impressionante de arquitetura moderna na cidade.

Estou em casa outra vez, pensou. *Em casa para uma vida nova.*

Contornou um carrinho de frutas tombado e em segundos estava perdido na multidão matinal de pessoas comuns que labutavam diariamente para permanecer vivas na cidade de Londres.

EPÍLOGO

O tatuador residente dos Aríetes, Farley, andava atrás de Riley por Holborn, o rosto escondido por um capuz de seda do modelo preferido pelos mercenários árabes. Mesmo sem o capuz, Riley poderia não ter reconhecido o tatuador, caso o visse. Farley não parecia nem de longe tão decrépito quanto parecera na Toca dos Carneiros. Suas costas estavam eretas como um mastro e o passo firme era o de um homem no início da meia-idade.

Os pedestres davam grande espaço a Farley por dois motivos. Um deles era que algo reluzia em vermelho nas sombras embaixo de seu capuz, como o olho noturno de um lobo, e o outro — se fosse necessário um segundo motivo para evitar uma pessoa com olho de lobo — era que aquele sujeito obviamente era um lunático, pois estava falando com seu punho fechado, como se houvesse um ser elemental morando ali dentro e ouvindo cada palavra.

Assim, as pessoas se desviavam e lançavam olhares rápidos, de lado, para Farley.

Falar sozinho é o primeiro sinal de loucura, pensavam. E não há como prever quando um louco vai saltar numa crise de violência súbita.

O que os pedestres vitorianos não tinham como saber era que Farley estava falando num microfone preso nas costas do pulso, e que não falava com um ser elemental. E o olho de lobo reluzindo nos recessos sombrios da órbita era, de fato, um visor monocular infravermelho com filtro de bloqueio de luz visível. Dito de modo simples, para Farley, qualquer pessoa que tivesse estado num túnel do tempo e cujos átomos tivessem sido cobertos em sua radiação particular iria reluzir suavemente, como se coberta por poeira dourada. Era um modo bastante seguro de ficar de olho em alguém sem chegar perto demais.

— Rosie, me passe para o coronel — disse ao microfone com o sotaque ainda inglês, o mesmo que usava na Toca dos Carneiros. Farley entrara no personagem havia tanto tempo que raramente saía dele.

— Tem certeza? — perguntou uma voz em seu fone de ouvido, uma voz masculina, apesar do nome feminino. — Ele está recebendo uma massagem. Você sabe como ele é.

Farley sabia mesmo como era o coronel — ninguém sabia melhor — mas também sabia que o próprio pedira para ser mantido a par dos acontecimentos. Na verdade, Farley suspeitava de que seu superior estivesse animado com a possibilidade de alguma coisa um pouquinho fora do normal estar acontecendo. Esse estágio da operação era totalmente de preparativos, o que nunca era muito interessante, de modo que todo o percalço com a agente Savano havia deixado todo mundo meio tenso.

— Tenho certeza, Rosenbaum. Só me passe para ele. Estou na rua, falando com a mão feito um maluco.

— Vou conectar agora, major.

Farley esperou um momento, observando Riley abrir a porta de um teatro que já vira dias melhores.

O garoto sabia onde estava a outra Chave, observou Farley, entrando na passagem em arco que dava no pátio de um açougue. *Parece que ele herdou o prédio.*

Seu fone de ouvido estalou quando o coronel atendeu o telefone do outro lado.

— E aí, cara. Como é que tá a coisa aí na rua?

Farley se retraiu. Odiava quando o coronel tentava ser casual e amigável: não era assim que o exército funcionava. E, de qualquer modo, aquilo era um embuste. O coronel não tinha amigos.

— Tudo bem, senhor. Estou na rua. A situação sobre a qual falamos está se desfazendo. Não há necessidade de agir.

O coronel deu um risinho que pareceu um motor bem lubrificado ronronando.

— Qual é, Farley. Por que está falando em código? Quem é que vai ouvir? Aquele palhaço do Charismo mal conseguiu montar uma linha fixa. Telefônicus Falalonge? Que piada. Desembuche, major.

Farley respirou fundo.

— Sim, coronel. É a força do hábito, senhor. Jamais colocar a operação em risco. Em boca fechada não entra mosca, coisa e tal.

— Só me dê os fatos, homem. Onde está Garrick?

— Partiu, senhor. Já era. Captei pelo grampo que coloquei no curativo do garoto.

— Partiu? — O coronel pareceu desapontado. — Eu gostava dele. Era um cara engraçado.

Engraçado não era a palavra que Farley escolheria, especialmente quando se lembrava do assassino assomando acima dele com uma garrafa de éter.

— E os outros?

— O garoto está aqui, em Holborn. E a agente Savano entrou no portal da Half Moon.

— Então não houve danos?

— Não, senhor. Ainda estamos no escuro. Com relação ao futuro, a tecnologia de Charles Smart morreu com ele, e estamos dentro da programação.

— E Charismo? Ainda está inserido onde podemos usá-lo?

Farley trincou os dentes; odiava dar más notícias ao coronel.

— Não exatamente, senhor. O garoto armou para ele se dar mal com o duque. Eles viram as mutações. Imagino que esteja sendo lobotomizado agora. Duvido que terá células cerebrais suficientes para brincar de pegar gravetos, Coronel.

Houve silêncio por um momento, a não ser pelo *tap-tap* do massagista do coronel trabalhando.

— De qualquer modo, nunca gostei daquele cara e de suas máscaras sinistras — disse o coronel finalmente. — Podemos trabalhar sem ele, mas vamos adiantar a operação algumas semanas, só para o caso de Charismo abrir o bico para alguém que lhe dê ouvidos.

Farley baixou a mão por um momento e suspirou. Um soldado jamais sabia quando o coronel dispararia como uma arma automática, cuspindo bile em vez de balas.

— E o garoto? Devo removê-lo da equação?

O coronel pensou no assunto.

— Não. Ele é um garoto corajoso. Pode ser útil, e não quero que você seja apanhado com a mão na massa.

— Riley é uma ponta solta, senhor. E pode causar problema.

— Você sabe onde ele está, não é?

— Sim, senhor.

— E podemos neutralizar esse tal Riley se quisermos, certo?

— É, podemos. Moleza.

— Bom, então pronto, major. Por enquanto vamos ficar de olho no garoto. Se ele meter o bedelho em alguma coisa que seja ao menos remotamente não vitoriana, você lhe faz uma visita noturna. Que tal?

Farley pisou na rua e viu a figura de Riley passar por uma fileira de janelas no andar de cima, a silhueta se destacando através das cortinas transparentes.

— Isso parece bom, senhor. Ele não vai a lugar algum.

— Ótimo. Agora ponha um de seus homens de olho no garoto. Preciso de você de volta na Toca para que Malarkey não fique desconfiado.

— Estou indo, senhor.

Farley desligou e deu uma última olhada no teatro Orient.

— Vamos nos encontrar, Riley — disse para a silhueta reluzente. — Muito em breve.

Este livro foi composto na tipologia Sabon Lt Std
Roman, em corpo 11/15,5 e impresso em
papel off-white no Sistema Cameron da
Divisão Gráfica da Distribuidora Record.